THEODOR FONTANE

DAS ERZÄHLERISCHE WERK

18

THEODOR FONTANE

GROSSE BRANDENBURGER AUSGABE

Herausgegeben von

Gotthard Erler

DAS ERZÄHLERISCHE WERK

Herausgegeben in Zusammenarbeit
mit dem Theodor-Fontane-Archiv

Editorische Betreuung
Christine Hehle

Theodor Fontane

Frühe Erzählungen

Herausgegeben
von
Tobias Witt

AUFBAU-VERLAG

Mit 3 Abbildungen

Geschwisterliebe.

I.

Wenige Jahre waren seit dem großen Brande vergangen, welcher eine der ältesten Städte der Mark Brandenburg in Schutt und Asche legte; allgemach erhob sie sich wieder gar zierlich und nett aus ihren Trümmern, und wie noch vor Kurzem die grauen, mittelalterlichen Giebelhäuser, als die todten Ueberreste einer schöneren Zeit, Achtung und Ehrfurcht eingeflößt hatten, so machten jetzt die stattlichen Gebäude mit ihren hellen, heiteren Farben den freundlichsten Eindruck auf den Fremden.

Nur einen kleinen Theil der Stadt und zwar denjenigen, welcher der kreisförmigen Mauer zunächst gelegen war, hatten die Alles verzehrenden Flammen verschont. Hier standen nur Fischerhütten, die sich durch ihr klägliches Aeußere stets unvortheilhaft ausgezeichnet hatten und jetzt nun gar, wo die größeren Straßen so sauber und prächtig erschienen, wurde der Unterschied so fühlbar, daß selbst ein letzter Rest der feinen Spießbürgerwelt das verpönte Revier verließ, um seinen Aufenthalt mehr im Mittelpunkt der Stadt zu wählen. Nur Wenige wagten es, gegen den Strom zu schwimmen und blieben in den alten Quartieren, wo sie und ihre Väter glücklich gewesen waren. Zwar sanken diese Märtyrer ihrer vernunftgemäßen Ansichten in der Gunst und Achtung der eitlen, prunksüchtigen Kleinstädter; – der Schnittwaarenhändler und erste Senator lüftete kaum den Hut, wenn er dem Einen oder dem Andern jener plebejischen Mitbürger begegnete und ganz unmöglich in ein nahe gelegenes Haus entschlüpfen konnte, und ging gar der Herr Kämmerer, ein ehemaliger Apotheker, mit seinen schnippischen Töchtern durch die unanständige Vorstadt, so drückte er den Filz, fast so spitz wie seine gedrehten Düten, in das noch spitzere Gesicht, das in dem Adler vor der Apotheke auf das Prächtigste konterfeit war. Auch sprach er dann gar eifrig und anhaltend mit den beiden rothköpfigen Töchtern, die wie verschämt zu Boden blickten, und das Alles geschah nur um das hübsche Clärchen nicht grüßen zu müssen, die ohnweit des Seethores gemeinhin am Fenster ihres zwar alten, doch freundlichen Wohnhauses saß mit weiblichen Handarbeiten, oder beim Lesen einzelner Lieblingsschriftsteller fleißig beschäftigt; – denn ein so liebes, gutes Mädchen das anspruchslose Clärchen war, – sie wohnte ja in der Vorstadt, Grund genug, sich ihrer zu schämen.

Jenes Haus, großentheils aus Fachwerk bestehend, zeigte über seiner Thür die frommen Worte: »Gott mit uns!« und wahrlich es gab wohl kein Gebäude in der großen Stadt, das in Bezug auf seine Bewohner diese Inschrift mehr verdient hätte. So groß und umfangreich es auch war, wurde es dennoch nur von zwei Personen bewohnt, von Clärchen und ihrem blinden Bruder Rudolph, der *nie* das *Licht* der Welt erblickt hatte.

Ihre Eltern waren vor einigen Jahren gestorben. Der Vater, vormals ein wohlhabender Kaufmann, hatte nach und nach durch schlechte Spekulationen viel von seinem Reichthum eingebüßt, so daß, als er seiner vor Gram dahin geschiedenen Gattin folgte, dem blinden Sohne die schutzbedürftige Tochter, oder richtiger dieser letztern ein blinder Bruder fast als die einzige Hinterlassenschaft anheimgefallen war. Auch das ziemlich werthlose Haus und ein kleiner Rest des einst bedeutenden Vermögens war ihnen geblieben, nur eben hinreichend, um sie der Gnade ihrer Mitmenschen nicht bedürftig zu machen.

So weit es das unglückliche Schicksal Rudolphs zuließ, lebten die Geschwister in ungetrübter Heiterkeit. Trotz der strengsten, fast klösterlichen Abgeschiedenheit von der übrigen Welt erfüllte die Herzen Beider nimmer jene entsetzliche Leere, welche die Unzufriedenheit stets bedingt. Sie genügten sich in ihrer gegenseitigen Liebe und verschmähten den Umgang mit der Außenwelt, da sie wohl empfanden, wie ein wahrhaftes Glück nur in der eignen Brust zu finden ist. Sie hatten es in sich selbst gesucht, – sie hatten es gefunden und reich an stillen Freuden schwanden Beiden die Tage dahin.

Rudolphs Leben war nur ein halbes; auf die schönsten und größten Genüsse, die der Mensch zu empfinden vermag, mußte er verzichten und wenn er sich von Zeit zu Zeit seines entsetzlichen Unglücks bewußt wurde, wenn er fühlte welch einen unersetzlichen Schatz die Vorsehung ihm verweigert hatte; – da bemächtigte sich seiner jene Bitterkeit, wie sie sich an allen den Beklagenswerthen bemerklich zu machen pflegt, die, von einer höhern Hand schrecklich gezeichnet, das Mitleid Weniger auf sich ziehn, aber fast immer das Ziel eines empörenden Spottes für diejenigen sind, welchen der Himmel schönere geistige Eigenschaften versagte, die er blind für die Leiden und taub für die Klagen ihrer unglücklichen Mitmenschen erschuf. Seine Harfe und noch mehr sein Clärchen gewährten ihm in solchen trüben Augenblicken, wo es auch in seiner Seele Nacht wurde, den einzigen Trost. Er griff, von wildem Schmerze gefoltert, wild in die Saiten, Disharmonieen entlockte er ihnen, um zu ermessen, ob irgend ein Ton der Erde unharmonischer zu klingen vermöchte, wie eine Saite in seinem Herzen, auf der die Schmerzen gar schaurige Weisen spielten, an der sie zerrten und rißen, ohne sie je zerreißen zu können. Endlich wich dann der wüthende Schmerz einer stillen, mildthätigen Wehmuth, aus dem ewig geschlossenen Auge drangen die großen Thränen hervor, leiser und immer leiser berührte er die Saiten seiner

Harfe, bis endlich ein melancholisches Lied aus ihr ertönte und den wilden Kampf im Herzen des Unglücklichen vollends in einen heiligen Frieden verwandelte.

Aber nicht immer genügte ihm das wilde Phantasieren auf der Harfe; oft spielten die Schmerzen mit fürchterlicher Ausdauer auf seiner Herzenssaite, ohne sich auf die Saiten der Harfe auszuströmen; die Töne blieben rauh und disharmonisch und kein wehmuthsvolles Lied erklang, dessen Melodieenzauber ihn zu beruhigen vermochte. Von einer namenlosen Furcht ergriffen, durchschauerte ihn das Gefühl ewiger Einsamkeit und Verlassenheit, wie auch uns wohl im nächtig düstren Walde, fern von jeder menschlichen Seele, eine unerklärliche, peinigende Angst befällt. *Licht* und *Menschen* sind es, die uns fehlen, und der erste matte Schimmer, welcher uns die Nähe eines bewohnten Dorfes verkündet, gleicht einem Hoffnungsstrahle, den uns der Himmel schickt. Die Schreckgestalten, Mißgeburten einer erhitzten Phantasie weichen von uns, neu belebt fließt das fast erstarrte Blut durch die Adern, die Hoffnung zieht ein in unser Herz und den ersten Menschen, der uns begegnet, könnten wir im Uebermaaß der Freude umarmen, ihn herzen und küssen, sei er König – sei er Bauer, sei er reich – sei er arm, er ist ja doch immer ein Mensch.

Licht und Menschen fehlten auch dem unglücklichen Rudolph! In ewige Nacht begraben, empfand er in jenen Augenblicken, wo er sich von der Welt verlassen, aus ihr verstoßen glaubte, die fürchterliche Großartigkeit des Unglücks, das ihn betroffen hatte; tausend folternde Gedanken stürmten auf ihn ein, Gefühle reich und tief an Schmerz wurden in ihm wach, doch jede Regung seiner Seele ging unter in der Sehnsucht zu den Menschen. In solchem Zustande wäre er fähig gewesen, wie im Wahnsinn auf die Straße zu stürzen, hätte er sich wie ein Bettler an eine Ecke gestellt und mit ausgebreiteten Armen auf Vorübergehende gelauscht, um sich an ihre Brust zu werfen und Beistand und Rettung vor sich selbst von ihnen zu erflehn.

Doch er durfte nicht betteln; ein liebevolles Herz, eine gütige, nie ruhende Hand sorgte für ihn und gewährte ihm freiwillig Alles, was er sonst hätte erbitten müssen. Schwester Clara war ihm die ganze Menschheit, wie er sie sich dachte und tausendfach mehr, als sie ihm in der Wirklichkeit gewesen sein würde. So ruhte er denn an ihrem Herzen, wenn selbst die Harfe eine Last von Kummer und Schmerz nicht von ihm zu wälzen vermochte. Trostesreich war jedes Wort, das Clara zu dem unglücklichen Bruder sprach und unerschöpflich war sie an neuen Mitteln, seine tiefe Traurigkeit zu verbannen. Jetzt spielte sie seine Lieblingsmelodie auf dem Klavier; dann sang sie mit ihrer silberhellen, ergreifenden Stimme ein bevorzugtes Lied ihres Rudolph; plötzlich sprang sie auf, eilte zu ihm, setzte sich auf seinen Schooß, glättete die Falten auf seiner Stirn, strich ihm das lange Haar aus dem umnachteten Angesicht, bedeckte ihn mit Küssen und ruhte nicht eher mit ihren Liebesbezeigungen, bis sie ein Lächeln, wenn auch ein wehmuthsvolles, in seinen Zügen erblickte. Aber dann, als wolle sie das warme Eisen schmieden, schaffte sie die Bibel herbei, las ihm vor, was sie als besonders heilsam und wohlthätig für ihn erkannt hatte, bis ihm endlich die hellen Thränen entstürzten, bis er die geliebte Schwester umschlang und sein Auge zu ihr emporrichtete, das blind und doch voll des heißesten Dankes war. Ein schwerer Seufzer entrang sich noch seiner Brust, und als habe er mit ihm all sein Leid und Wehe ausgehaucht, kehrte jetzt Frieden, Lust und Freude im Geleite, in Rudolph's Herz zurück. –

Seit einigen Tagen war er besonders heiter gestimmt, wozu eine Unterhaltung mit dem Prediger an der alten Klosterkirche, Namens Eisenhardt, gar Vieles beigetragen haben mochte. Dieser, ein Mann von dreißig und einigen

Jahren, gesellte sich seit kurzer Zeit öfters zu den Geschwistern; seine Besuche währten lange; die Unterhaltung des geistreichen Mannes war keine einseitige, er kannte das Leben, er hatte die Menschen studirt und mit wahrem Entzücken lauschte Rudolph seinen Werken, die ihm über gar Manches Aufschluß verschafften, was ohne sie dem Blinden stets dunkel geblieben wäre.

Die Liebe des Unglücklichen zu seinem täglichen Gaste wuchs von einem Besuche desselben zum andern, denn ach, er ahnte nicht, daß er in ihm den Zerstörer seines Erdenglückes an sich zu fesseln suchte. Der blinde Bruder! es mußte ihm entgehen, wie des Predigers Blicke auf Clara verweilten, wie die Augen desselben in leidenschaftlichem Feuer glühten, wenn jener alle Sinne des verehrten Mannes nur in seiner Unterhaltung lebendig glaubte; – ach, er sah es nicht, wie Clara's Auge den Blicken des Geistlichen liebend begegnete, sah es nicht, daß Clara bleich geworden war, erkannte nicht den Kampf, der in ihrem Innern tobte und in dem schönen, großen Auge gar treu gespiegelt wurde.

Sie liebte und verehrte ihren Bruder, aber sie war ja doch seine Schwester; das Band der Natur, was sie umschlang, war doch gleichzeitig die Scheidewand, welche sie für immer trennen mußte, sobald ihre Zuneigung mehr denn eine schwesterliche gewesen wäre. Nie hatte sie in ihrer reinen Seele an ein solches Verhältniß gedacht und erst jetzt, wo sie zum ersten Male liebte, bemerkte sie mit Schrecken, daß der Bruder mehr denn eine Schwester in ihr erblickte, gestand sie sich erröthend eine Gleichheit ihrer Gefühle für den Geliebten mit denen, welche ihr der blinde, leidenschaftliche Bruder genugsam an den Tag gelegt hatte.

Ihre Liebe zu ihm wähnte sie in der glühendheißen Zuneigung zu dem Geistlichen untergegangen, doch wie mächtig sich ihr Herz, durch eine allgewaltige Kraft zu diesem hingezogen fühlte, fesselten sie dennoch tausend Bande an den theuren Bruder, der ohne sie wie ein führerloser Kahn auf dem Lebensocean umhergeschwommen und gar bald an dem harten, riesig großen Felsen der Gefühllosigkeit zerschellt sein würde. Die Entschlüsse des sonst so willenskräftigen Mädchens wechselten mit jedem Augenblicke; Liebe und Pflicht bekriegten sich hartnäckig in ihrer Brust, – doch, armer Rudolph! wie lange durfte wohl ein so ungleicher Kampf unentschieden bleiben?

II.

Es war ein freundlicher, monderhellter Juniabend. Clara und Rudolph saßen in einer duftenden Rosenlaube, die den Gipfel eines Hügels schmückte. Dieser erhob sich am Ende ihres Gartens, den die Stadtmauer begrenzte, über welche hinfort man den großen, stillen See in seiner ganzen Pracht erblicken und bewundern konnte. Clara's Auge ward durch den entzückenden Anblick, der sich ihm darbot, auf dem Zauberspiegel des See's gefesselt, während Rudolph die balsamische Luft in langen Zügen so heftig in sich sog, als solle ihm sein Gefühl den ganzen Reiz einer Umgebung empfinden lassen, die man erblicken mußte, um eines ungeschwächten Genußes theilhaftig zu werden. Clärchen war schweigsam; mit derselben Liebe wie vordem gewährte sie dem blinden Bruder jede Dienstleistung, die ihm erwünscht sein konnte, doch zu sprechen vermochte sie nicht. Sie mußte fürchten dem armen Rudolph ihr Geheimniß zu verrathen, da es seinem scharfen Ohre unmöglich entgangen wäre, wenn allen ihren Worten jener wohl zu erkennende Ton der Liebe gefehlt haben würde, welcher seit Jahren seine Himmelskraft auf Rudolphs Herz geltend gemacht hatte.

– Du bist so still, mein Clärchen, unterbrach Rudolph das anhaltende Schweigen, und doch ist der Ton Deiner lieben Stimme mir, dem blinden Bruder, Alles, was dem sehenden Geliebten die schönen Augen seines Mädchens sind. Er liest darin jeden Zug ihrer Seele, alle ihre Gedanken, ihre Gefühle, und schließt sich ihr Auge, so dünkt es ihn: es lagre sich eine Wolke zwischen ihn und seinen Himmel. Der Klang Deiner Stimme verräth mir die Freude, die Dich beseeligt, die Furcht, die Dich quält, und sprächest Du nur in Tönen zu mir, sie würden mir wie Worte Deine Gedanken an den Tag legen können. Clärchen, Du offenbarst Dich in ihnen, wie der Dichter in seinem Lied; sie lassen mich in Dir mein Ideal erkennen, lieben und verehren, und Du kannst dennoch zürnend schweigen?

– Ich Dir zürnen?! erwiederte Clara mit dem Ausdrucke des höchsten Erstaunens, nein, nein, gewiß nicht, – ich befinde mich nicht wohl, – mein Kopf thut mir weh, – es ist die Folge einer leichten Erkältung, die ich mir während unseres letzten Spazierganges mit dem Prediger zugezogen habe; um des Himmels willen, ich Dir zürnen! lieber, lieber Bruder, beruhige Dich, es wird recht bald anders und wieder besser werden.

– So hoff' auch ich! Du sprachst ja eben in dem lieben, alten Tone, könnte doch die ganze, liebe Vergangenheit wiederkehren und mit ihr unser beiderseitiges Glück. Mein Clärchen, ach, ich fühl' es wohl, es muß eine schwere Last sein, einen Unglücklichen zu pflegen, nicht von seiner Seite zu weichen, ein ganzes Dasein ihm hinzuopfern; doch ertrag' es nur, mein Dank und meine Liebe ist grenzenlos, wie das Opfer, welches Du bringst.

– Rudolph, lieber Bruder, welche Reden! wie kannst Du meinem Herzen so wehe thun? Ist es denn ein Opfer, welches ich Dir ......?

Doch hier unterbrach sie sich. Eine laute Stimme in ihrem

Innern rief ihr zu: es ist ein Opfer! Sie erschrak; hastig ergriff sie Rudolphs Hand, drückte sie warm und innig und benetzte sie mit den Thränen, welche ihr der Schmerz entpreßte. Sie wurde weich und die Wehmuth hätte ihr sicherlich ein Geständniß, demjenigen gegenüber, abgerungen, vor dem ihr Herz bis dahin geheimnißlos geblieben war; wenn sie nicht ihre eigene Schwäche eben so sehr erkennend, wie fürchtend, von seiner Seite in die duftenden Gänge des Gartens zu den schlafenden Blumenschwestern geflohen wäre.

Plötzlich vernahm sie Rudolph's Stimme, deren tiefe Töne weithin durch die Stille der Nacht erschallten. Der See, unter einer Sternendecke schlummernd, lauschte dem Gesange; die Bäume, aus ihren Zukunftsträumen geweckt, horchten auf, die Blumen öffneten ihre Kelche und spendeten dem nächtlichen Sänger in Zauberdüften ihren Dank, während ihm die Wasser und die Bäume ihren rauschenden Beifall zu erkennen gaben. Gleich einer Königin der Nacht, ihre Blumenschwestern an Schönheit überstrahlend, stand Clara unter den duftenden Rosen und Lilien, in der weiten Schöpfung um sie her einzig und allein die ganze Schmerzenstiefe des Liedes erkennend, das zu ihr herüberklang. So schmerzlich sie auch jene düstren Klänge berührten, schlich sie dennoch der Laube näher, um keine Sylbe, keinen Ton durch die Entfernung einzubüßen, und als wolle sie ermessen, wie viel ihr Herz zu dulden vermöchte, horchte sie mit gespannter Aufmerksamkeit den letzten Strophen des folgenden Liedes:

Selbst die dunkelste der Nächte
Sieht am Morgen wieder Licht,
Nur der düstren Nacht des Blinden
Harrt das Licht des Tages nicht.

Menschenleer war's noch auf Erden,
Gott, da schufst Du schon das Licht,
Und Du läßest Blinde werden!
Höhnt das Deine Weisheit nicht?

Laß mich einmal nur erschauen
Deiner Augen Sternenlicht,
Und ich will Dir ganz vertrauen,
Länger zweifeln will ich nicht.

Laß in Clara's Herz mich lesen,
Zeige mir ihr Angesicht,
Ja, Du bist ein höchstes Wesen,
Einen Zufall giebt es nicht.

Die letzten Akkorde hatte der Nachtwind verweht; – die Blumen neigten wieder die müden Häupter, die Bäume träumten weiter und selbst der blinde Sänger, war in Folge geistiger Abspannung, die ein Uebermaaß von Schmerz zu erzeugen vermag, dem Schlafe in die Arme gesunken. Starr und regungslos stand Clara am Fuße des Hügels, immer noch lauschend, als erwarte sie ein neues Schmerzenslied, um endlich ihren Wunsch erfüllt, – die Kraft ihres Herzens gebrochen und ein Dasein vernichtet zu sehn, das, wie sie handeln mochte, nur Leid und Wehe über diejenigen ausschütten mußte, die ihrem Herzen Alles waren.

Doch es blieb still um sie her. – Da plötzlich schien sie, wie aus einer Betäubung zu erwachen. Das Bewußtsein ihrer Freiheit leuchtete jetzt stolz aus ihrem schwarzen Auge; die langen, dunklen Locken, die ihren Kopf umflatterten, warf sie über den blendend weißen Nacken zurück; mit dem Ausdrucke der Entschlossenheit in ihren Mienen richtete sie sich majestätisch empor und eilte zur Laube, wo sie, wider Erwarten, den Bruder schlafend fand.

– Er muß Alles wissen, sprach sie zu sich selbst, zu lange

schon habe ich ihm verhehlt, was ihm nimmer ein Geheimniß sein durfte. Ich kann nicht zweien Herren dienen! Gott, Du bist Zeuge, wie ich gekämpft habe, aber ich muß dem Geliebten den Bruder zum Opfer bringen. Der Entschluß ist gefaßt; mag er unnatürlich sein, – ich gehorche der Stimme meines Herzens, das nie aufhören wird, schwesterlich für den armen Rudolph zu fühlen, aber mir einzig und allein seinen Nebenbuhler zu lieben gebietet.

Fest entschlossen, dem Bruder noch in dieser Minute ihr Geheimniß zu offenbaren, trat sie näher; schon hob sie die Hand, um ihn aus Träumen zu wecken, deren vielleicht liebliche Bilder ihm einen schwachen Ersatz für eine schmerzensreiche Wirklichkeit gewähren mochten, als sie plötzlich ihre Rechte sinken ließ. Sie starrte unverwandten Blickes auf das vom Mondlicht umflossene Haupt des Bruders, dann ergriff sie, im Innersten ergriffen, ihre Laute, um ein Lied zu begleiten, das der Augenblick in ihrer Seele hervorgerufen hatte:

Welch ein Wunder! ist es Täuschung?
Nein, es kann nur Wahrheit sein,
Um das Haupt des blinden Bruders
Leuchtet mild ein Heilgenschein.

Um Verzeihung will ich beten
Vor dem Engelsangesicht,
Daß im wilden Herzenskampfe
Liebe siegte über Pflicht.

Ach, so soll ich ihn verlassen!
O, mein Gott! er ist ja blind,
Schwester, Mutter, Liebe – Alles
Fehlte dann dem blinden Kind.

Himmel! wie so engelsmilde
Er so plötzlich auf mich blickt;

Doch es waren wohl nur Grüße,
Die der Mond mir zugeschickt.

Aber nein, in seinem Auge
Glänzt das wunderbare Licht,
Seegensvoller, freudereicher
Strahlt mir selbst die Sonne nicht.

Gott, wie groß doch Deine Werke
An mir schlichtem Mädchen sind,
Ach, nun steht die Welt mir offen,
Rudolph ist ja nicht mehr blind.

Die letzten Worte hatte sie von ihren Empfindungen überwältigt und fortgerissen, mehr gesprochen wie gesungen. Ihre überreizte Phantasie machte sie glauben, der heißeste ihrer Wünsche sei in Erfüllung gegangen, und von der Ueberzeugung beseelt, dem unglücklichen Bruder sei von einer höheren Hand endlich das Augenlicht geschenkt, umschlang sie jetzt in geistiger Trunkenheit – o, arme Clara – den noch immer blinden Rudolph.

– Schwester, was ist Dir, mein süßes Leben! rief Rudolph erschreckt, der schon vor Beendigung des Liedes erwacht war und seinen Inhalt theilweis zwar gehört, aber nicht klar verstanden hatte. Er, der nicht ahnen konnte, daß die Strahlen des Mondes, welche sein Auge trafen, von der überreizten Schwester für die ersten milden Blicke des sehend gewordenen Bruders gehalten worden waren, glaubte erklärlicherweise, jene sei dem Irrsinn verfallen.

– Rudolph, Rudolph, sieh mich an mit Deinem lieben, sanften Auge; was sagst Du zu Deiner Clara? Ach, Du hast sie Dir wohl schöner gedacht? Aber tröste Dich nur, ich werde wieder schöner werden, wenn meine gramgebleichten Wangen wieder blühn und die matten, fast erstorbenen Augen in altem Glanze strahlen werden. Ja, ja mein herziger, lieber Bruder, all' mein Leid und Weh ist in die unaussprechlichste Freude verwandelt, denn ach, Du bist ja …

– Immer noch blind, unterbrach sie Rudolph mit bitterster Stimme. Mein Kind, was hat Dich verblendet? Arme Clara, geh' zur Ruh; Du phantasirst, Du träumst, und Dein Erwachen wird kein freudiges sein. Der Gram hat zerstörend an Dir genagt, Dein Geist ist zerrüttet; geh' heim in unsre Wohnung, mein Clärchen, träume weiter, wenn Du es vermagst, und bist Du glücklich in Deiner Traumwelt, so suche nimmer zu erwachen. Die Nacht ist so schön, laß mich allein, laß mich den Zauber der Natur um mich her ungestört genießen.

Rudolph hatte sich von seinem Platze erhoben; er seufzte tief, war er doch durch Clara's ungegründete Freude mehr denn je an sein Unglück erinnert worden. Hastig suchte er ihre Hand, preßte sie an seine Lippen und während seine glühendheißen Thränen auf die heißere Hand der Schwester fielen, rief er mit vor Schmerz erstickter Stimme:

– Ach, mein Gott, warum bin ich blind? warum ist mein ganzes Leben nur eine ewig lange Prüfungszeit?

Starren Auges schaute Clara auf den jetzt nachtumhüllten Bruder, eine Wolke hatte sich vor den Mond gelagert und all ihr Hoffen in ein Nichts verwandelt. Weder ein Heiligenschein umglänzte das dunkle Haupt, noch leuchteten milde, segensreiche Blicke aus den dicht geschlossenen Augen und dunkle Nacht war es in ihrer Seele geworden, wie rings um sie her. Taub war sie gegen die Worte und Bitten ihres Bruders; leblos, gleich einer Statue, hatte sie jetzt das todte Auge unverwandt auf den See gerichtet, dessen Tiefe der Schmerzensreichen sicherlich als ein rettungverheißendes Asyl erscheinen mochte. Da ward sie plötzlich durch ein Geräusch in den Bäumen, welche das Ufer des See's bekleideten, aus ihrem Starrkrampfe geweckt; gleichzeitig warf der Mond den düstren Schleier von seinem mildstrahlenden Antlitz zurück, bei dessen hellem Scheine Clara die dunkle Gestalt des Predigers erkannte, dessen Herz, wie das ihre, von den verschiedensten Gefühlen bestürmt, Ruhe und Frieden am Busen der Natur zu finden hoffte.

Nicht ahnend, wer sich in seiner Nähe befinde, wollte er flüchtigen Schrittes vorübereilen, als er, durch einen ängstlichen Schrei Clara's veranlaßt, sein Auge auf die Stadtmauer richtete und dort mit nicht geringem Erstaunen die Geliebte bemerkte. Er grüßte sie mit der Hand, und ohne auf ihre lauten, hastigen Fragen: Wohin so spät? Warum so eilig? zu antworten, beflügelte er seine Schritte und war bald vor Clara's sehnsuchtsvollen Blicken verschwunden.

– Wer war der Glückliche, zu dem Du sprachst? Welchem Beneidenswerthen galten jene gleichgültigen Fragen, die dennoch meinem Herzen nicht gleichgültig klingen wollten? rief Rudolph mit bittrem Hohne. Himmel, meine Ahnungen, die folternden Gedanken, welche mir den erquickenden Schlaf raubten, wenn sie Wirklichkeit gewönnen! Gott sei mir gnädig, laß mich das nimmer erleben!

Er entriß seinen Arm den Händen Clara's, welche ihn willenlos umklammert hielt und von dem quälenden Gedanken gepeinigt: ihr Geliebter, ihr anderes Ich theile den Lebensüberdruß mit ihr, der unglücklichsten aller Bräute, bangte sie für ein Dasein, dem sie das ihrige mit freudiger Hingebung zum Opfer gebracht haben würde.

– Clara, sprich! so störte der unheilahnende Rudolph die in ängstliches Sinnen verfallene Schwester, – wer war der, zu dem Du zärtlicher, als zu dem Bruder sprechen konntest?

– Welche Frage! er war es ja selbst! lieber, theurer Rudolph, wenn er mich wirklich für ewig unglücklich machen wollte! – ach nein, er kann es nicht, ein Diener der Kirche, ein Lehrer der Religion – o fort ihr finstern Gedanken, die ihr wie böse Geister auf mich einstürmt und meinen Glauben an ihn und seine Liebe vernichten wollt. O gewiß, – der Irrsinn spricht aus mir; Clara, Clara, welche Thorheit! er muß, er wird leben um meinetwillen; er liebt mich innig genug, um für mich das Unerträgliche zu ertragen. Aber welch ein Ton traf jetzt mein Ohr? Gott im Himmel erbarme Dich seiner und meiner armen Seele. Rudolph, Bruder, hast Du den dumpfen, unbeschreiblich schrecklichen Laut vernommen? Rette, rette ihn, wenn Du es vermagst; siehst Du dort – ach warum bist Du blind? Du siehst und rettest ihn nimmer – dort das dunkle Gewand, er ringt und kämpft mit der Fluth; wie so todesbleich seine Wangen sind, – er grüßt mich zum letzten Male mit der Hand, – wie, war das nicht gar mein Name? – o harre meiner, nimm mich mit in das Land des Friedens! – weh mir, alles ruhig, todesstill auf dem Wasserspiegel. Er ist todt, und ich – ich lebe noch! Welch ein Leben! o könnt' ich meine Thränen sammeln, die um den Todten fließen werden, sie würden ein Thränenmeer, in dem ich sterben wollte wie er gestorben ist.

In Rudolphs Brust kämpfte der Zorn mit dem Mitleid; zu dem Kummer über das eigene Wehe gesellte sich der Schmerz über die unglückliche Schwester. Er setzte sich auf die Bank, stützte den Kopf mit beiden Händen, und ohne ein Wort des Trostes, doch auch ohne den leisesten Vorwurf auszusprechen, überließ er sich seinen düstren Gedanken.

Allgemach gelangte Clara zum vollständigen Bewußtsein ihrer selbst. Sie erkannte, daß die Furcht ihrer Phantasie ein zu weites Feld eröffnet hatte; wie ein schrecklicher Traum erschien ihr die jüngste Vergangenheit und nur die quälende und doch freudige Gewißheit, dem Bruder endlich das lang verhehlte Geheimniß offenbart zu haben, war ihr geblieben.

– Rudolph, so wandte sie sich jetzt zu diesem, die namenloseste Furcht hat mir ein Geständniß erpreßt, das Du sonst vielleicht nimmer vernommen hättest. So oft ich bemüht gewesen bin mein Herz so faltenlos wie in glücklicheren Zeiten vor Dir aufzudecken, es wollte mir bisher durchaus nicht gelingen. Nimmer wärest Du wohl der Vertraute eines solchen Geheimnißes geworden, das ich mit mir ins Grab zu nehmen gedachte, an dessen Rande schon ich stand. Doch in dem Augenblicke, wo ich das Leben des Geliebten gefährdet, ja verloren glaubte, wurde mir das Band der Zunge gelöst. Jedes andere Gefühl wich der Liebe zu ihm; jede Rücksicht, die mir Deine Nähe sonst auferlegt haben würde, wurde hintenan gesetzt, es galt ja seine Rettung, die Rettung des Geliebten. Bruder, ich empfind' es wohl, wie jedes dieser Worte Dein Herz wie ein Dolchstich trifft, aber es ist besser, Du leerest sogleich den Leidenskelch bis auf den Grund, als daß ich ihn Dir tropfenweise zu trinken gebe. – All' mein irdisch Glück war meine Liebe zu Dir; ach, ich war so heiter und zufrieden, als ich nichts von der Welt wie den blinden Bruder kannte; warum mußte der heilige Frieden, die segensreiche Ruhe unseres Ineinanderlebens durch die Gegenwart eines Dritten gestört und vernichtet werden? Er war ein Räuber an Deinem Eigenthum, das ich in meinem Herzensschreine sicher geborgen glaubte; doch er öffnete Schloß für Schloß mit dem Zauberschlüssel seiner Liebe und nahm die Schätze, die ich Dir gesammelt hatte. Rechne ich es seinem Edelmuthe oder meinem verzweifelten Widerstande zu Gute, – er raubte nur die Hälfte seiner Habe, die ihm dem Sieger preisgegeben war. Rudolph, er hat Dir ein köstlich Theil gelassen; ich weiß nicht, ob Du es zu deuten vermagst, aber wie er Dir die Fülle meiner Liebe geschmälert haben mag, – bei Gott, ich fühl' es erst in diesem Augenblick – ich liebe Dich *wahrhaftiger* denn je. Wie ein Heiliger erscheinst Du mir; ich blicke scheu zu Dir empor, beten könnte ich vor Dir; aber – ach, wozu soll ich es aussprechen – ich bin Deine *Schwe-*

ster, erwäge das *eine* Wort und verzeihe mir, wenn mich die irdische Liebe, eine Leidenschaft die ich noch nie gekannt und jetzt mein Innerstes ergriffen hat, fort von Dir in die ausgebreiteten Arme des Geliebten führt. Er hat das Versprechen meiner Liebe – es trennt mich für immer von Dir. Jetzt bin ich sein! mit wilder, ungestümer Hast zieht es mich an seine Brust; Gefühle, die jahrelang fast einen Todesschlaf in meinem Busen schliefen, sind in ihrer riesigen Größe erwacht.

Eisenhardt liebt Dich fast so innig und aufrichtig, wie ich; ziehe zu uns, sei uns Beiden ein geliebter Bruder, kein Opfer wird uns zu groß sein, um Dein Leben froh und heiter zu gestalten. Auch in den Armen des Geliebten werde ich Dir ewig eine Schwester sein. Kann Deine Eitelkeit dennoch von mir verlangen, nur Dir zu gehören und unerfüllt zu lassen, was die Bestimmung des Weibes ist?

Rudolph erhob sich von seinem Sitze. Clara umschlang ihn, bat ihn zu bleiben, denn es rege sich noch Tausenderlei in ihrem Herzen, was er nur jetzt in diesem Augenblicke erfahren könne, wo ihr das Verhältniß zum Geliebten noch über einen solchen Gegenstand zu sprechen erlaube. Umsonst, er entzog sich gewaltsam ihrer Umarmung, Eitelkeit, Eitelkeit! rief er mit herzzerreißendem Tone in die Nacht hinaus und kehrte dann auf wohlbekannten Wegen in sein Zimmer zurück, das er verschloß, um weiterer Mittheilungen überhoben zu sein.

– Gott, vergieb mir, flehte Clara, daß ich die Seele des Unglücklichen bis in den Tod betrübte! Das Loos des Weibes ist entsagen, dulden und ertragen, doch sollte es darum auch seine Bestimmung sein, den Geliebten um des Bruders willen zu opfern? Ich wäre arm an Gefühlen, könnte ich nur seine Schwester sein; ich bin mehr, ich bin ein Weib und stolz auf meine Liebe zu dem Auserwählten. Ein Weib? – ach nein, ich war es einst in schöneren Tagen; die fromme Liebe, ungetrübt durch sinnliches Verlangen, ist niedergekämpft, jetzt trägt jeder Gedanke die Sehnsüchtige in seine Arme.

III.

Der Lerche Lieder tönen
So voller Freud' und Lust,
Als wollten sie verhöhnen
Den Schmerz in meiner Brust.
Sie kann gar fröhlich singen,
Weil ihr das Leben lacht,
Mir wird es nie gelingen
Nach einer solchen Nacht.

Es tönten Orgelklänge
Mit feierlichem Laut,
Da schritten durch's Gedränge
Der Bräut'gam und die Braut.
Ich suchte ihre Herzen,
Doch ach, sie hatten keins,
Nicht Liebeslust, noch Schmerz; –
Da schlug die Glocke eins.

Und sieh, am Hochzeitslager
Erblickt' ich jetzt die Braut,
Der Bräut'gam, blaß und hager,
War schon ihr angetraut.
Er hielt sie fest umschlungen,
Dann hört' ich einen Schrei,
Der mir das Herz durchdrungen; –
Da schlug die Glocke zwei.

Und durch des Thores Pforte
Zog jetzt ein Trauerzug,

Der still zum Friedensorte
Die todte Braut nun trug.
Ich fragte herzzerrissen:
Wo denn der Gatte sei?
Doch wollt' es keiner wissen; –
Da schlug die Glocke drei.

Und ehe neue Bilder
Mir Leib und Seel' erschreckt,
Die wild und immer wilder
Den Wahnsinn wohl geweckt,
Entfloh ich meinem Lager,
Doch nicht der Angst und Noth,
Mir folgte, blaß und hager,
Ihr Gatte jetzt – der Tod.

Während Rudolph früh am Morgen dies Lied sang, da Alles den neuen Tag mit Wonne und Jubel begrüßte, schrieb Clara mit zitternder Hand wenige Zeilen an den Geliebten:

»Das Unvermeidliche ist geschehn! er weiß, daß ich Dich liebe. Eine namenlose Furcht, die mich ergriff, als ich Dich gestern unvermuthet an dem Ufer des See's erblickte, verrieth ihm Alles. Segnen wir den Himmel für eine solche Fügung! Nur die Besorgniß für Dein Wohl konnte mich die tausend Rücksichten vergessen machen, welche ich, dem Bruder gegenüber, nie außer Acht gelassen habe. Ohne einen solchen Zufall wäre es mir unmöglich gewesen, ihm unser Verhältniß einzugestehn. Ich fürchtete einen leidenschaftlichen Ausbruch seiner Heftigkeit; ich hatte ihn jedoch verkannt. Er blieb schrecklich ruhig, so ruhig, daß ich wünschen möchte, sein Zorn hätte keine Grenzen gefunden. Aber ich glaube, mein Geständniß hat seine Kraft gelähmt. Er gleicht einem Vulkan, dessen Feuer nur eben hinreicht, sich selbst zu verzehren, aber viel zu schwach ist, in heftigen Ausbrüchen rings um sich her Tod und Verderben zu verbreiten. Du bist so gut, so liebevoll, und bald Rudolph's sicherste Stütze, eile zu uns und suche den Unglücklichen zu trösten. Ich vermag es nicht; sein Anblick bricht mir das Herz. Zeige Du Dich in Deiner ganzen Kraft; Du bist ja ein Mann, Du mußt den vorwurfsvollen, schmerzensreichen Blick eher ertragen können, der selbst aus dem ewig geschlossenen Auge hervorleuchtet. Komm, komm Geliebter, um ihn und mich zu retten.

Deine Clara.«

Eine Stunde später klopfte es an Rudolph's Thür. Nach mehrmaligem Pochen öffnete er, und die hohe, ehrfurchtgebietende Gestalt des Predigers trat in das Zimmer; Clara bleich und weinend hielt seinen Arm umklammert. Der Geistliche grüßte seinen Nebenbuhler mit wenigen freundlichen Worten. Als dieser an der Stimme erkannte, wer in seiner Nähe sei, ergriff ihn ein heftiges Zittern, umsonst rang er nach Fassung, um die Begrüßung seines Gastes erwiedern zu können; endlich hatte er sich in soweit gesammelt, um mit bittrem Hohne die Frage an diesen richten zu können:

– Was gewährt mir so früh das Vergnügen Ihres Besuchs, Herr Prediger? Doch ehe ihm derselbe zu antworten vermochte, rief er, vom Schmerz überwältigt, aus: Ich weiß Alles! ich flehe Sie an, jede Bemühung einzustellen, um die Wunde, die Sie mir schlugen, durch Trostesreden und Erbauungspredigten heilen zu wollen; jedes Ihrer Worte würde mir wie ein dreischneidiger Dolch in der unheilbaren Herzenswunde wühlen, sie vergrößern, augenblicklich vielleicht sie tödtlich machen. Nehmen Sie mein Alles, Alles was ich außer meinem Schmerze besitze; wohl mir, *der* hat nur Werth für *mich;* sonst würden mir ein hartes Herz und eine gierige Hand auch das Letzte zu rauben suchen, was mir vom Leben geblieben ist. O, ein köstlicher Rest! Clara liebt Sie, – o nehmen Sie ohne Verzug die Geliebte fort aus der Nähe ihres blinden Bruders. Bei Gott! ich mißgönne sie Ihnen nicht. In dem Augenblicke, wo sie Ihnen ihr Herz schenkte, hörte sie auf *mein* zu sein, und fremdes Eigenthum habe ich nimmer gern bei mir geborgen. Was ist mir Clara ohne ihr liebend Herz? Nichts andres wie die Wärterin eines Blinden. Sie sei die Ihre; macht es Sie doch glücklich und mir kann es gleichgültig sein, wer mir die Suppe kocht.

– Rudolph, ich kann den Bruder meiner Braut bei keinem andern Namen nennen, unterbrach ihn hier der Geistliche, verbittern Sie nicht uns Allen eine Zukunft, die so reich an Freuden sein könnte. In Ihrer Hand ruht unser aller Schicksal, Sie können sich und uns verderben. Was Ihnen Clärchen war, – ich weiß es wohl, doch mochte Ihre Liebe in die glühendste Leidenschaft ausgeartet sein, eine heilige Pflicht, die Erfüllung der Naturgesetze, zwang Sie mit unbesiegbarer Kraft in der Schwester immer nur die Schwester zu lieben. Sie denken zu edel, Clara ist zu rein, um auch im Verborgenen ein innigeres Gefühl obwalten zu lassen, das dem Auge stets verdeckt bleiben müßte, und so müssen Sie eine Gnade des Himmels darin erkennen, daß er sich ein Werkzeug erkor, um für immer zu trennen, dessen Vereinigung eine Todsünde gewesen wäre. Ich spreche nicht zu Ihnen, Bruder meiner Clara, wie ein moralisirender Gottesgelehrter, der unter dem Deckmantel der Religion seinen teuflischen Egoismus, die Habsucht und den Geiz seiner schmutzigen Seele verbirgt, nein, ein solches Thun und Treiben sei ferne von mir. Ich entbinde Clärchen hiermit jedes Versprechens, das sie mir gegeben; möge sie Angesichts Ihrer noch einmal entscheiden, ob sie es um des Bruders willen verschmäht, das eheliche Weib ihres Geliebten zu werden!

– Nein, nein, rief Rudolph mit lauter Stimme – wozu? ihr Herz hat längst entschieden.

– Erwägen Sie ferner, fuhr der Geistliche fort, daß Sie zu viel von unserm Clärchen fordern. Sie soll *nur* Ihre Schwester sein. Wie gemäßigt sind meine Ansprüche im Vergleich zu den Ihrigen: ich verlange sie zum Weibe und werde doch nimmer zürnen, wenn sie ihre Liebe zwischen dem Gatten und Bruder theilt. Hier Angesichts des theuren Mädchens, deren innige Liebe für Sie nie zu ersterben vermag, die in dem Augenblicke, wo ihr Mund das für dies Leben entscheidende Ja ausgesprochen hatte, wo ich die Geliebte an meine Brust und den ersten süßen Kuß auf ihre Lippen drückte, – dennoch an den Bruder dachte und fast zu meinem Kummer fragen konnte: Aber Rudolph wird doch bei uns sein? – Angesichts ihrer schwöre ich es Ihnen, jene schwesterliche Liebe wie ein Kleinod ihrer Seele hegen und pflegen, aber sie nimmermehr wie eine Flamme löschen zu wollen, die ihre Liebe zu mir in Todesgefahr bringen könnte. Begleiten Sie *unser* Clärchen! ich gedenke nicht zwei Wesen zu trennen, deren Herzen sich ewig gehören werden. Sein Sie mir ein innig geliebter Bruder, ich habe nie Geschwister gehabt, lassen Sie mich diesen hohen, himmlischen Genuß empfinden. Alles Leid und Weh, das ich Ihnen scheinbar zugefügt haben mag, soll die unverkennbare Wirklichkeit meiner Bruderliebe unvergeßlich machen. Ich ergreife Ihre Hand, erwiedern Sie diesen Druck mit gleicher Innigkeit und besiegeln Sie einen Bund, den erst der Tod auflösen soll.

Rudolph entzog dem Prediger hastig seine Hand, die dieser ergriffen hatte.

– Nein, nein, – um des Himmels willen nein! rief er in größter Aufregung, es kann, es darf nicht sein. Ist es nicht genug aus einem Himmel gerissen und der nüchternen Erde wiedergegeben zu werden? warum soll ich mich selbst zu Höllenqualen verdammen!

Clara eilte auf ihn zu, schloß den Widerstrebenden in ihre Arme und beschwor ihn in seiner Rede inne zu halten.

– Theurer Bruder, bei der Liebe, die Du einst für mich gefühlt haben willst, flehe ich zu Dir: laß Dich erweichen! Willst Du mein Lebensglück zerstören und eine namenlos Glückliche der Verzweiflung preisgeben? Du wirst, Du mußt in unsrer Mitte und unser lieber, guter Bruder sein. Mein Gott! was soll aus Dir werden, wenn ich Dir fehle, welcher der Himmel das beneidenswerthe Loos beschieden hatte, einem Unglücklichen sein einzig und Alles zu sein? Wer wird Dich trösten in Deinem Schmerz? wer Dir aus der Bibel lesen? Dir ein Liedchen singen und Dich am See spatzieren führen? Ach, ich weiß es, Du kannst ohne die Schwester nicht leben, die ein Theil Deiner selbst geworden ist; reißt Du doch kein Glied Deines Körpers gewaltsam von Dir, warum willst Du Dich meiner entäußern, die ich durch festere, geistige Bande an Dir gefesselt bin?

– Clara, Du bist in einem unerklärlichen Irrthume befangen! Wer hat alle Bande zwischen uns gelöst? Wer hat sich losgerissen? schärfe Dein Gedächtniß und Du wirst in Dir selbst den Thäter erkennen. Geh mit Gott und sei glücklich! ich kann und werde nie aufhören Dich zu lieben, weshalb sich der Wunsch für Dein Wohl im Innersten meines Herzens regte. Ich muß es beklagen, daß Du meine Liebe zu Dir nicht verstehen konntest, sonst würdest Du jetzt den Beweggrund zu meiner Handlungsweise in keiner allzugroßen Eitelkeit erblicken. Sie Herr Prediger huldigen noch einem ungleich größeren Wahne, wenn Sie mir die Fähigkeit, ja sogar die Absicht zumuthen, die Reinheit eines Engels durch Erdenlust entweihen zu wollen. Ich wäre zu einem Sünder ohne Gleichen herabgesunken, wenn ich meine Schwester, die mir Vater und Mutter ersetzen mußte, zu der ich wie zu meinem guten Engel betete, für die ich gleichzeitig wie für ein fromm unschuldig Kind den Beistand Gottes erflehte, wenn ich mich bemüht hätte dies Wesen durch Befriedigung einer irdischen Lust zu entheiligen, o Gott – die Schwester zu meinem Weibe zu machen. – Clara, was Du mir gewesen bist, ich weiß es nicht zu sagen. Die Sprache hat weder Worte noch Vergleiche dafür. Eben so glühend, aber reiner, wie der Geliebte die Braut, frei von Eigennutz, jeder Aufopferung fähig, hab' ich Dich geliebt, wie die Mutter ihr Kind, ein Vergleich, der um so passender sein dürfte, als mich das traurige aber unabänderliche Schicksal einer Mutter trifft. Das undankbare Kind, das sie mit Schmerzen geboren, das als zarte Pflanze benetzt vom Thränenthau des sorglichen Mutterauges gediehen und emporgewachsen ist, das die Ruhe ihres Schlafes störte und in bösen Träumen ihr Herz mit banger Besorgniß für sein Wohl erfüllte; dies undankbare Kind verläßt, von wilder Leidenschaft getrieben, mit unverhehlter Freude das elterliche Haus, reißt sich freudig los aus der Umarmung der weinenden Mutter, die ihm einst Alles war und schon nach Minuten nur noch ein Nothhafen ist, der das leckgewordene Schiff von Zeit zu Zeit rettend aufzunehmen vermag, wenn es auf dem Lebensocean den schönen Port der Liebe und des Glücks vergeblich gesucht haben sollte. – Clärchen, noch immer geliebte Schwester, leb' wohl für ewig, ihn, der Dich nie erblickte, darfst Du nimmer wiedersehn.

Bei diesen Worten hatte er sich ihr zitternd genähert und sie heftig an seine Brust drückend fuhr er fort:

– Mein Schmerz hat sich in Wehmuth aufgelöst, die mich als eine treuere Gefährtin wie Du mein Clärchen auf der Lebensreise begleiten soll, die mich hoffentlich recht, recht bald an das Ziel meiner Wünsche geführt haben wird. Mögen Monate, mögen Jahre darüber vergehn, Du mußt es mir versprechen, diese Stunde stets als Trennungsstunde für die Ewigkeit anzusehn. Thu' es aus Liebe zu mir, von der Du einen so kleinen Theil vielleicht bewahrt haben wirst. Der leiseste Ton Deiner Stimme würde alte Schmerzen in ihrer alten Kraft erwachen lassen, darum fliehe mich wie einen Verdammten, den die Menschheit ausgestoßen oder richtiger nie in sich aufgenommen hatte; fliehe mich, wenn ich in diesen Mauern weilen soll. Jeder Versuch, mich meiner grabesgleichen Einsamkeit zu entreißen, würde meinen Entschluß heranreifen, mich meinen Vorsatz in Ausführung bringen lassen. Ich würde gewiß ein Plätzchen finden, wo ich ungestört mein Haupt zum letzten Schlummer niederlegen könnte; ach mein Gott, der Blinde bedarf ja keiner Hand das Auge sanft ihm zuzudrücken. – Gatte meiner Clara, nimm hin dies Kleinod, dessen Tugendglanz von Zeit zu Zeit die ewige Nacht meines Herzens erhellte und führe sie dort oben so engelrein in meine Hand zurück, als ich sie Dir, dem Glückgekrönten, übergebe.

Hier legte er die Hände Beider in einander, suchte sie durch einen innigen Druck wie für das ganze Leben zu verfestigen und eilte dann mit staunenswerther Schnelle aus dem Zimmer hinab in den Garten.

Langsamen Schrittes verließen die Liebenden das helle, freundliche Gemach seines düstren Bewohners. Sie wurden ihres Glückes nicht froh; Clara ging schweigsam und Thränen im Auge an der Seite des Geliebten, auf dessen Stirn sich eine finstere Wolke gelagert hatte. Er geleitete jene nach ihrem Zimmer; nur ein herzliches Abschiedswort sprachen seine Lippen und mit der bestimmten Zusage, nach wenigen Stunden zurückzukehren, um über ihre nächste Zukunft zu entscheiden, trennte er sich mit Kuß und Händedruck von der unglücklichen Braut.

Diese war ein Bild des Jammers; bald saß sie weinend in einer Ecke des Zimmers und überließ sich ihrem wilden Schmerz, bald ging sie händeringend auf und ab und bat um Rettung in ihrer Noth bei dem Gott der Liebe und Gnade.

Unaufhaltsam klangen ihr Rudolphs letzte Worte im Ohr und Herzen.

– Weh mir, rief sie aus, mein armes Herz wird ein Raub der verschiedensten Gefühle, die in ihm stürmen. Rudolphs Zorn hätte ich ertragen und Trost in den Armen des Geliebten gesucht und gefunden; aber dies wehmüthige, stillergebene Entsagen vernichtet mich. »Engelsrein« hat er mich genannt! Ach, die Reinheit meines Herzens ist dahin, die Leidenschaft hat in ihm getobt und jene zerstört; ich hätte vor Scham über ein Lob vergehen mögen, das ich – ein trauriges Geständniß – nicht mehr verdiene. Wohl ergreift mich eine unendliche Sehnsucht nach jener schönen Zeit, wo die unbefleckte Liebe, wo Ruhe und Frieden in meinem Herzen thronten; – aber ach unwiederbringlich ist die herrliche Vergangenheit für mich verloren!

IV.

Ohngefähr ein Jahr war seit jenem denkwürdigen Morgen vergangen, wo Rudolph die Schwester um ewige Trennung beschwor; ein Jahr war dahin, und wenn auch mit blutendem Herzen, hatte Clärchen die Wünsche ihres Bruders dennoch auf das Strengste erfüllt.

Wenige Wochen nach jenem Auftritte, während welcher Zeit beide Geschwister kaum ihr Zimmer verlassen hatten, fand ihre Vermählung mit dem Geistlichen statt. Bei der Hochzeitsfeierlichkeit wurde der Bruder als krank gemeldet, um den wenigen Gästen seine Abwesenheit erklärlich zu machen. Noch an demselben Tage zog Clärchen still, ohne Abschied nehmen zu dürfen, aus der alten Wohnung in das stattliche Pfarrhaus, von welcher Zeit ab die Schwelle nimmer von ihr berührt worden war, welche sie seit ihrer Kindheit unter den mannigfachsten Verhältnissen des Lebens überschritten hatte.

Rudolphs Herzensleiden war durch die Zeit nicht einmal gemildert, viel weniger geheilt worden. Seine Harfe ließ er, wie eine Geliebte, welche die Leidenschaft des Genießenden nur zu erhöhen, sie aber nie zu schwächen vermag, fast nimmer aus seinen Armen; doch umsonst entlockte er den Saiten manch melodisches Lied, der Trübsinn, welcher seine Seele umnachtete, konnte durch den Zauber der Musik nicht mehr gehoben werden. Während des Winters saß er tagelang in seinem Gemache allein, mit nächtig düstern Gedanken. Sie waren alle auf *einen* Gegenstand gerichtet. Erlösung von dem Leid und Weh, das ihn betroffen und sein Leben untergraben hatte, konnte er nur vom Tode erwarten, weshalb er seiner sehnsüchtig, wie der Ankunft eines lieben, theuren Freundes, harrte.

In solcher Stimmung finden wir den Hartgeprüften nach Verlauf eines Jahres wieder. Er saß, wie immer, seine Harfe im Arm, an dem weinumrankten Fenster seines Stübchens und von einer Schaar düsterer Gedanken bestürmt, entrang sich ein Lied seiner erliegenden Seele.

Wie ist es mein ewiges Leben,
Dies Leben voll Kummer und Noth?
Es ist wohl die Parze gestorben,
Und todt ist wohl endlich der Tod!

Ach, Vater im Himmel – ich flehte
Vergeblich noch immer zu Dir,
Die letzte Bitte – zu sterben,
Versagst Du auch diese noch mir?

Du drücktest doch, wie einem Todten,
Die Augen auf ewig mir zu,
So übe nun endlich Erbarmen
Und gönne dem Todten die Ruh.

Dann kämen die lachenden Erben
Und scharrten gar hurtig mich ein,
Und schmausten im Trauerhause
Bei Leichenkuchen und Wein.

Vertheilten zuerst meine Habe,
Zuletzt gedächten sie mein,
Und weinten – vor Freude, und sprächen:
»Der Gute wird glücklich nun sein.«

Dann aber erwacht' ich im Grabe
Und lachte und jubelte laut,
Weil ich mit erblindeten Augen
Das menschliche Herz noch durchschaut.

Er stand auf, ging unruhig im Zimmer umher, setzte sich dann wieder, preßte den Kopf krampfhaft mit beiden Händen, als wollte er das wuchernde Gedankenunkraut seines Hirns, welches ihm den Kopf zu zersprengen drohte, niederdrücken und vernichten.

Seine Magd, die jetzt in das Gemach trat, verursachte ihm an und für sich eine lästige Störung, die unerträglich wurde, als jene meldete: Der Prediger Eisenhardt stehe im Korridor und wünsche ihn zu sprechen.

Rudolph's schon blasses Gesicht ward todesbleich. Zitternd erhob er sich, man las in seinen Zügen, daß er vergeblich nach Worten ringe. Doch plötzlich, als habe er sich gewaltsam zum Zorne angefacht, rief er mit rauher, wilder Stimme:

– Sage dem Herrn Pfarrer, der Himmel hätte mir noch keine zweite Schwester gesendet, um von mir sorgsam gehegt und gepflegt und durch ihn geknickt zu werden. Doch nein, nein! sage das ihm nicht; frage ihn lieber, ob er meiner letzten, heißen Wünsche so ganz uneingedenk geworden sei. Mein Gott, ich kann die Stimme des Mannes nicht ertragen, in der mir ein jeder Ton wie ein Locklied klingt, durch welches der listige Vogelsteller selbst eine Taube in sein Netz zu locken wußte. Höre, Mädchen, Du zählst Dich doch auch zu den Menschen, und kannst sicherlich mit frecher Stirne lügen, betheure dem Herrn, daß ich krank, sehr krank sei, und heute unmöglich seinen Besuch annehmen könne.

Die Magd eilte aus der Thür, durch welche der Geistliche verstörten Angesichts herein trat, ohne eine abweisende oder einladende Antwort abgewartet zu haben.

– Gott zum Gruß! dem unglücklichen Bruder einer unglücklichen Schwester, – so redete er den fast erstarrten Rudolph an. Ich komme auf Clärchens Bitten zu Ihnen, die den stets geliebten Bruder vor ihrem Tode noch zu sprechen wünscht.

Rudolph zuckte bei diesen Worten wie vom Schlage getroffen. Es folgte eine lange Pause; dann plötzlich sprang er, wie ein gereizter Tiger auf jene Stelle, wo er den Prediger vermuthete. Aber der Blinde hatte sich getäuscht; er sprang fehl und fiel zur Erde. Doch mit rascher Geistesgegenwart betastete er den Boden mit ausgestreckter Hand, jetzt berührte er den Fuß seines Feindes, und sich wuthentbrannt auf den Zerstörer seines Erdenglücks werfend, umkrallte er den Hals des Geistlichen und schrie mit lauter Stimme:

– Mörder, Mörder, nicht lebendig entkommst Du den Händen der Gerechtigkeit!

Ein trübes Lächeln umspielte den Mund des schönen Mannes, als er sich mit Leichtigkeit aus den Armen seines schwachen Feindes befreite.

Er versuchte zu sprechen, doch Rudolphs kreischende Stimme machte diesem seine Worte durchaus unverständlich.

– Ha, ich weiß es wohl, sie ist nicht mehr unter den Lebenden, ist schon lange, lange begraben, sie war in Dir dem Tode angetraut; jene fürchterliche Nacht hatte mich in die Zukunft blicken lassen und mir Alles verrathen, was sonst die weise Vorsehung mit einem undurchdringlichen Schleier bedeckt.

Hier entstürzte ihm ein Strom von Thränen, der wie der Regen beim Ungewitter, dem tobenden Sturme Einhalt gebot. Er schwieg, und den günstigen Augenblick benutzend, wandte sich der Prediger, in dessen schönen, blauen Augen eine große Thräne erglänzte, an seinen jetzt aufmerksamen Zuhörer.

– Rudolph, begann er ernst und feierlich, vermögen Sie auch heute nicht Ihren Stolz zu zügeln und zu bezähmen, wo es sich darum handelt, die letzte Bitte einer Sterbenden zu erfüllen? Sei es fern von mir, Sie je mit Vorwürfen zu überhäufen, die ich, vielleicht nicht allzu ungerecht, gegen Sie aussprechen könnte, aber der Gram, den Sie Ihrer Schwester, wenn auch willenlos, bereitet haben, hat an ihrem Herzen genagt und ein zartes Leben allzufrüh zerstört. Die Trennung von Ihnen war der Beklagenswerthen unerträglich kein Tag unserer Ehe, die sonst eine namenlos glückliche gewesen wäre, verging ohne Klagen und Thränen; selbst meine stete Gegenwart, meine schwach erwiderte und doch von Tag zu Tage wachsende Liebe, vermochten nicht Glück und Zufriedenheit in ein Herz zurückkehren zu lassen, das erst im Grabe Ruhe und Frieden finden wird. Gestern schenkte mir die Hartgeprüfte ein Töchterchen, doch war es todt; was anders konnte auch die Halberstorbene gebären? – Körperliche Leiden haben sich nun zu ihrem Seelenschmerze gesellt; kein Wunder, wenn die Umstände eine Trennungsstunde eher herbeigeführt haben, die uns doch in allzukurzer Zeit bevorgestanden hätte. Rudolph, antworten Sie, können Sie noch länger zaudern?

Aber schon hatte dieser den Arm des Geistlichen erfaßt,

und ohne ein Wort zu sprechen, zerrte er hastig auf wohlbekannten Wegen seinen Führer mit sich zum Hause hinaus, dann überließ er sich dessen Leitung, doch war er noch jetzt bemüht, den eilenden Prediger zu größerer Hast zu bewegen.

Ihr Ziel war erreicht! In einem düstren Zimmer, durch ein halb verstecktes Licht spärlich erleuchtet, lag Clara auf ihrem Sterbebette. Als sie die leisen Tritte der Hereintretenden vernahm, richtete sie sich mit letzter Anstrengung empor und winkte ihrem Manne, den sehnsüchtig erwarteten Bruder zu ihr zu führen. Beide näherten sich dem Lager; sie ergriff Rudolphs Hand, um sie zu küssen, doch verließen sie die Kräfte, und erschöpft sank sie auf die Kissen zurück.

Mit unsäglicher Mühe hatte Rudolph die Bewegung seines Innern bis dahin unterdrückt; länger vermochte er sich nicht zu bemeistern:

– O mein Gott, was habe ich gethan! rief er zerknirscht und sank vor der Sterbenden auf die Knie. Schwester, – Clärchen, – ich beschwöre Dich bei Himmel und Erde, scheide nicht ohne ein Wort der Verzeihung von Deinem Bruder!

Diese Worte schienen einen letzten Lebensfunken in ihr anzufachen.

– Rudolph, sprach sie mit heller, klarer Stimme, jedes Unrecht bestraft sich schon auf Erden, das Leiden, was ich Dir bereitete, hat mich in Begleitung der Reue unaufhörlich verfolgt. Jetzt hab' ich eingesehn, wie mich die Vorsehung nur für Dich erschaffen hatte, wie meine Liebe nur Dir einzig und allein gehören sollte. Es ist mir klar geworden, daß Deine Schwester das Weib keines Fremden werden durfte. Die schöne Bestimmung, welche mir Gott auferlegte, habe ich außer Acht und unerfüllt gelassen; ich habe schwer gesündigt und flehe Dich an, der Bethörten zu vergeben, die ohne Deine Verzeihung nicht ruhig zu sterben vermag.

– Clärchen, Engel, Du vernichtest mich durch Deine Himmelsgüte; wie fang' ich es an, was soll ich Dir verzeihn?

– Du kannst, Du willst es nicht? o, ich Unglückselige!

– Bringe mich nicht zur Verzweiflung! Tausendfach ist Dir alles Unrecht verziehn, dessen Du Dich allein schuldig erklärst.

Ein seliges Lächeln spielte auf dem todesbleichen Angesichte, als sie, zum Prediger gewandt, fortfuhr:

– Du seltner Mann, der frei von aller Eigenliebe, von jeder Eitelkeit, die Beklagenswerthe zu trösten, unausgesetzt zu lieben wußte, die sich, als der erste Rausch der Sinne verflogen war, mit Schrecken gestehen mußte, zwar leidenschaftlich gefühlt, den Augenblick seliger Vereinigung zitternd ersehnt, aber den Mann ihrer Wahl nie wahrhaft geliebt zu haben. Du hattest längst mit inniger Betrübniß mein Herz durchschaut und mit seltenem Edelmuthe mir verziehen. Eine minder große und reiche Seele, wie die Deinige, wäre als ein Opfer der brennendsten Eifersucht zu Tode gemartert worden. Großmüthig zeigtest Du Dich Deiner ungetreuen Gattin, und vereinigt mit ihr lobtest Du einen Nebenbuhler, den sie in ihrem Herzen liebte und verehrte. Fülle jetzt das Maaß Deiner Vortrefflichkeit und mache ihn zu Deinem Freunde, den Du, wie er Dich auch verkannt und geschmäht haben mag, in Deiner Herzensgüte nie zu hassen vermochtest. Reicht Euch die Hände, lebt friedfertig mit einander, seid so innige Freunde, wie sie nur gemeinschaftliches Unglück zu schaffen vermag und gedenkt meiner als Eurer beiderseitigen Geliebten, deren Tod es war, sich unter Euch nicht theilen zu können; das ist mein letzter Wunsch, die Bitte einer Sterbenden.

– Wir sind es auf ewig! riefen Beide wie aus einem Munde. Hand in Hand, Brust an Brust, vergaß Rudolph in diesem

Augenblicke seine Schwüre, deren Erfüllung ihn für immer von seinem Nebenbuhler getrennt haben würde. Jetzt war dieser unglücklich und verlassen wie er selbst und einen Schwur, den nicht der edelste Beweggrund hervorgerufen hatte, einer gottwohlgefälligen Ursache halber zu brechen, konnte nur verdienstlich, nicht sträflich sein.

Als sich die Freunde, wie von einem Geiste beseelt, zu ihrem versöhnenden Engel wandten, war dieser zu seinem himmlischen Heimathlande zurückgekehrt und die heiße Sehnsucht gestillt, die stets ein Wesen erfüllen mußte, welches der Erde nie vollends angehört hatte.

Der Geistliche umschlang die Verklärte, um vielleicht ein leises Pochen ihres Herzens wahrzunehmen und den kurzen, aber um so köstlicheren Genuß zu empfinden, die Theure noch auf wenige Minuten unter den Lebenden zu wissen. Aber umsonst; das liebereiche Herz hatte zu schlagen aufgehört, keine Regung irgend eines Muskels deutete auf Spuren von Leben, das Auge, der Spiegel ihrer Seele, vermochte nicht mehr wiederzugeben, was der Körperhülle entflohen war, gebrochen lag es starr in seiner Höhle.

– Unser Clärchen ist todt! rief er weinenden Auges und erhob sich von dem Todtenlager. Doch der leidenschaftliche Rudolph warf sich über sie hin und schrie mit herzzerreißender Stimme:

– Nein, nein – es ist erlogen, das Schreckliche ist in diesem Augenblicke noch unmöglich. Clara, Clara! hörst Du, kennst Du diese Stimme nicht? mein Gott, sie regt sich nicht, – keine Antwort – so wäre sie dennoch todt, und ich muß leben? – Hartherziger Tod laß Dich erbitten und erbarme Dich endlich eines Lebensüberdrüßigen.

– Sei ein Mann! unterbrach der Prediger den verzweifelnden Rudolph, laß die Todten ruhn! Du weckst sie nimmer auf und höhne nicht die göttliche Vorsehung, die Dir den Todesengel schickt, sobald Du reif für jenes Leben bist.

Er ergriff den Jammernden, zog ihn von der Geliebten, die er selbst im Tode nicht lassen wollte, zurück und führte ihn gewaltsam in ein ferngelegenes Zimmer, wo er sich, allerdings mit schwachem Erfolg, bemühte, den Schmerzzerrißenen zu trösten. Waren ihm doch die eigenen Worte kein Balsam, um die Herzenswunde zu heilen, welche ihm jener Todesfall geschlagen hatte.

V.

Clara war begraben! Ihre Gruft barg außer den irdischen Ueberresten der Verklärten, alles Lieben, alle Lust am Leben – unersetzliche Gefühle, die sich einst im Herzen der jetzt verwaisten Freunde geregt hatten. Bei der Beerdigung durfte Rudolph, auf ausdrückliches Verlangen des Predigers, nicht zugegen sein. Die Handlung an und für sich, besonders jedoch eine ergreifende Rede, die der letztere am Grabe des eigenen Weibes hielt, würden jenen zu tief erschüttert und die stets lästige Aufmerksamkeit einer mehr oder weniger gefühllosen Menschenmenge auf sich gezogen haben. Doch am Ende desselben Tages noch vermochten weder Bitten noch Gewalt den Blinden zurückzuhalten, der sich überzeugt hielt auf offener Straße einen mitleidigen Führer zu finden, welcher ihn unverzüglich an das Grab seiner Schwester geleiten würde. Der Geistliche fügte sich endlich in die stets heftiger ausgesprochenen Wünsche Rudolphs und schickte sich mit widerstrebendem Herzen zu einem Gange an, der die augenblickliche, im Gebet gefundene Ruhe seines Herzens gewaltsam zerstören mußte. Doch wider Erwarten bemächtigte sich seiner das köstliche Gefühl eines himmlischen Friedens, er glaubte sich dem Tode nahe und eine baldige Erlösung vom Erdenleben und Leiden hoffend, ahnte er schon die Seligkeit der Wiedervereinigung mit seinem Clärchen.

Auch der leicht ergriffene Rudolph, das stete Opfer seiner wilden leidenschaftlichen Gefühle, zeigte sich ruhiger, denn irgend zuvor. Befand er sich doch an einem geheiligten Friedensorte, dessen feierliche Stille er selbst durch allzugerechte Klagen nicht zu unterbrechen wagte.

Der heftige Schmerz, welcher die Herzen der beiden Freunde zerfleischte, ward an dem Grabe zu einer lieben, stillen Wehmuth, mit welcher sich ihrer gleichzeitig eine allgewaltige Sehnsucht zu der Geliebten hin bemächtigte, die wie ein Lichtmeteor die Nacht ihres Lebens erleuchtet hatte, aber allzufrüh verschwindend, denen, die sich an dem Himmelsglanze erfreuen durften, die Finsterniß noch unerträglicher machte.

Kein Wunder, wenn die frommen, gottergebenen Freunde auch in der Folge gar oft zu dem heiligen Grabe pilgerten, das von Jahr zu Jahr ein immer mehr geliebter unentbehrlicher Wallfahrtsort für sie geworden war. Dort saßen sie Hand in Hand unter der selbst gepflanzten Trauerweide und wurden es nicht müde von ihrem Clärchen zu sprechen, an der sie stets neue und stets verehrungswerthe Eigenschaften entdeckten. Wenn dann die Sonne im Westen untergegangen war, wenn die Blumen auf dem duftenden Grabeshügel die müden Häupter senkten und es in den Zweigen der Weide geheimnißvoll rauschte, als verließe der Geist der geliebten Todten das Blätterdach, wo er dem Gespräche des treuen Paares lauschte, um nun wieder dort oben auf jenen Stern zurückzukehren, der mit blaßem Scheine am Himmelsgewölbe erschien; – dann verließen sie getröstet und gekräftigt das schönste Plätzchen, welches ihnen die große Erde zu bieten vermochte, plaudernd, – und wer erriethe es nicht von wem? – kehrten sie heim in die öde Wohnung, um dort der eine die Bibel, der andere die Harfe in der Hand das Tagewerk zu beschließen. Sie wünschten sich eine gute Nacht, d. h. einen Traum von *ihr* und hielten sich noch, ehe sie schieden, die trostesreiche Gewißheit vor, wieder einen Tag gelebt und um eben so viel dem Grabe und ihrem Clärchen näher gekommen zu sein.

Viele, viele Jahre waren schon seit deren Tode vergangen, und noch immer grünte und blühte es auf ihrem Grabeshügel, wenn der Frühling wieder erschien, der den Herzen der verwaisten Freunde keine Blüthen mehr bringen konnte. Sie glichen wurmstichigen Bäumen, die der Forstmann zu fällen verschmäht; umsonst streckten sie die dürren Zweige wie todesflehend gen Himmel aus, umsonst blickten sie hoffend auf die spärlichen weißen Flocken, mit denen der Winter des Lebens ihre sonst kahlen Häupter bedeckte; – nicht ein wild daherbrausender Sturm, keine äußere Gewalt, nein sie selbst sollten sich langsam von innen heraus vernichten. Endlich hatte der Schmerz wie ein nimmersatter Wurm ihr Leben aufgezehrt, der Tod, der jahrelang ihre Bitten verhöhnte, mußte nun den Gesetzen der Natur Gehorsam leisten. Die Beklagenswerthen endeten, nachdem sie von fremden Händen kümmerlich gepflegt, den Leidenskelch bis auf den Grund geleert hatten. Nur den letzten Tropfen durften sie nicht genießen, da keiner den Andern überlebte. Als Rudolph starb war die Krankheit des Geistlichen schon so gefährlich geworden, daß man ihn davon nicht zu benachrichtigen wagte. Wenige Stunden später war auch sein Geist entflohn.

Dort oben haben sie endlich die stets und treu Geliebte wiedergefunden, ihr heißes Sehnen gestillt und jeden Trennungsschmerz in der seligen Vereinigung mit ihrem Clärchen vergessen.

Zwei Post-Stationen.

I. Der Postillon.

Eile mit Weile.

Bald wird ein Eisenbahn-Netz den gebildeten Theil Europa's umschlingen; schon in diesem Augenblicke sind der Segnungen unzählige, welche die Menschheit der großartigsten Erfindung unsrer Tage verdankt; und dennoch lassen sich heisre Stimmen hören, die diesen neuen Triumph des menschlichen Geistes verwünschen, und für die »deutsche Postschnecke« in die Schranken treten. – Die Entrüstung jedes Kärrner's und Lohnkutscher's will ich mit Freuden verzeihn; zum Lachen aber ist es, wenn man aufrichtigen Herzen's das allmälige Schwinden der Postwagen-Poësie beweint, und die schönen Tage meklenburgischer Rädermaschinen, die den Namen eines Postwagens usurpirten, zurückerfleht, wenn man durchaus in Hohlwegen zusammengerathen, durchaus in den Graben fallen, und auf einer Reise von zwanzig Meilen drei Freundschaften für's Leben schließen, zweimal lieben, und schließlich als erklärter Bräutigam aus dem Wagen steigen will.

Im Uebrigen geb' ich allen Feinden des Fortschritt's die tröstliche Versicherung, daß es im Lande der Kaschuben, in Hinterpommern und weiter westwärts bis an die Ufer der Elbe noch manches paradiesische Plätzchen giebt, aus denen die Lokomotive, dieser flammende Cherubim, die ersten Postwagen noch nicht vertrieben, und ihrer Romantik ein so weites Feld gelassen hat, als es in unsrer, an Räuberbanden gar ärmlichen Zeit, noch irgendwie möglich ist. Meine eignen Schicksale mögen diesen Ausspruch erhärten.

Von Zeit zu Zeit führt mich die Sehnsucht nach Vaterhaus

und Vaterstadt aus den Mauern der Residenz an die Ufer des baltischen Meeres, wo denn im Kreise der Meinen, bei der, vom Vater selbst, gebrauten Bowle gar fröhliche Stunden verbracht werden. Es war im März, als die schönen Tage von Aranjuez, Tage voll süßen Nichtsthuen's, wieder einmal vorüber waren.

Jochen fuhr vor; denn obschon Postillon, und königlicher Beamter zweiten Grades, wurd' er gegen das Versprechen eines tüchtigen »Magenwärmer's« seiner ganzen Würde uneingedenk, und holte den Passagier aus seiner Wohnung ab, anstatt ihn zu erwarten. – Jochen war noch immer der Alte; seit einem Vierteljahrhundert hob ihn ein menschenfreundlicher Kamrad auf den Bock, denn seit eben so langer Zeit war er nie nüchtern gewesen. Noch immer schien er der kupferfarbenen Nase nach von amerikanischer Abstammung, noch immer blies er auf einer ausrangirten Cavallerie-Trompete unfreiwillige Variationen, deren Thema man um so weniger errathen konnte, je mehr man musikalisches Gehör besaß. Jochen war eine gutmüthige Seele, er liebte die Menschheit schon deshalb, weil sie den Schnaps erfunden hat; aber auf seiner allnächtlichen Reise ging ihm nichts über Ruhe und Einsamkeit. Jeder Passagier beeinträchtigte jene mehr oder minder, und setzte ihn einer Kontrolle aus, die seit der Verwaltung des Herrn von Nagler, und seit Einführung der Beschwerdebücher dem Veteranen gefährlich werden konnte. Er hätte nach fünfundzwanzigjähriger Dienstzeit sich ohne Zweifel eine Schärpe, oder Litze, wohl gar eine Gehaltszulage, (die in seinen Händen freilich zum bloßen Trinkgeld geworden wäre) verdient, wenn er nicht von Zeit zu Zeit unter der Kontrolle eines leidigen Passagieres gelitten hätte. Seine Pferde hätten's nimmer verrathen, daß er unterwegs geschlafen, so und so viel Male sich verfahren, und beim Lenken umgeworfen habe; aber der humanste Passagier kann zum Denuncianten werden, wenn er eine gequetschte Nase und Beulen am Kopf durch die Fahrlosigkeit seines Wagenlenker's davonträgt.

Jochen war Anno 13 ein Held »mit Gott für König und Vaterland« gewesen, was die Schleife im Knopfloch bewies. So würd' ich denn den gewesenen Landwehr-Uhlanen mit schuldiger Rücksicht einen »Rossebändiger« genannt haben, wenn nicht der Anblick seiner Füchse diesen Titel zu injurienhafter Ironie gestempelt hätte. Ihrem Alter wie ihrer Leibesbeschaffenheit nach, hätten sie mit demselben Recht, wie die magren Kühe, dem Könige von Aegypten im Traum erscheinen können, und Jochen schien in der That sein Nahrungsmittel, den einfachen Korn (von ihm »das schlichte Wort Gottes« genannt) um vieles besser zu kennen als das einfache Korn, womit man die Pferde zu füttern pflegt.

Ich setzte mich zu ihm; noch ein herzliches Lebewohl, noch ein Abschiedsgruß mit der Hand, und der Wagen rasselte von dannen. Jochen mußte kurz vorher einen Rumm ergattert haben, nach deren Zahl er die Sonn- und Festtage des Jahres festzustellen pflegte, denn er war von ganz absonderlicher Liebenswürdigkeit. Kaum hatte er durch ein melodisches »Hüh« oder »Güh«, (die Entscheidung bleibt Andern vorbehalten) mit bessrem Erfolge jedoch durch seine Peitsche die »Rosse von der traurigen Gestalt« in Bewegung gesetzt, als er auch schon zu obenerwähnter Trompete griff um seiner Heiterkeit in Schreckenstönen Luft zu machen. Dann und wann versündge ich mich selbst in Liedern und sing' eine Freischütz-Arie, daß mir meine Bekannten mit Entziehung ihrer Freundschaft drohn; ich bin also keinen Fall's verwöhnt, Jochen aber leistete mehr, als selbst mein Trommelfell zu ertragen vermag. Wie er mir nachher erzählte war es die Melodie des bekannten Liedes: »Schöne Minka, ich muß scheiden«, die er dem Honoratioren Sohn zu Ehren, seiner Trompete entlocken wollte, einer Trompete, mit der Hüon sichrer, wie mit dem Horn des Oberon, den Orient durchzogen hätte. Wär' es nur kälter gewesen, so hätte die Erinnerung an das Posthorn des unvergleichlichen Münchhausen meine Hoffnung aufrecht erhalten, so hätt' ich auf ein Einfrieren der Töne, und auf ein beliebiges Aufthauen, oder (um in der musikalischen Sprache zu bleiben) auf ein Auflösen dieser Dissonanzen hinter dem warmen Ofen rechnen können; aber ich sollte den Leidenskelch bis auf die Nagelprobe leeren, mit andren Worten, das Lied zu Ende hören. Er schwieg und sah mich an, als woll' er fragen: »nun, wie war's?!« und aller Künstler-Eitelkeit zum Trotz, von der selbst Jochen nicht frei geblieben war, wagt' ich nicht eher ein halblautes Bravo hören zu lassen, als bis er das Mundstück abgeschraubt und das Marterinstrument auf dem Rücken hatte.

Der Mond schien hell; langsam mahlten die Räder im Sande, in dem Sande der oeden, moosbewachsenen Haide. Das Brausen des Meeres mischte sich mit dem unheimlichen Rauschen des vor uns liegenden Waldes, aus dem sich eine im Schlummer gestörte Krähe erhob, und ihr grausig Lied mit der strandgebornen Möve kreischte. Wir erreichten den Wald; schauerlich klang's wenn der Hirsch in der Ferne klagte, oder neben uns die Blindschleiche im halbverwesten Laube raschelte. Es wär verzeihlich gewesen, wenn uns der vorgestreckte Arm eines kahlen Baumes, oder das glühe Auge eines Nachtvogel's plötzliches Grauen, so etwas wie Gespensterfurcht eingeflößt hätte. Jochen aber besaß keine lebhafte Phantasie, und selbst ich, ward durch die Kette, die unaufhörlich an der Deichsel rasselte, vor allen jedoch durch die immer wiederkehrenden Rippenstöße, die auf einem Wege unvermeidlich waren, den Baumwurzeln zu einem natürlichen Knüppeldamm machten, an unsre Körperwelt gemahnt.

In der That es war eine »mondbeglänzte Zaubernacht«, die auch noch gröbere Sinne wie die eines Romantiker's gefangen halten konnte, und außer den Rippenstößen war nur die Unwahrscheinlichkeit jeder Lebensgefahr ein durchaus unromantisches Element dieser nächtlichen Fahrt. Jedenfalls wär's eine schlechte Spekulation gewesen, diesen Rumpelkasten, der sich königlich preußische Fahrpost schelten ließ, bei Nacht und Nebel anzugreifen. Abgesehn von Jochen's ungeladener Pistole und der Wagenburg, hinter der wir uns als Abkömmlinge der alten Germanen nach Väter Sitte wie die Bären vertheidigt haben würden, abgesehn also von der Fährlichkeit solchen Unternehmens, war ebenso wenig Lohn, wie Ehre in diesem Kampf zu gewinnen. Von Jochen war es bekannt, daß sein jedesmaliges, baares Vermögen kurz vor dem Abgang der Post flüssig gemacht wurde, was ich hier nicht bildlich, sondern buchstäblich zu nehmen bitte. Doch dieser Umstand weder, noch meine eigne gänzliche Verschiedenheit von Herrn von Rothschild, erfüllte mich mit solcher Sicherheit, wie ein einziger Blick auf Jochen's Trompete. Nur ein vagabondirendes Taubstummen-Institut, oder mit Wachs verstopfte Ohren, wie weiland die des alten Odysseus, durften sich eines solchen Wagestück's vermessen. Zudem hatte Jochen beim Kolberger Regiment gestanden, und war, was er keinen Augenblick bezweifelte, ein Schrecken Napoleon's gewesen.

»Ick bin ja Eener von de Schillschen« rief er, während das ganze Gesicht die Farbe seiner Nase annahm; und fügte dann in plattem Deutsch hinzu: »un Dunder-Lüchting, de förchten sich vör'n Düwel nich!« Wie jeder alte Soldat sprach er über Nichts mit solchem Eifer, wie über die durchgemachten Kämpfe und Strapatzen. »Herr –« fuhr er fort, nachdem er sich zuvor am Worte Gottes, N. B. dem seinigen, erbaut hatte – »Herr, wenn ick' jitzt an'n ollen Voder

Vörwards denk', Potz Bummen un Granaten, dat wos en Läven. »»Kinner, nu hebben wer Tüch g'nog röver*), nu druff«« – rief de olle Blücher, na, un nu geng't los. Ick hebb' se gespießt as wären't Flunnern+); un as de Franzosen all' dod o'r versopen woren, do käm de olle Blücher an Us ranner und seggte: »»Wenn'ck Juh so ankiek' – Kinner, Jih seiht utx) as de Schwiene, ober gefecht't häff' Jih as de Löwen's.«« Nachdem er hierdurch seinen Muth bewiesen glaubte, schickte er sich auf's Neue an, aus der treuen und einzigen Gefährtin seines Lebens »Einen zu heben«, was mich zu der Frage veranlaßte, an wieviel »Hebestellen« wir noch vorüber müßten? – Es mochte kurz vor Mitternacht sein, und Jochen's Erzählungen fingen allgemach an, ihre einschläfernde Wirkung geltend zu machen. Die Baumwurzeln behandelten den Wagen und meine Rippen um etwas christlicher, und kaum daß der Fußsack schmeichelhafterweise zum Kopfkissen ernannt worden war, schlief ich ein.

Es bleibt dahin gestellt ob ich gar nicht oder sehr angenehm träumte, soviel ist gewiß daß keine Schreckbilder mich entsetzten, sonst hätt' ich minder lange geschlafen. Ein Schlag auf die Schulter weckte mich. Man denke sich mein Entsetzen, als ich zuerst einen Bauer erblickte, der lachend neben dem Wagen stand, und dann den guten Jochen auf seiner Sitzbank schnarchen hörte. Die Pferde standen still, aller Wahrscheinlichkeit nach seit mehren Stunden schon, und unterhielten sich damit die Gräser zu ihren Füßen zu benagen, oder den Reif zu lecken, der rings die kahlen Zweige bedeckte.

»Jochen, alte Schlafmütze, plagen Dich neunundneunzig Donnerwetter?!« war der freundliche »Guten Morgen!« wo-

*) Kinder, nun haben wir Zeug genug herüber.

+) Als wären es Flundern. (ein Plattfisch wie die Steinbutte.)

x) Ihr seht aus.

mit ich ihn gleichzeitig weckte und begrüßte. Ohne die Augen aufzuschlagen, begleitete er sein »Hüh« mechanisch mit einem Peitschenhieb, und wäre vielleicht auf's Neue eingeschlafen, hätt' ich mir's nicht angelegen sein lassen, ihn wach zu erhalten. Um drei Uhr Morgens sollten wir an Ort und Stelle sein, es war fünf, und mehr denn eine Meile war noch zurückzulegen. Ich schimpfte mit Hintansetzung aller Aesthetik, sprach von Anzeige machen, von Beschwerdebuch, und Absetzung, so daß dem, wieder zu sich gekommenen Helden von der Katzbach der Muth in einer Weise sank, daß ihn weder Blücher, noch irgend ein anderer Sterblicher dem Geschlechte der Löwen zugezählt hätte. Er sah mich an, als wollt' er mich bei den Wunden eines alten Krieger's, und bei der Unübertrefflichkeit des 96grädigen Sprit's beschwören, nicht nur die Beschwerde zu unterlassen, sondern aus alter Freundschaft auch dem Postbeamten ein X vor ein U zu machen. Nachdem er eine Zeit lang gezappelt hatte, willfahrt' ich seinem Wunsche, die Lügen wurden ausgeheckt und die Rollen vertheilt.

Bald darauf erreichten wir O....., eine Stadt, deren Namen gleichzeitig die Beschaffenheit ihrer Bewohner unschmeichelhaft, aber treffend schildert, weshalb ich ihn, nach dem Gesagten, verschweigen muß. Jochen's Entschuldigung über sein spätes Erscheinen ward nicht weiter untersucht, da ich – der einzig leidende Theil – die Wahrheit, einer so rührenden Freundschaft zum Opfer brachte. Ja, ich war der leidende Theil, denn die Post, an die ich mich anschließen sollte, war längst durchpassirt, und – entsetzlicher Gedanke! – ich mußte vier Stunden in O.... verweilen. O. W! –

II. Die Passagierstube.

Chacun a son goût.

Es mochte sieben Uhr Morgens sein als ich in die Passagierstube trat und klingelte. Eine Köchin mit einer Nase von so beispielloser Länge, daß selbst der Ruhm der Wahl'schen verdunkelt würde, sollte sich's ein neuvorpommerscher Epigrammendichter angelegen sein lassen, ihr die Unsterblichkeit zu verleihn. Ich forderte Kaffe; ich kann es beschwören, daß ich weder Zichorien, noch Mohrrüben, noch gebrannte Gerste mit einer Sylbe verlangt habe, dennoch bekam ich ein Gebräu von allen Dreien, und sollte das als Kaffe trinken, ich – der ich an den Mokka des Herrn Stehely so gewöhnt bin, wie das Kind an die Mutterbrust, oder ein Sekonde-Lieutnant an Billet-doux's und Mahnbriefe. Ich hasse jenes Gesetz der vornehmen Welt, das von allen nur zu kosten erlaubt, nein, die Kellner in einem halben Dutzend Speisehäusern wissen es, daß ich »eine gute Klinge schlage«, und nichts weniger als ein Kostverächter bin; aber diesem Kaffe gegenüber war ich zum ersten Mal in meinem Leben fein, sehr fein; denn ich nippte nur und setze freilich voraus, daß Niemand den Fluch gehört hat, den ich wie einen Bannstrahl gegen die Zichorienfabriken und die Küchenprinzessin mit der langen Nase schleuderte. Ich rief sie herein, ich tadelte ihr Gebräu auf's Erbittertste, und sie wäre unzweifelhaft mit »einer langen Nase« abgezogen, auch wenn ihr der Himmel eine solche versagt hätte; so aber war jedes Wachsthum eine bare Unmöglichkeit.

Mich fror; ich stellte mich an den Ofen, der mich nur nach homöopathischen Grundsätzen erwärmen konnte, denn er war eiskalt. Ich hatte nicht Lust den Versuch zu wagen; hüllte mich daher fester in meinen Mantel und begann aus Langerweile (man verzeihe dies Motiv) die Kunstschätze des Zimmer's zu mustern. O, Himmel, da hing die

Loyalität, und vor allen der Patriotismus in ganzen Schubkarren-Ladungen an der Wand. Da breitete die Königin Luise ihren Reifrock segnend über alle Hohenzollern aus, da drohte der alte Fritz mit dem Krückstock, und überall zeigten die Franzosen den Rücken, als hätten sie niemals anders wie bei Roßbach gefochten. Auf dem Ofen standen die Büsten dreier Majestäten, so daß er mir wie der Monarchen-Hügel bei Leipzig erschien, von wo aus die Schaaren befehligt wurden, die sich an den Wänden auf so und so viel Bildern umhertummelten.

Vor allen aber fesselte mich die Ankunft des Feldmarschall's Blücher im Elysium. Dies Bild ist die Krone der Geschmacklosigkeit. Etwas verlegen scheint der alte Held, der niemals der Mann der bleichen Furcht gewesen ist, in den Kreis der Seligen einzutreten. Auf himmlischen Frieden muß er nicht gerechnet haben, denn der Säbel hängt lang und breit an seiner Linken. Dicht hinter seinem Kopf erglänzen vier Sterne, die so etwas wie Himmelsglorie bedeuten sollen, aber wie Verdienstmedaillen und Adlerorden aussehen, die er auf Erden vergessen hat und durch einen Expressen nachgeschickt erhält. Der alte Fritz, den Krückstock, just als wär' er ein Polizei-Diener, unter dem Arm, empfängt ihn und schüttelt ihm so kräftig die Rechte, daß sich der Zopf zu bewegen scheint, der, wie ein Rattenschwänzchen, auch im Elysium den Rücken des großen König's ziert. Die elysäischen Gefilde scheinen übrigens ihr bestimmtes Publikum zu haben, wie Pera, oder die Judengasse zu Frankfurt, oder das Quartier-latin zu Paris, denn man gewahrt darinnen nichts wie Preußen, was mir die vortheilhafteste Meinung von der göttlichen Gerechtigkeit beibrachte.

Man würde mich verkennen, muthete man mir die Absicht zu, die Liebe zu König und Vaterland in's Lächerliche ziehn zu wollen; nein, nur der Kunstentweihung erklär' ich den Krieg, und jener entsetzlichen Geschmacklosigkeit, die vor einiger Zeit den königlichen Befehl durchaus rechtfertigte: »man möge darauf achten, daß die Bildnisse der Allerhöchsten, Höchsten u. s. w. Herrschaften, den Anforderungen der Kunst einigermaßen entsprächen.«

Kaum weiß ich, ob mich der Anblick dieser Bilder-Gallerie, die als vollständigster Kontrast der Versailler gelten konnte, mehr ärgerte, oder ergötzte. Jedenfalls war mir etwas wärmer geworden, und das war die Hauptsache. Eine Stunde meiner Leidenszeit mochte vorüber sein; ich warf mich auf eine Art Sopha, und wollte zu schlafen versuchen. Eben befand ich mich in jener Uebergangsstufe, die man mit »Dusel« zu bezeichnen pflegt, als die Giftmischerin erschien, die mich vorher mit ihrem Kaffe vergeben wollte. War es Chikane gegen mich, oder geschah es auf höhren Befehl, gleichviel; – sie oeffnete die Fenster und begann mit Lederlappen und warmen Wasser, die Säuberung der allerdings fast undurchsichtig gewordenen Scheiben. Ich liebe die Reinlichkeit; hier aber brachte sie mich zur Verzweiflung. Mich fror schon wie einen Schneider; zudem hat mich der Himmel mit hohlen Zähnen reichlich gesegnet, und jede Erkältung muß ich büßen. Zahnweh oder rheumatische Zufälle, sind stets die unmittelbare Folge jedes Zugwindes, der mich trifft, und mit Fug und Recht murmelte ich traurig in den Bart: »auch das noch!« Ich zog mein Recht eines »Veto« in Zweifel, und sann deshalb auf List. Die Mahnungen meines Magens, die immer dringender wurden, ließen mich ohne Mühe ein Rettungsmittel finden. »Kann ich eine Tasse Bouillon bekommen?« fragt' ich. »O, ja!« war die Antwort. Das Mädchen verschwand, und auf einige Zeit glaubt' ich mich außer Gefahr. Schleunigst schloß ich die Fenster; doch nach wenigen Minuten schon, kehrte mein Quaelgeist mit der verlangten Bouillon zurück. Ich kostete; weh mir, ein neues Leiden harrte meiner. Ganz abgesehn davon, daß sie aus viel, viel weniger Rindfleisch bereitet war, als die Nase der Ueberbringerin aufzuweisen hatte, wurde sie mir durch einen reichlichen Gehalt an Muskatenblüthe vollends ungenießbar. Ich bin durchaus kein Gastronom; ich esse mein Beefsteak mit demselben Appetit, gleichviel ob ich's mit Blut à l'anglais, oder trocken wie Leder à l'allemand bekomme, ich ess' es sogar mit Bollen, mehr brauch' ich nicht zu sagen, um mich vom Verdacht der »Kiesätigkeit« zu reinigen; – aber man könnte mich zum Könige sämmtlicher Gewürzinseln machen wollen, ich müßte für die Ehre danken, wenn irgend ein Paragraph der Gesetzgebung lautete: »Sr Majestät verpflichten sich, alltäglich eine Tasse Lama-Bouillon mit Muskatenblüthe zu genießen.« Nein, so etwas konnte mir nur in O.... passiren, in O...., wo sich Alles verschworen hatte, mich zum Eisenbahn-Enthusiasten, und zum unversöhnlichen Feinde aller deutschen Postschnecken nebst Zubehör, (wohin vor allen die Passagierstuben gehören) zu machen. Ich verließ das Zimmer, – nein, nein, – der Ausdruck ist zu schwach, zu ruhig, – ich floh, floh – nun wie denn gleich? – floh, wie Orestes vor den Eumeniden, oder die Franzosen vor Jochen dem Postillon. Aber o, O.... ist gepflastert, in einer Weise, daß jeder Stein zum Stein des Anstoßes werden muß, und wäre jeder Bürger in O.... ein Tanzmeister, und jede Köchin eine Sylphide. Das Pflaster in O.... ist ein Pasquill auf die Lütticher Pflastermethode, und der Antipode des Trottoir. Ich begreif' es nicht, wie ich überhaupt noch Menschen mit graden Beinen begegnen konnte, und wundre mich, daß nicht an jedem Klingelschilde zu lesen war: »zum praktischen Wundarzt, Operateur und Beinbruchhelfer N. N.« Ich bog um eine Ecke; hier kam, veränderungshalber, das Geschlecht der spitzen Steine, und während ich die Gasse passirte, dacht' ich unaufhörlich an die mit Nägeln wattirte Tonne, in welcher der arme Regulus sterben mußte. Wollte man zu den Barbareien des Alterthum's zurückkehren, so würde die Verurtheilung: »dreimal barfuß diese Gasse zu passiren« mit jener Todesstrafe gleichzustellen sein.

Hinkend kehrt' ich nach einiger Zeit zur Post zurück. Die Fenster der Passagierstube waren geschlossen, ich schöpfte Muth und trat näher. Vor mir auf den Knieen lag die unglückselige Kochkünstlerin, die ihre Studien unter keinem Jagor gemacht hatte. Einen Augenblick beseelte mich der Gedanke: »die edle Seele! sie ist reuig vor Dir niedergesunken, um Deine Verzeihung zu erbitten.« Doch ich sollte enttäuscht werden; mit Schrubber und Waschlappen lag sie in friedlichster Gemeinschaft am Boden und – scheuerte. Ich wußte nicht, ob ich lachen oder weinen sollte. Schweigend schloß ich die Thür, und hinkte in ein nah gelegenes Gasthaus.

III. Im Kabriolet.

> The spurns that patient merit of the unworthy takes.
> Hamlet.

Endlich war es eilf Uhr; die Post mit der ich weiter befördert werden sollte erschien, und eine Seele kann aus dem Fegefeuer nicht jubelnder in den Himmel treten, als ich in die Kutsche kroch, die mich aus O.... entführen sollte. Ich will sie nicht tadeln, obschon sie weder in Federn hing, noch jene unerläßliche Eigenschaft eines bequemen Postwagen's die »Backen« besaß, ohne welche der Mittelsmann, wie ein Perpetuum mobile, bald links bald rechts seinem Nachbar in die Arme sinkt. Wir waren unsrer Drei im Wagen; später gewahrt' ich (um einen Heine'schen Witz zu citiren) die Anwesenheit eines vierten und zwar blinden Passagier's, – Amor's nämlich. Ein Greifswalder Student und ein junges Mädchen saßen mir gegenüber. Jener trug eine blutrothe Kappe von der Größe eines Achtgroschenstück's, die er auf seinem Lockenkopfe, vom Umfange eines Viert's, mit vieler Geschicklichkeit balancirte. Um den Hals hatte er einen wollenen Shawl geschlungen; seine Farbe war die »der brennenden Liebe«. – Das Mägdlein zeichnete sich durch semmelblonde Locken aus, so daß ich mich des Gedankens nicht erwähren konnte, ihr Vater sei ein Bäcker; eine Vermuthung, die sich fast zur Gewißheit steigerte, als sie aus ihrem Pompadour die Ueberreste eines Napfkuchen's hervorholte, von dem man mit vollem Rechte sagen konnte:

Man sieht noch am zerhaunen Stumpf
Wie mächtig war die Eiche.

Mit Hülfe eines Federmesser's wurde derselbe, nicht ohne Schwierigkeit zerlegt, und zuerst dem Studio, dann mir präsentirt. Ueberhaupt merkt' ich bald, daß der Ritter »vom Shawl zur brennenden Liebe« sehr fest im Sattel saß, und durch mich keineswegs aus der Gunst des Blondkopf's verdrängt werden konnte. Er hatte auch Zeit gehabt sich in derselben festzusetzen, da er bereits die ganze Nacht hindurch in ihrer Gesellschaft gereist war, und zweifelsohne auf der letzten Station seinem Werk die Krone aufsetzen wollte. So kam ich Beiden ungelegen, und der Napfkuchen, der mir praesentirt wurde, war um vieles süßer, als die Gesichter, die man mir schnitt. Der Studio säuselte trotz seiner breiten Schultern wie Hölty und Matthisson zusammengenommen, und werden wir ihn der Zartheit seiner Liebe bald jede schuldige Rücksicht gegen mich opfern sehn. Vorläufig verzehrte er den Kuchen in gar zierlichen Häppchen, obschon er einen Mund und in demselben Zähne besaß, die mit Schiffszwieback eben so leicht wie mit Bisquit fertig geworden wären. Zuletzt prangte noch eine große Rosine in seiner Hand, über deren Bestimmung er selbst im Unklaren zu sein schien. Eben glaubt' ich er würde sie in der linken Westentasche, dem Herzen so nah wie möglich verbergen, um sie bei nächster Gelegenheit statt eines Carneols in Gold fassen und als Original-Tuchnadel bewundern zu lassen, als er sie zu meinem größten Erstaunen wie eine ganz gemeine Rosine verschluckte. Das Kuchen-Intermezzo war vorüber, und die Verlegenheit des jungen Pärchen's wuchs mit jedem Augenblick. Sie hatten sich noch so viel Liebes und Gutes zu sagen, so mancher Händedruck, so mancher Kuß sollte noch getauscht werden, und ich Unglückseliger machte den heißersehnten Tausch zu einer traurigen Täuschung. Ich sah in der Miene des jungen Mädchens ganz unverkennbar den Wunsch ausgesprochen:

O, seid – gewährt mir die Bitte –
Nicht länger im Bunde der Dritte.

Ich las auf der gerunzelten Stirn des Studio ganz klar und deutlich:

O, Tod ich kenn's, das ist mein Famulus!
Daß diese Fülle der Gesichte
Der trockne Schleicher stören muß;

und entzifferte wie die beste Zigeunerin, zwar nicht aus der flachen, doch aus der geballten Hand des Entrüsteten, »daß es gefährlich sei den Leu zu wecken.«

Ich bin kein Spielverderber und jedem Menschen gern gefällig, sann aber vergeblich auf Mittel und Wege, dem Pärchen nicht fürder lästig zu fallen. Der Studio erwies sich bald als ein anschlägiger Kopf; die Noth, die Eisen bricht, macht auch erfinderisch. Wir passirten ein Dorf; der Postillon sprang vom Bock, wie es hieß, um ein Brieffelleisen abzuliefern, wahrscheinlicher jedoch um sich an einem Kirsch zu erquicken. Fast gleichzeitig aeußerte die Blondine den

Wunsch auszusteigen; weiß Gott, aus welchem Grunde, denn das Glas Wasser nach dem es ihr vorgeblich verlangte, würde jeder von uns mit Freuden herbeigeschafft haben. Kaum hatte sie den Wagen verlassen, als der Studio begann:

»Mein Herr, die Zeit ist kostbar, und jedes Compliment, als eine Zeitverschwendung vom Uebel; ich fasse mich kurz: Sie sind hier überflüssig!«

»»Mein Herr, ich habe meinen Platz bezahlt!««

»Gleichviel!«

»»Freilich, gleichviel! soviel wie Sie!««

»Sie mißverstehn mich; kurz und gut Sie sind meinem Glück im Wege.«

»»Das betrübt mich aufrichtig, indessen –««

»Ist dem wirklich so, und sind Sie nicht ein bloßer Schwätzer, so verlassen Sie den Wagen.«

»»Ihre Forderung macht mich lachen.««

»Desto besser! Ich gönn' Ihnen ein solches Vergnügen; gönnen Sie mir auch das Meine.«

»»In der That, mein Herr, Ihre Art und Weise mit mir zu sprechen, ist trotz aller Grobheit, nicht ohne Humor.««

»Gut, gut! aber zur Sache!«

»»Mein Gott, wo soll ich denn hin?! Etwa zurück in die Passagierstube zu O....? Herr, Sie wissen nicht was Sie fordern, sonst blieben Sie mir mit solcher Zumuthung vom Leibe!««

»Das verlangt auch Niemand; aber im Kabriolet sind –«

»»Unbesetzte Plätze. Daran dacht' ich nicht; es mag drum sein.««

Noch ehe die junge Dame an der Seite eines Jünglings Platz genommen hatte, der seine ganze Grazie dem schönen Geschlechte zuzuwenden schien, saß ich im Kabriolet, und der Neid, der sich mir verzeihlicherweise im Herzen regte, kam in keinen Betracht gegen das beseligende Gefühl ein »Werk der Liebe« vollführt, und ein zweites begünstigt zu haben.

Die Neugier hat mich nie gequält, so benutzt' ich denn die Klappe an der Rückwand ganz und gar nicht, mit deren Hülfe ich im Stande gewesen wäre, die Vorgänge im Wagen zu beobachten. Ungleich mehr beschäftigten mich die Wolken, die einer Karawane gleich am Himmel zogen, und vor allen der trübe, engbegrenzte Horizont, der binnen einer Viertelstunde den besten Regen versprach.

O, meine Ahnungen! Alsbald erhob sich jener Wind, der dem Regen unmittelbar vorher zu gehen pflegt, und die ersten Tropfen fielen auf meinen Seidenhut. Ich habe Unglück mit meinen Hüten; an oeffentlichen Orten verschwinden sie in der Regel spurlos, wie das Mädchen aus der Fremde, so daß ich statt der theuren Filz- die billigern Seidenhüte als Kopfbedeckung eingeführt habe; um gestohlen zu werden, sind sie noch immer gut genug. Und doch: »wärst Du ein Filz!« waren die ersten Worte, die ich mit einem Seufzer jetzt, als kenne ich mein Schicksal bereits, an den neuen, glänzenden Seidenhut richtete.

Die Tropfen fielen häufiger. Ich bin allen Ernstes außer Stande mir alle acht Tage einen neuen Hut zu kaufen; so mag man's denn verzeihn, daß ich endlich die Klappe lüftete, und während ich sprach, das Innere des Wagen's einer Musterung unterwarf. Beide hielten sich umschlungen; dem Echo nach, das ich gerade noch hörte, mußte eine halbe Sekunde vorher ein Kuß gefallen sein, und von den Lippen der Blondine erklang es fast wie: »bester Mann, von Herzen lieb' ich Dich!« Der »beste Mann« aber bemerkte mich und sprach mit einem einzigen Blicke: »Du da?!« »Was geht's Dich an?!« Wär' ich nur irgendwie als Mephisto zu brauchen, so hätt' ich vielleicht mit einem hämischen: »hab' ich doch meine Freude dran!« darauf geantwortet; so aber sprach ich ganz prosaisch: »Bitte, lassen Sie sich nicht stören, aber sputen Sie sich ein wenig, denn es regnet.« Ich wurde keiner Antwort gewürdigt, und der Vorhang, oder vielmehr die Klappe fiel. –

Ich bin gutmüthig und von ächt deutscher Geduld; so nahm ich denn mein seidnes Taschentuch und wickelte es um den Hut. Wär' es schwarz gewesen, so hätt' es meine Trauer über den abermaligen Verlust eines Hutes angezeigt; so aber war es roth, und ich saß da vorne auf dem Wagen, als wär' ich der Hochzeitsbitter der Leute da drinnen. Zudem wurde der Regen mit jedem Augenblicke stärker; nicht ohne Entrüstung blickte ich zum zweiten Male in die Camera obscura und sprach: »meine Herrschaften, wie weit sind Sie gediehn? es regnet schon ganz erklecklich, und ich bin Inhaber eines Seidenhut's!« Alles still. – Das rothseidne Tuch flatterte lustig im Winde, mir aber ward traurig um's Herz.

»Mein Tuch!!« schrie ich plötzlich; mehr bracht' ich nicht hervor, denn der Schreck lähmte mir die Zunge. Weh, weh! mein schönes, seidnes Schnupftuch, mein Prachtstück für zwei Thaler und acht Groschen, ward auf dem Saatfeld dahin gefegt, als wär' es eine lokomotive Vogelscheuche, und zu solchem Zweck hätte selbst Crassus keine seidnen Schnupftücher spendirt. Und nun der Hut? Jeder Hülle beraubt, ging er und seine pappne Seele dem sichren Verderben entgegen.

Jetzt hatte alle Rücksicht und Freundschaft ein Ende: »Meine Herrschaften« – schrie ich in den Wagen hinein – »Alles muß eine Grenze haben! Lieben Sie sich wie und wann und wo Sie wollen, lieben Sie sich meinetwegen auch im Postwagen, aber sputen Sie sich, und verlangen Sie nicht, daß man hier draußen im Kabriolet bankrutt wird an Allem, was zur Leibesnahrung und Nothdurft eines gebildeten Menschen gehört. Mein seidnes Taschentuch ist über alle Berge, mein Hut löst sich so eben in Wohlgefallen auf;

Schnupfen und Zahnweh und Gicht gar nicht 'mal zu gedenken. Allen Respekt vor Ihrer Liebe, aber ich darf auch Ihre Nächstenliebe in Anspruch nehmen; es gießt hier draußen nach gerade wie mit Mollen, ich lasse jetzt den Postillon anhalten, und nehme meinen Platz im Wagen, schlimmsten Fall's mit Gewalt.«

»»Thun Sie, was Sie nicht lassen können!«« entgegnete jetzt der Studio – »»aber ich rath' Ihnen nicht dazu. Welche philiströse Gesinnung! Hier im Wagen finden sich zwei Seelen, die Gott für einander bestimmt hat, und Sie wollen, eines erbärmlichen Hutes halber, unsre Liebesandacht durch Ihre unheilige Gegenwart stören!««

»Verzeihen Sie, der Hut ist nicht erbärmlich, er kostet –«

»»Und wenn er ein Königreich werth ist, und es draußen Ambosse und Schmiedegesellen durcheinander regnet, so kommen Sie jetzt doch nicht in den Wagen. Ich bin zu jeder Satisfaktion bereitet, wählen Sie krumme Säbel, oder Pistolen; – aber in diesem Augenblicke bleiben Sie mir vom Leibe, ich vertheidige den Wagen wie ein Verzweifelter.««

Darauf wollt' ich's nicht ankommen lassen. Der Seidenhut war ohnehin windelweich geworden, und an meiner Garderobe nichts mehr zu verderben. »Wer die Gewalt hat, hat das Recht« war mein Gedanke, während ich mich resignirt in die Ecke drückte. Wir erreichten die nächste Station, von wo aus ich per Eisenbahn in die Residenz gelangen wollte. Naß wie eine Katze stieg ich aus dem Wagen und trat in das Passagierzimmer. Alsbald erschien der Studio, zog mich in eine Fensternische, und sprach:

»Mein Herr, die Umstände machen den Menschen; ich habe Sie beleidigt, – ich konnte nicht Anders!«

»»O, ja! Sie konnten anders –««

»Nein! höhre Pflichten verboten es mir. Uebrigens heiß ich »Gutschlag« und schmeichle mir meinem Namen Ehre zu machen. Hier ist meine Karte; Vormittags bin ich, mit

Ausnahme der Manichäer, für Jedermann zu Hause. Leben Sie wohl!«

Ich war verblüfft; fast hätt' ich mit Einem: »Es ist mir sehr angenehm gewesen Ihre werthe Bekanntschaft gemacht zu haben!« darauf geantwortet. Eh' ich mich auf etwas Bessres besinnen konnte, hatte er die »im Postwagen gefundne Seele« noch einmal geküsst und eilte die Straße entlang.

Die Sonne ging eben unter; aber die Blondine heftete ihr blaues Auge auf eine Straßen-Ecke, hinter welcher so eben eine schönere Sonne, die rothe Studentenmütze verschwand. Noch einmal flatterte der Shawl der brennenden Liebe im Winde, und folgte dann wie ein flüchtiges Abendroth der bereits untergegangenen Mützen-Sonne. Sie seufzte schwer. »Die Welt hat keine Freuden mehr auf diese!« so klang der Seufzer; dann wandte sie sich an den Billeteur und forderte mit ziemlicher Fassung: »ein Billet zur dritten Wagenklasse nach Berlin.« –

Tuch und Locke.

Wir lagen im Bivouac. Es war am Abend vor der Schlacht von Temesvar. Unsre Ulanen campirten auf freiem Felde, und ihre Pferde zu zwei und drei zusammengekoppelt, hockten sie truppweise um die knisternden Wachtfeuer herum und suchten sich, in ihre Reitermäntel gehüllt, gegen den niederfallenden Regen zu schützen. Wir Officiere hatten einen alten, halbverfallnen Holzschuppen inne, der – Gott weiß zu welchem Zwecke – auf der Haide errichtet worden war, jetzt aber, mit Hülfe unsrer Fouriere, ein immer noch besseres Nachtlager bot, als der Dienst im Felde mit sich zu bringen pflegt. Aus requirirtem Heu und Stroh hatte uns der gute Wille unsrer Leute ein bequemes Lager zusammengepolstert, dessen aufrechtstehende Garben – jede einzelne mit einem Heubündel davor – sich wie dicht neben einander gerückte Lehnstühle an zwei Seiten des Schuppens entlang zogen. Wir hatten am Vormittag einen starken Marsch gehabt und streckten uns jetzt auf unsern improvisirten Fauteuils um vieles behaglicher, als auf den Plüsch-Sophas der Residenz. Die Mehrzahl von uns war eingeschlafen oder nickte mit dem Kopf, und nur eine Gruppe im Centrum, genau da, wo die beiden Stuhlreihen im rechten Winkel zusammenstießen, war in lebhaftem Gespräch begriffen. Es waren ihrer fünf, die hier zusammensaßen und von den Flammen eines in der Mitte des Schuppens angezündeten Feuers hell beschienen, von Zeit zu Zeit dem Ungar zusprachen, der in mehren langhalsigen Flaschen auf einem als Tisch benutzten Feldstuhl unmittelbar vor den Sprechenden stand.

Der Eine von ihnen war Oberst du Plat, unser Commandeur. Er war Franzos und hatte unter Napoleon gedient. Bei Groß-Aspern verwundet und gefangen genommen, war er nach dem Kriege in östreichische Dienste getreten und schwur jetzt auf das Haus Habsburg und sein Recht, wie auf das Evangelium. Wir liebten ihn wie unsern Vater und seine großen blauen Augen hatten Gewalt über uns. Er war eine Seele von Mensch. Einmal bracht' ich ihm einen Rapport; er ging im Zimmer auf und ab, blies Wolken aus seiner Meerschaumpfeife und hielt einen Brief in den Händen. Er nahm den Rapport dienstlich hin; dann aber rief er plötzlich mit überwallendem Herzen: »sehen Sie, Lieutenant Malichenski, so schreibt mein Jüngster.« Dabei überreichte er mir den Brief, den er in der Hand gehalten hatte und auf ein Postscriptum deutend, dessen Inhalt lautete: »lieber Papa, es grüßt Dich von ganzem Herzen Dein François du Plat,« fuhr er fort: »er ist erst drei Jahre alt und sieht aus wie seine Mutter; sie hat ihm die Hand geführt.« Dabei liefen ihm die Thränen über's Gesicht. Am andern Tage hatten wir die Affaire von Szolnok und der Alte war der Erste im Quarré.

Dem alten Obersten zur Seite saß Rittmeister Tauenzien, vormals preußischer Husar. Prompt im Dienst, voran in der Schlacht, derb im Stall und immer heiter am Tisch, war er der besondere Liebling des Alten. Er hatte die seltene Gabe, den Ton des gemeinen Mannes zu treffen, ohne sich an seiner Stellung das Geringste zu vergeben. Seine Schwadron vergötterte ihn und hätte ihn aus einer Armee von Feinden herausgehauen. Warum er seinen Abschied aus preußischem Dienst genommen hatte, wußte Niemand; man vermuthete eines Duells halber. War aber im Regiment die Rede davon, so hieß es jedesmal: *aus Liebe*! Er war nämlich der abgeschworne Feind des schönen Geschlechts und versicherte jeden Tag mehr denn einmal: daß er lieber auf einem Heckselsack sitze, als auf dem Schooß der schönsten Frau.

Zur Linken du Plat's saß Lieutenant Vandembosch. Er war der Jüngste unter uns; noch halb ein Kind. Der Alte hatte ihn gemeinhin um sich, denn Vandembosch senior, ein reicher Kaufherr auf der Wiedner Vorstadt, hatte ihm das Söhnchen anvertraut, wie man einem schnurrbärtigen Postschirrmeister ein junges Mädchen übergiebt, wenn es in den Ferien nach Hause reist. Vandembosch war der einzige Sohn seiner Eltern und sollte Kaufmann werden; eben deshalb war er Soldat geworden. Wenn er zu seinem Vater gesagt hätte: »Vater, ich will Großmogul werden,« so würde der Alte sich auf's Comptoir begeben und seufzend bei einem Geschäftsfreunde in Kabul oder Ispahan angefragt haben: ob es nicht möglich sei. Das verzogene Söhnchen war ein Tyrann gewesen, aber nur weil man ihn dazu gemacht hatte; im Herzen war er brav und kerngesund. Wir wußten das und hatten ihn lieb trotz einer gewissen Affektation. Einstmals lagen wir (es war bei Debreczin) auf freiem Feld und zählten fröstelnd und Reih herum die hundert Dinge auf, die uns zur Behaglichkeit fehlten; obenan stand Grog. Als die Reihe an unsern Jüngsten kam, sagte er ganz ernsthaft: ein Fortepiano. Einige von uns lachten, andere ärgerten sich; bald aber schämten wir uns. Die Vornehmheit des jungen Burschen hatte uns eine Lehre gegeben.

Die beiden andern Officiere dieser Gruppe waren die Lieutenants Hostowiz und Wilson; jener ein junger Böhme, der früher bei Wallmoden-Kürassier gestanden hatte und erst vor Kurzem zu uns versetzt worden war; dieser ein Hannoveraner, blond, nüchtern und gemessen; aber bei Allen wohlgelitten wegen seines kalten Muths und seiner schönen, klangvollen Stimme. Von diesen beiden hab' ich zu erzählen.

Unterhaltungen im Felde sind nur allzuoft wie die Läufer beim Schachspiel und rennen hin und her auf ihrer trostlosen Linie, aber heute war unsre Rede wie der Springer und stand bald hier, bald dort. Wir sprachen von Bem und vom Prater, von Dembinski und Strauß-Lanner, von der letzten Affaire und von der nächsten; zuletzt auch, nach Cavalleristenweise, von schönen Pferden und – Frauen.

Lieutenant Hostowiz hatte sein Glas ergriffen und sich lachend zum Rittmeister verbeugend, rief er: »Hurrah, Tauenzien, – alle schönen Weiber!«

Der Rittmeister stieß an, fuhr mit seinem Glas Unger vorsichtig unter das Strohdach seines Schnurrbartes und trank aus. Während er hinsetzte und die Flasche ergriff, um wieder einzuschenken, sagte er mit entschieden preußischem Accent: »Auf Ehre, Hostowiz, wär's nicht so naßkalt, ich hätte den Wein an die Erde gegossen.«

»Das sagt er immer,« rief einer von den Schläfern, deren mehre inzwischen wach geworden waren. Wir lachten laut auf. Jeder im Regimente wußte, daß Rittmeister Tauenzien eben so gern sein Blut wie ein Glas Unger vergossen hätte. Hostowiz aber fuhr fort:

»Ich wette, Tauenzien, der Gott mit der Binde hat Euch einen seiner reizendsten Streiche gespielt.«

»Das hat er freilich« – entgegnete der Rittmeister – »und mehr als einmal. Gleich mein Debüt war schlecht genug und ein Omen dazu. Ich saß in Tertia und liebte meines Rektors Nichte. Wir schwuren uns Treue, als wir aus der Tanzstunde kamen. Am andern Tage verlobte sie sich mit dem Konrektor, der ohnehin mein Todfeind war. Wir trommelten ihn 'raus und ich wurde relegirt. So fing meine Laufbahn an. – Euch, Hostowiz, mag's besser gegangen sein.«

»Nicht immer!« erwiderte der junge Böhme, der das volle Maß jener graziösen und beinahe liebenswürdigen Eitelkeit besaß, die den slavischen Stamm so entschieden charakterisirt, und während er jetzt mit erkünstelter Ruhe sich seitwärts bog, um die Asche aus seiner kurzen Pfeife zu klopfen, blitzte auf seinen Augen das ungeduldige Verlangen, in *Erzählung* eines Triumphs seinen Triumph noch einmal zu feiern.

»Nicht immer!« wiederholte Tauenzien – »aber doch zuweilen, he?! Erzählt. Ich lese so was wie eine romantische Geschichte auf Eurem Gesicht. Nichts über einen Roman. Aber das müßt Ihr wissen, Hostowiz – und wenn Euch die heilige Genoveva nachgelaufen wäre, ich bleibe bei meinem alten Spruch:

Ein Kreuz und ein Knix –
Weiber und Liebe taugen nix.«

»Nichts!« wiederholte Hostowiz, »oder Alles; je nachdem!« Er schwieg wenige Augenblicke, dann aber fuhr er mit immer steigender Lebhaftigkeit fort: »Ich hab' ein paar Erinnerungen: Ich zog einen Freund aus der Moldau und seiner Mutter Thränen fielen auf meine Hand; ich stand am grünen Tisch und mein letztes Goldstück wuchs an zu einem Haufen von Gold; ich war bei Novara und Radetzky selbst steckte dies Kreuz an meine Brust – aber Glück, Ruhm, Ehre, Alles ist blaß gegen *Eines*. Die Erde hat nichts Süßeres, als verbotene Liebe und nichts Höheres, als den Sieg über ein Weib.«

»Doch!« – rief eine feste Stimme dazwischen – *»den Sieg über sich selbst.«*

Alle horchten auf. Lieutenant Wilson war es, der gesprochen hatte. Eine kurze Pause entstand, dann warf einer von den Jüngern halbspöttisch hin: »Das sind Ansichten.«

»Oder Grundsätze,« fügte Wilson trocken hinzu.

Obrist du Plat hatte sein Glas ergriffen und mit dem Ausdruck beinah väterlichen Wohlwollens an den Sprecher herantretend, sprach er: »brav, Wilson; auf Ihr Wohl!«

Der junge Böhme ward roth bis über die Stirn und sammelte sich erst wieder, als Rittmeister Tauenzien, mit dem er auf dem Neckfuß stand, ihm lachend zurief: »Hostowiz, Ihr seid geschlagen.«

»Ich glaub' es selbst,« antwortete dieser, während sein Blut in's Herz zurückstieg; die andern aber riefen: »keineswegs!« und Vandembosch setzte lebhaft hinzu:

»Wir bilden einen cour d'amour; der Oberst präsidirt; dieser Streit muß austurnirt werden; wir haben Behauptung gegen Behauptung; Gründe, Wilson, Gründe! oder noch besser – Geschichten.«

Alles war lebendig geworden; unser Jüngster leerte das Glas Thee, das vor ihm stand (er trank nur Thee), und während in Zwiegesprächen bereits der Kampf geführt und pro und contra gestritten wurde, trat Hostowiz an seinen Gegner heran, schüttelte ihm die Hand und sagte lächelnd: »Wilson, wollen wir einen Gang machen?«

»Ich bin's zufrieden!« antwortete dieser; »aber was ist der Preis?«

»Der Sieger attaquirt morgen zuerst!« rief jetzt der Alte leuchtenden Auges dazwischen, und während wir, überrascht von dem glücklichen Einfall des Alten, in ein lautes »Oberst du Plat hoch!« ausbrachen, stopfte sich Hostowiz seine Thonpfeife, zündete an und die ersten blauen Ringe zierlich in die Luft blasend, begann er mit scheinbarer Ruhe:

»Es ist jetzt jährig; der piemontesische Feldzug war beendet und wir lagen fröhlich und guter Dinge, wie's dem Sieger geziemt, in den Dörfern am Comer See. Unser Stab war in Lecco; ich aber kommandirte eine Vorhut auf dem äußersten linken Flügel und stand zwei Meilen südlich, genau da, wo die Adda aus dem See tritt. Villen und Paläste, lieblich und grandios wie das Land selbst, spiegeln sich da in dem Stück Himmel, das zwischen den Bergen schwimmt und schmiegen sich wie ein Schönheitskranz um eine ewig lachende Stirn. In einem dieser Paläste lag ich im Quartier. Graf L. war mein Wirth. Was sag' ich von ihm? Er war eben ein Graf und ein Italiener dazu, – hager, verlebt und gelb wie Pergament. Als er mir zuerst entgegentrat, dacht' ich an den Ritter von La Mancha. Dieser erste Eindruck blieb und war der richtige, wie so oft. Er war verheirathet. Arme, schöne Gräfin! Es erzählt sich schlecht ohne Namen: wir wollen sie Gräfin Julia nennen. Es war hier wie überall im Lande: der Mann – ein Weib und alles Mannthum zurückgedrängt in das Herz einer Frau. Wie oft, wenn ich durch die abgelegenen Straßen Mailands ging und unter den Hausthüren die schönen Mütter sitzen sah, wie sie den Knaben an ihren vollen Brüsten nährten und ihr Auge mit einem Ausdruck unergründlicher Tiefe auf ihm ruhen ließen, beschlich es mich, als müsse es eine heimliche Nacht in diesem Lande geben, wo böse Feen sich an die Wiege schleichen und die Kinder vertauschen, oder das Mark aus ihren Knochen saugen.

Der Graf heuchelte eine loyale Gesinnung oder hatte sie wirklich (wer läse in dem Herzen eines Italieners); Gräfin Julia aber war die Tochter ihres Landes und Lombardin vom Scheitel bis zur Zeh. Sie verabscheute Alles, was deutsch war: das Volk, die Sprache, die Sitten und – die Soldateska zumeist. Sie haßte auch mich. Als sie mir zuerst begegnete – ich werde diese Begegnung nie vergessen: sie trug einen weißen Cashmir-Ueberwurf über ihrem schwarzen Atlaskleid und die goldnen Frangen ihrer Mantille umleuchteten sie wie ein Lichtstreif – maß sie mich mit jenem Gefühl von Ueberlegenheit, das den Haß nicht kennt, weil ihm der Gegenstand zu klein ist. Aber sie sah, daß ich in ihrer Seele las. Als ich ihr bei Tische gegenübersaß, war ihr Lächeln nur noch Maske. Sie würdigte mich, ihr Feind zu sein. Die leise Ahnung mochte ihr Herz beschlichen haben, daß ihr Stolz am Scheitern sei.

Schwere Tage kamen, die schwersten meines Lebens. Nachts lag ich schlaflos. Oft war mir, als würde mir das Herz von einer glühenden Hand zusammengedrückt. Jede Minute war Kampf. Des Morgens badete sie im See. Wenn sie zurück an's Ufer stieg, schritt sie, mit aufgelösten Flechten, daran noch die Wassertropfen blitzten, die lange Baumallee des Gartens auf und nieder und las im Buch, oder spielte jenes zierliche Spiel, wo man einen hängenden Ring nach einem Haken am Baume wirft. Ich seh' sie noch, wie sie allmorgendlich dastand, das schwarze Haar über dem weißen flatternden Mantel, und mit dem Ringe zielte, als wär' es ein Liebespfeil. Sie warf nie fehl, und wenn der Ring in den Haken fuhr, war mir's immer, als träf' er mich mit. Ich ging an ihr vorbei, grüßte sie kalt und sprang dann irr und wirr in eins jener Boote, deren mehre am Ufer lagen und fuhr hinaus auf den See. Ich wußte selbst nicht, was ich wollte. Ich lenkte der Stelle zu, wo sie gebadet hatte und starrte in die Spiegelbläue hinein, als gedächt ich ihr Bild, ihren Wiederschein zu finden. Wenn ich müde war des Suchens, warf ich mich rücklings auf die Polster des Kahns, und meine Hand über den Rand hinweg in die morgenkühle Fluth tauchend, zog es geheimnißvoll wie ein elektrischer Strom durch meine Nerven und – ich schlief ein.

So war der Morgen. Der Tag verlief unter jener Heiterkeit, die jeder kennt, der mit brennenden Pulsen gescherzt und gelacht hat; – dann kam der Abend. Wir trafen uns in einem Gartensaal, dessen hohe Fensterflügel herausgenommen waren und dessen Lampenlicht weit in den Garten hinausfiel, während sich ein Strom von Duft fast fühlbar hinein ergoß.

Der Graf und ich spielten Schach; sie aber saß, umblitzt von einem Lichter-Halbkreis, an ihrem Flügel von Ebenholz und ließ ihre weißen Finger über die Claves hingleiten. Welch Spiel! Oft war es ein Weinen und Schluchzen; dann lachten die Töne hell auf, aber es war kein Kindeslachen, und immer, wenn es am lautesten war, schrillte es wie ein Schrei der Verzweiflung dazwischen. Sie spielte sich selbst, *ihre* Geschichte, oder die Geschichte ihres Landes, ich weiß es nicht; aber ich habe solch Spiel nicht wieder gehört. Wenn Mitternacht heran war, ergriff sie eine der Kerzen und schritt lächelnd an uns vorbei. Ich hätte ihr nachstürzen und den Saum ihres Kleides küssen mögen; aber die Leidenschaft, die mich schwach machte, machte mich auch stark. Ich konnte das Schwerste, weil ich das Höchste wollte. Sie sah, was in mir vorging, aber sie hatte keine Gewißheit; was mein Auge verrieth, bestritt der ganze Mann. Von Zeit zu Zeit zog ein Zweifel an ihrem Triumph über sie hin und dieser Zweifel war mein Trost.

So vergingen Wochen. Eines Tages machten wir einen Ausflug landeinwärts, den Bergen zu. Unser Wagen war ein leichtes russisches Fuhrwerk, einspännig, ohne Kutschenschlag, und so tief in Federn hängend, daß man selbst im stärksten Trabe, rasch und ohne Gefahr herausspringen konnte. Wir waren bald am Ziel und wie Hauch der Gesundheit umwehte mich die Bergluft. Von einer der höchsten Kuppen sah ich wieder auf den blauen See und den Zauberteppich seiner Ufer. Da fiel es von mir wie eine Last und wunderbare Ruhe kam über mein Herz. Auch die Gräfin war weich geworden; um ihren sonst so herben Mund lächelte es wie Friede. Es war spät, als wir an Rückkehr dachten. Gräfin Julia nahm die Zügel; der Graf und ich lehnten bequem im Fonds des Wagens. Es ging bergab und wir fuhren so rasch, wie eben nur eine Dame zu fahren pflegt. Der Mond beschien den Weg und nur der Hufschlag unsres Pferdes unterbrach die Stille der Nacht. Jetzt verengte sich der Weg und wir kamen an ein dichtes Gebüsch von Lorbeer- und Cypressenbäumen, das eine gute Viertelmeile lang, immer bergab, bis an das Parkthor unsrer Villa lief. Starke stämmige Kastanien bezeichneten weithin die Richtung des Weges und immer schneller trabten wir dem Thale zu, als plötzlich ein Schuß fiel und unser Pferd, noch einmal aufbäumend, jählings zusammenstürzte. Der Wagen stand; der Rücken des Pferdes hielt sein Weiterrollen auf. Ich sprang rechts auf die Straße, noch ehe ich wußte, von welcher Seite der Schuß gekommen war und sah in demselben Augenblick drei Strolche auf mich zustürzen, von denen der eine mit einem dolchartigen Messer, die beiden andern mit langen Reiterpistolen bewaffnet waren. Jener schien der muthigste und war voran; ich hieb ihn nieder. In demselben Augenblick schossen seine Gesellen nach mir; aber sie fehlten und flohen. Eben wollt' ich mich anschicken, sie zu verfolgen, als ein unterdrückter Schmerzensschrei mich rückwärts blicken ließ. Gräfin Julia, die auch herabgesprungen war, hielt sich mit der Rechten an der hohen Lehne des Vordersitzes; ihre linke Schulter war verwundet und blutete heftig. Ich eilte zurück, um ihr zu helfen. Diesen Augenblick benutzten die Strolche; rasch umkehrend luden sie ihren verwundeten, laut fluchenden Gefährten auf die Schulter und verschwanden mit ihm im Dickicht. Alles dies war das Werk einer halben Minute.

Der Graf saß noch immer zitternd auf seinem Platz. ›Es galt mir,‹ war Alles, was er über die blassen Lippen brachte. Vielleicht hatte er Recht. Sein Liebäugeln mit uns war bekannt und der Gegenstand allgemeinen Hasses. Der Verdacht lag nahe, daß es sich um eine ›gesinnungsvolle‹ That gehandelt habe. Nichtsdestoweniger verdroß mich die Furcht des Feiglings, der über die eigne Gefahr alles Andre vergaß und trotz der Freude, die ich über die schöne Last seines Weibes empfand, rief ich ihm barsch und spöttisch zu, daß er herabsteigen möge, um der Gräfin beizustehen.

Diese war leichenblaß geworden und lag ohnmächtig in meinen Armen. Wir trugen sie seitab in eine natürliche, von Myrthen und Lorbeer gebildete Laube, und Polster und Kissen aus dem Wagen herbeischaffend, bereiteten wir ihr ein Lager, so gut es die Umstände gestatteten. Der Stamm einer Cypresse diente als Rückenlehne. – Die Ohnmacht dauerte an. Wir öffneten das schwarze Seidenkleid und meine Besorgniß schwand, als ich die Wunde untersuchte. Es war ein bloßer Streifschuß, nicht viel mehr als eine Hautverletzung. Ein Battisttuch ergreifend, das sie halbverborgen unter'm Mieder trug, faltete ich dasselbe zusammen und legte es sorgsam auf, um die Blutung zu stillen. Es glückte; der Graf aber sah es nicht oder wollte es nicht sehen, und ängstlich über den Weg blickend, von wo er einen wiederholten Angriff erwarten mochte, rief er mir zu: ich hole Hülfe. Ohne meine Antwort abzuwarten, schritt er rasch bergab seiner Villa zu.

Ich lachte ihm nach. Dann überkam mich ein unendliches Mitleid mit dem schönen Weibe, das blaß und fühllos vor mir lag und unberührt von jenem Verlangen, das wochenlang mein Blut durchfiebert hatte, sah ich jetzt ruhig auf den entblößten Nacken, über dessen Weiße von Zeit zu Zeit ein Tropfen rothen Blutes rann.

So vergingen Minuten. Endlich erwachte sie. Sie erhob sich und mit der Hand über die Stirn fahrend, wie wenn sie sich vergegenwärtigen wolle, wo sie sei, fragte sie mit einem Ausdruck innerster Verlassenheit: wo ist? ... sie sprach nicht weiter.

Ich wollte die halb gethane Frage beantworten, aber sie winkte mit der Hand und ich schwieg. Es war kein Zweifel, sie hatte die Feigheit ihres Gatten durchschaut. Ein Zug unsäglichster Verachtung spielte um ihren Mund. Dann ward sie plötzlich ernst, fast feierlich und mich lange mit ihren dunkeln Augen betrachtend, als wolle sie in meiner tiefsten Seele lesen, ging der Ausdruck ihres Auges, langsam erst, dann immer rascher und rascher in eine leuchtende Wildheit über. Mir war, als wüchse sie im Waldesschatten hoch empor und als stünde mit einem Male eines jener heidnischen Weiber vor mir, von der mich plötzlich alle Sagen meiner Kindheit bestürmten. Aber das war nur ein Augenblick. Sie riß das Tuch von der Wunde und schleuderte es zu Boden. Dann warf sie sich an meine Brust, und während sie mich küßte mit dem ganzen Ungestüm einer frei gewordenen Seele, entstürzte ein Strom von Thränen ihrem dunkeln Auge. Meine Ruhe war hin; unendliche Siegesfreude kam über mich; jeder Gedanke an Gefahr fiel ab wie welkes Laub wenn der Frühling da ist, und ich fühlte nichts, nichts als den vollen Schlag ihres Herzens an dem meinigen. Wir starrten uns an; ich sah in ihr Auge wie in einen Zauberbrunnen. Wunderbare Gesichter zogen mir da vorüber: tanzende Knaben mit Weinlaub und phrygischen Mützen; üppige Weiber mit Trauben im Haar, und während meine ganze Seele mit einstimmte in den bachantischen Zug, ward mir's, als badete ich in einem Meer von Duft und Klang und als schlügen die Wellen melodisch über mir zusammen. Was sag' ich weiter! … Und wär' es wieder, wie es war, es käme noch einmal wie es kam.

Als ich erwachte, blitzte Fackellicht durch den Wald. Das Auge der Gräfin ruhte noch einmal auf mir, dann sich heftig niederbeugend, raffte sie das Tuch vom Boden auf und das blutgetränkte mir in die Hand drückend, flüsterte sie mir zu: ›da! trag' es! zur Erinnerung!‹ Ich küßte ihre Hand und barg es unter meinem Kollet.

Der Graf begrüßte uns kalt. Bewaffnete Diener brachten eine Sänfte; zwei andere trugen Fackeln. Schweigend schritt der Zug zur Villa zurück.

Der Morgen kam: keine weißgekleidete Gestalt mit aufgelöstem Haar schritt durch die Gänge des Gartens; der

Abend kam: keine Kerze brannte am Flügel und kein melodisch-zitternder Ton unterbrach die Ruhe des Saals.

Ich fragte nach der Gräfin. Sie war verreist, auf Wochen, auf Monate vielleicht. Ich habe sie nicht wiedergesehen. Aber ihr Bild trag' ich mit mir, wie das Tuch, das sie mir gab. Hier ist's!«

Hostowiz schwieg. Er löste die Schärpe, die er dicht geschnürt um die Hüfte trug und warf sie seinen Hörern hin. Zwischen dem Gewebe der Schärpe lag engzusammengefaltet ein Tuch – das Tuch der Gräfin.

Auf Augenblicke trat jene schwüle Pause ein, die so oft einem längeren Vortrage zu folgen pflegt und den Erzähler in peinlichem Zweifel darüber läßt, ob es Ergriffensein oder Unbefriedigtheit ist, was alle Zungen im Banne hält.

Die Jugend hat dann das Vorrecht, das erste Wort zu sprechen.

»Kapitale Situation!« versicherte Vandembosch.

»Das freilich« – platzte Rittmeister Tauenzien heraus – »aber kein Sieg! Ihr wolltet eine Schlacht gewinnen, Hostowiz, und seid eigentlich eine überrumpelte Feldwacht.«

»Mit nichten!« erwiderte ein Dritter, »die Mine war richtig gelegt. Was kam, das *mußte* kommen!«

»Wer doch auch so in die Luft flöge!« bemerkte ein Vierter.

Kurze, lebhafte Zwiegespräche gingen reihum; – Lieutenant Wilson aber näherte sich seinem Gegner und mit ihm anstoßend, rief er ihm scherzhaft zu: »ich werde einen schweren Stand haben, Hostowiz!« Dann warf er sich zurück und sich fester in seinen Mantel hüllend, hub er an:

»Es sind jetzt sieben Jahr. Ich studirte in Göttingen und dachte wenig daran, daß ich jemals den Rock des Kaisers tragen würde. Warum ich ihn trage, gehört nicht hieher. Es war im Sommerhalbjahre und die Hundstage kamen heran. Einer meiner Freunde, aus einer jener schmucken Handelsstädte gebürtig, wie sie sich an den Ufern der Elbe entlang ziehn, lud mich ein, die Ferien bei ihm zu verbringen und noch voll von jener studentischen Ungezwungenheit, die sich nicht lange sträubt und ziert, nahm ich die Einladung ohne Weiteres an. Die Koffer wurden gepackt (nichts als Bücher) und mit dem Vorsatz unendlichen Fleißes reisten wir ab. Wir hatten guten Grund zu solchen Vorsätzen, denn wir waren beide im vorletzten Semester. Andern Tages kamen wir an; Mädchenköpfe guckten aus dem Fenster und grüßten schon, als wir noch hundert Schritt vom Hause entfernt waren. Wir grüßten wieder und setzten uns in Trab. Eh noch der Klopfer an der Hausthür seinen dritten Schlag gethan hatte, hörten wir schon, wie lachende Mädchen in weiten Sprüngen die Treppe herunterkamen und im nächsten Augenblick hingen Schwester und Cousine am Halse meines halbverlegenen Freundes, der sich der Küsse und ihrer Heftigkeit kaum erwehren konnte. Schwestern und Cousinen küssen immer mit Ungestüm. Ich wurde vorgestellt; beide errötheten, dann schien ich wieder vergessen. Oben im Familienzimmer empfingen uns die Eltern. Der Vater schüttelte mir freundlich die Hand, wiewohl nicht ohne Anflug patrizischer Gemessenheit; die Mutter aber schloß mich gleich in ihr Herz und that so lieb, als wär' ihr ein zweiter Sohn in's Haus gekommen.

Der Alte war ein reicher Kornhändler und galt als der erste Mann der Stadt. Er war so sauber, wie er reich war. Zweimal des Tags wechselte er die Wäsche und trug weiße Piquee-Westen Winter und Sommer. Seine Röcke, schwarz und nach englischem Schnitt, waren vom feinsten niederländischen Tuch. Der ganze Mann blitzte, wenn er über die Straße ging. Er hatte jenes stark hervortretende Selbstbewußtsein, das allen Leuten eigen ist, die sich selbst (mit Recht oder Unrecht) als die Schöpfer ihres Glücks betrachten. Vor 30 Jahren stand er noch hinter'm Verkaufstisch und sein Kredit reichte kaum weiter als seine Elle; – jetzt ging er um die Welt wie seine Schiffe. Er führte das Wort im Rathskollegium der Stadt und saß unter den Ständen des Landes. Die Minister schmeichelten ihm und einen Titel hätt' er seit Jahren haben können. – Zu Haus war er Patriarch. Er liebte seine Kinder und war stolz auf sie wie auf seinen Stand. Der Kaufmann galt ihm als der eigentliche Herr der Welt. Nur vor der Wissenschaft hegte er jenen tiefen Respekt, der alle Männer von Geist, aber von vernachlässigter Erziehung gegen dieselbe zu erfüllen pflegt. Das war es auch, was ihn mit dem Gedanken ausgesöhnt hatte, seinen Sohn im Hörsaal statt im Comtoir zu sehen.

Seine Frau hatte nicht gleichen Schritt gehalten mit ihrem Glück. Sie war noch ganz dieselbe wie damals, wo sie, mit der kleinen Messingwage in der Hand, Seidendocken und schottischen Zwirn verkaufte und jeden eintretenden Kunden verbindlich beknixte. Sie buk ihren Napfkuchen, zum Entsetzen ihres Mannes, noch immer nach einem großmütterlichen Erb-Recept und nähte unabweisbar die Chemisettes für ihren Sohn, der sie dann lächelnd bei Seite packte und neue modische aus der Residenz verschrieb. Sie hatte sich nur einmal mit ihrem Manne veruneinigt und zwar als er einen ›Bedienten‹ gefordert und unerbittlich durchgesetzt hatte. Eine der rührendsten Reden über die Vorzüge ihres Geschlechts war damals von ihr gehalten worden, allein umsonst; – ein Bedienter, müllergrau und mit Wappenknöpfen, war in's Haus getreten und seitdem ein anfangs bestrittener, schließlich aber geduldeter Mitbewohner geworden. Sie verehrte ihren Mann als ein höheres Wesen und ihre Unfähigkeit, seinen Ehrgeiz und seine Pläne zu begreifen, war mehr rührend als verletzend. Wenn er alle zwei Jahr mit der Feierlichkeit eines Gesetzgebers in den Wagen stieg, um der Einberufung zum Landtag hin zu folgen, so rief sie ihm zweimal nach: ›mach's kurz und komm bald wieder.‹ Sie fand alle Gesetze – Gesetze, unter denen sie reich und glücklich geworden war – so gut, so vortrefflich; warum sie ändern, oder gar neue machen?!! Daß sie ihre Kinder verzog, versteht sich von selbst. Nur in Einem war sie tyrannisch: ihre Tochter sollte ein Kind sein.

Lissy war es auch, oder schien es doch zu sein. Sie sah aus so frisch wie der Mohn, der unterm Korne blüht. Sie war voll und üppig; ihr Auge dunkel; der Mund klein und wohlgeformt, aber die Lippen ein wenig zu breit. Ihr Haar war stark und der Knäul ihrer langen schwarzen Flechten nur mühsam festzustecken. Wenn wir uns haschten im Garten, fielen sie jedesmal hernieder und gaben ihrer ohnehin sinnlichen Erscheinung einen doppelten Reiz. Dennoch war sie ›das Kind‹. Die Mutter sagte es und wir glaubten's. Brüder glauben es immer und ich glaubt' es – weil ich *wollte*. Ich hätte mich sonst theilen müssen zwischen ihr und – Cousine Jane.

Jane war ein reizendes Mädchen. Ihre Verwandtschaft mit dem Hause war väterlicherseits. Die Mutter, eine Engländerin, starb früh; der Vater zwölf Jahre später. Nach dem Tode beider Eltern vom Onkel adoptirt, war sie alsbald aus einer Schutzbefohlnen zur Herrin des Hauses geworden. Wen mag es wundern? arme Anverwandte spalten entweder Holz und heizen die Stuben, oder sie schnitzen sich aus dem ersten Scheit sofort einen Herrscherstab zurecht, den sie nicht wieder aus den Händen legen. Jane war von den letztern. Sie war ihrer Mutter Tochter, von der sie zu ihrem Namen auch das feingeschnittene Gesicht mit den klugen, lachenden Augen geerbt hatte. Sie war eine ächte Engländerin, nicht wie man sie auf Rheinreisen unter Koffern und

Reisesäcken sitzen sieht, mit schlaffen Kleidern und meergrünen Schleiern, – nein, eine jener schlanken, schwebenden Gestalten, wie man ihnen nur in ihrer Inselheimath begegnet, wo sie Einem treuherzig die Hand schütteln und lange Verse in's Album schreiben. Auch jene langen blonden Locken trug sie, die so reizend sind, wo man sie zu tragen versteht, und so abscheulich, wo man sie nur copirt. Ihr Wesen war frei, heiter, ungezwungen und voll jenes liebenswürdigen Taktes, der eingeht auf jeden schrankenvollen Scherz und alles Unpassende zu überhören scheint. Dabei war sie bescheiden. Sie handhabte ihre Ueberlegenheit wie ein Geschenk Gottes und war der vollste Ausdruck jener Anspruchlosigkeit, die kein Gefühl des Neides aufkommen läßt. Man folgte ihr in allen Stücken und ›Jane hat es gewollt‹ war die ausreichende Antwort auf jedes stutzige ›warum‹.

So war der Familienkreis, in den ich eintrat. Ich fühlte mich heimisch und gehoben zugleich. Unter kleinbürgerlichen Verhältnissen aufgezogen, hatte die kaufherrliche Gediegenheit, die aus jedem Kleinsten mir entgegentrat, einen unendlichen Reiz für mich. Wir hatten zu Haus keine Teppiche in den Stuben gehabt und hier lagen sie auf den Treppen. Noch in diesem Augenblick ist mir der Eindruck lebendig, den das erste Mittagsmahl auf mich machte. Der Alte ergriff den Arm seiner Nichte und voranschreitend führte er uns in den kühlen, schattigen Speisesaal. Welch behäbiger Reichthum da! An der einen Wand stand ein mächtiger Mahagonytisch, drauf blitzten in feingeflochtenen Körben die schweren silbernen Gabeln; bunte Porzellanteller standen dahinter in hohen Sätzen aufgeschichtet, und rechts und links, auf glaskrystallenen Schalen, lachten die Orangen und erfüllten das Zimmer mit ihrem lieblichen Duft. Ueber dem Kamin hingen Bilder in breiten Barockrahmen, die lebensgroßen Portraits der beiden Alten, und auf dem Tische selbst glühten in geschliffenen Karaffen die spanischen Weine, während aus den Eisbehältern hervor die Stanniolkuppen des Champagners lugten. Mir war, als sei ich zu einem Könige geladen und doch klang wiederum ein Ton bürgerlicher Einfachheit durch all die Pracht hindurch, daß mich's anwandelte, als säß ich daheim an meiner Mutter Tisch. Wir mußten Studentengeschichten erzählen, immer mehr und mehr, bis wir Jane und Lissy versprachen, ihnen unsre Bänder zu schicken und sie zu Ehrenmitgliedern unsrer Verbindung zu erheben; wobei der Alte lachte, daß ihm die hellen Thränen über die Backen liefen.

Nach Tisch machten wir einen Umgang durch das Haus. Es bestand aus vier Theilen, die ein Oblongum bildeten und unter einander zusammenhingen. Vorder- und Hinterhaus wurden bewohnt, zwischen beiden liefen die Speicher, über deren oberstem Boden ein wenig benutzter Weg führte, der beide Wohnhäuser verband. Ich wohnte im Hinterhause, das fast ausschließlich aus Gast- und Fremdenzimmern bestand. Nur das Erdgeschoß war ein Sommersalon, hinter dem, von Nachbarhäusern eingeschlossen, ein mit holländischer Sorgfalt gepflegter Garten blühte.

Hier waren wir zumeist und Tage, voll jenes immer gleichen Pulsschlages, der eben das Glück ist, rollten an uns vorüber. Hier, unter einer Zeltlaube, fanden wir uns allmorgens beim Kaffee zusammen und genossen die Schönheit der Erde mit allen unseren Sinnen. Von Zeit zu Zeit erschrak ich bei dem Gedanken, daß das Ganze doch wenig mehr, als eben nur ein Traum sei, dem wieder eine Wirklichkeit folgen müsse. Dann warf ich mich auf den Rasen zwischen die Rosenbüsche nieder, darüber die laue Luft in leisen Wellen hinzog, und immer voller und tiefer Athem schöpfend, hätt' ich die Süße solcher Stunden mit allen Poren trinken mögen.

In diesem Garten war es, wo wir die schönen Spiele spielten, wie sie der Sommer mit sich führt. Wir haschten uns auf den blitzenden Kieswegen und spielten Versteckens in den Laubengängen, die im Quadrat den ganzen Garten umzogen. Welch reizendes Bild, wenn Janes schöner Lokkenkopf hinter den dunkeln Taxus-Wänden emporwuchs, oder wenn sie, wie ein Reh, mit klugen braunen Augen zwischen den Zweigen hindurchforschte. Und wenn sie dann dahinflog in ihrem leichten luftigen Kleide und ich ihr nach, wie durchschauerte mich's da, wenn ich ihren Nacken unter dem im Winde flatternden Knüpftuch hervorschimmern sah, oder – nach der Regel des Spiels – ihre weiße Schulter dreimal mit leisem Schlag berührte?

Lissy spielte mit; aber wer achtete ihrer? Wenn beim Reifenspiel ihr Reifen in den Baum flog, so schalt und schmälte ihr Bruder mit ihr und wir holten gemächlich eine Leiter herbei, um den Baum zu ersteigen; war es aber Jane, die schlecht geworfen hatte, so hielt uns nichts von einer Kletterjagd zurück. Im Nu waren wir den breiten Stamm hinauf und von Gezweig uns zu Gezweige schwingend, schien Jeder der Begierigste, für seine Dame den Hals zu brechen.

Ich war gemeinhin der Sieger, und als die letzten Tage herankamen, glaubt' ich an manchem kleinen Zeichen wahrzunehmen, daß mein Werben um ihre Gunst nicht unerwidert geblieben sei. Allabendlich wenn ich auf mein Zimmer kam, stand ein frischgepflückter Strauß der schönsten Rosen auf meinem Tisch; Jane wußte, wie sehr ich Rosen liebte.

So kam der letzte Abend. Wir machten eine Fahrt auf der Elbe. Mein Freund führte die Ruder, ich saß am Steuer. Langsam den Strom hinuntergleitend, fuhren wir in die untergehende Sonne hinein. Alles war still.

Singen, singen! riefen die Mädchen.

Ich wies lächelnd auf ein paar junge Schwäne, die eben

jetzt in voller Stattlichkeit zwischen uns und dem Ufer einherschwammen.

Nicht doch! – erwiderte Jane, sie singen ja nur, wenn sie sterben; ich will ein heiteres Lied; singt einen Kanon, wir stimmen mit ein!

In diesem Augenblick gedacht' ich wieder der Rosen auf meinem Tisch und schnell einwerfend, daß mir eine reizende Melodie eingefallen sei, zu der ich freilich nur den Text einer einzigen Strophe kennte, begann ich zweimal hintereinander die folgenden Worte zu singen:

In meinem Garten find' ich
Viel Blumen schön und fein,
Viel Kränze daraus wind' ich
Und tausend Gedanken bind' ich
Und Grüße mit darein.

Während ich sang, ließ ich kein Auge von Jane. Sie blieb unbefangen und rief mir in unverstellter Freude zu: diese Zeilen sind reizend; Sie müssen mir das ganze Lied schicken; vergessen Sie's nicht, Wilson; – Sie wissen ja, wir haben hier nichts, als des Onkels Courszettel.

Lissy stimmte mit ein. Sie hatte während meines Singens schweigend in den Strom gestarrt.

Mein Plan war fehlgeschlagen; mir blieb nur Eins noch: Ueberraschung.

Es war 9 Uhr, als wir von unsrer Fahrt zurückkehrten. Wir dachten alle an Abschied und blickten wenig heiter. Bis zum Abendessen war noch eine Stunde; ich pflegte sie gewöhnlich vorn im Wohnzimmer zuzubringen. Heut aber verbarg ich mich hinter einem Treppenpfeiler, der dicht an meiner Thür emporstieg und wartete ab. Ich stand noch nicht lange, als ich ein leises Geräusch in meinem Zimmer vernahm; der Besuch mußte von der entgegengesetzten Seite und zwar über den Boden des Speichers gekommen sein. Ich öffnete schnell die Thür, aber doch um einen Augenblick zu spät. Ich sah nur noch den Rücken eines eben verschwindenden Kleides und die Umrisse eines Armes, der die gegenüberbefindliche Thür rasch hinter sich zuwarf. Einen Augenblick stand ich wie angewurzelt, dann stürzt' ich nach. Die fliehende Gestalt war schneller als ich; bald hatte sie einen Vorsprung gewonnen, und die schmale, halb erleuchtete Stiege hinauffliegend, eilte sie jetzt mit rascher Sicherheit über den dunkeln Boden hinweg. Plötzlich vernahm ich einen leisen Aufschrei; die Fliehende war ausgeglitten und im nächsten Augenblick stand ich an ihrer Seite. Ich hob sie auf und trug sie wenige Schritte vorwärts, einem beinah blendenden Lichtstreifen zu, der durch ein offengelassenes Dachthor (hier befand sich die große Getreidewinde) voll und breit hereinfiel und quer über den Bodenraum hinlief. Ich sah der Zitternden in's Gesicht – es war Lissy. Einen Augenblick fühlt' ich etwas wie Enttäuschung, als aber mein Auge dem ihren wieder begegnete und in wunderbarem Wechsel Vertrauen, Liebe, Furcht und Scham sich draus entgegenstrahlen sah, da ward mir's plötzlich, als sei ich blind gewesen bis diesen Augenblick und als habe ich vor einem bloßen Traume gekniet, während die pulsende Wirklichkeit daneben stand.

Die Mantille war von ihrer Schulter gesunken und auf den weißen Nacken fiel das volle Licht des Mondes. Ihre Flechten lösten sich; mir schwindelten alle Sinne und jener wüste Trieb kam über mich, der Lust hat am Zerstören. Die ganze Hölle ging mir durch's Herz. Lissy fühlte wenig, was in mir tobte und welche Gluth in meinen Küssen brannte. Sie liebte mich, drum vertraute sie mir. Sie hatte keinen Willen mehr, sie war mein, ganz mein, und wenn ich sie an das offene Dachthor geführt und ihr zugeflüstert hätte: ›komm, Lissy, laß uns fliegen,‹ sie wäre mit mir hinabgesprungen. Ich hob sie hoch in die Luft mit jener Kraft, die

Einem die Leidenschaft gibt; – als ich ihr wieder in's Antlitz sah, hing eine Thräne in ihrem Auge. Da überkam es mich wie Reue und Mitgefühl, die weinende Gestalt ihrer Mutter drängte sich zwischen die wüsten Bilder, die mich umschwärmten, und mit dem Fuß fest aufstampfend, knirschte ich vor mich hin: nein! Noch einmal umhalst' ich ihren Nacken und bedeckte ihn mit Küssen; dann flüsterte ich ihr zu: ›geh, Lissy, geh‹ und drängte sie fort. Ich selbst tappte wie ein Trunkner meinem Zimmer zu.

Eine halbe Stunde später lärmte die Glocke zum Abendessen. Lissy fehlte bei Tisch; es fiel nicht auf; Jane saß auch auf ihrem Zimmer und weinte. Die Stimmung war gedrückt; jeder dachte an Trennung. Der Alte ließ manchmal sein großes Auge auf mir ruhn; ich dankte Gott, daß ich den Blick ertragen konnte. Er stieß mit mir an: ›sein Sie treu, so werden Sie glücklich sein.‹ Die Mutter reichte mir ihre Hand und fügte hinzu: ›erinnern Sie sich unser; Sie haben keine Schwester; hier haben Sie zwei.‹

Als ich auf mein Zimmer kam, warf ich mich nieder und weinte wie ein Kind. Es waren die besten Thränen meines Lebens.

Früh am andern Morgen hielt der Wagen vorm Haus. Lissy stand mit den Andern auf der Diele. Sie war gefaßt und in ihrer Blässe unendlich reizend. Als ich in den Wagen stieg, reichte sie mir noch einmal ihre Hand; ein zusammengefaltetes Papier blieb in der meinigen zurück. Die Pferde zogen an; noch ein letzter Gruß – und wir rollten davon. Als ich verstohlen in das Papier blickte, fand ich eine Locke; innerhalb derselben stand ein mit zitternder Hand geschriebenes L.

Ich trage die Locke seit jenem Tage, nicht als Liebes-, nur als Erinnerungszeichen, vielleicht als – Talisman. Das Leben hat mich seitdem umhergeworfen und es kam eine Zeit, wo ich dachte wie Hostowiz; wem käme sie nicht?! Aber eben weil ich die *ganze* Leiter erklettert habe, weiß ich, welche Staffel dem Himmel am nächsten war, und noch einmal sprech' ich's aus: wir haben nichts Besseres, als den Sieg über uns selbst.«

Wilson schwieg; Hostowiz schüttelte ihm die Hand und sagte verbindlich: »wär' es nicht um die Attacke, Wilson, ich stimmte selber gegen mich.«

»Keine Bestechung unsrer öffentlichen Meinung!« rief einer der Jüngern dazwischen.

»Kapitale Situation,« wiederholte Vandembosch sein erstes Urtheil und schwankte augenscheinlich, wohin er sich neigen sollte.

»Ich meines Theils« – brummte der Rittmeister – »stimme für Hostowiz. Gründe hab' ich weder, noch geb' ich welche, aber die Geschichte mit der Gräfin klingt militärischer.«

Obrist du Plat wandte sich zu ihm und sagte: »Tauenzien, man merkt's, Sie haben keine Tochter.«

Bei der Abstimmung unterlag Wilson.

Vierundzwanzig Stunden später bivouacquirten wir drei Meilen südlicher von Temeswar. Die Schlacht war geschlagen und gewonnen; die Verfolgung des Feindes hatte uns bis in die Nähe der Temesch geführt. Wir lagen um ein Wachtfeuer herum und plauderten. Lieutenant Wilson zeigte sein Taschenbuch: eine Kugel war durch die Pergamente hindurchgedrungen; ein letztes Blatt nur hatte ihr Stillstand geboten, – auf ihm lag die Locke. Wir sahen es alle, nur Einer nicht – Hostowiz. Er lag auf dem Felde von Temeswar. Eine Kartätschenkugel hatte ihn vom Pferde gerissen, wenig Augenblicke später, als er seine Schwadron zum Angriff führte.

James Monmouth.

Erstes Kapitel.

König Karl lag im Sterben. Die Nacht war längst angebrochen; aber um den Palast von Whitehall herum drängte sich noch immer das Volk und sah hinauf nach den Fenstern, als woll' es nach dem Heller- und Dunklerwerden der Lichter die Lebensflamme des sterbenden Königs bemessen. Sie standen in Gruppen und sprachen leise; an manchem Auge hing eine ehrliche Thräne. Das machte, er war ein König nach ihrem Sinn gewesen. Die Parlamente hatte er mißachtet, aber das Vergnügen respektirt. So liebten sie's, – so liebt's das Volk! Erst »leben,« dann frei sein. Er hatte ein Blumenmädchen von Coventgarden zu seiner Geliebten und nebenher zur Fürstin gemacht; – das war Freiheit genug. Nun lag er im Sterben, der gute König Karl. Wer hätte nicht weinen sollen!

Von Westminster schlug's Mitternacht. In diesem Augenblick schritt eine hagere Gestalt rasch durch eine jener Gruppen hindurch, welche dem Eingang zum Palast am nächsten standen, und verschwand innerhalb desselben, eh noch der stutzig gewordene Volkshaufen die Wirklichkeit der Erscheinung begriffen hatte. Aber es war kein Zweifel. Als die Erscheinung in den gewölbten Thorgang einbog, war das volle Licht der darüber flackernden Lampe auf den dreieckigen Hut und das faltenlose schwarze Kleid des Eintretenden gefallen; – es war das Weltkleid eines katholischen Priesters.

»Was war das?« lief ein Gemurmel durch die Menge; aber eh' noch irgendwer die Antwort gefunden hatte, kam von Charing Cross her ein Fackelträger die Straße herunter und rief mit lauter Stimme: Platz für Bischof Kenn! Platz für Seine Gnaden den Bischof von Bath und Wells. Während die Menge scheu zurückwich, erschien jetzt der anglikanische Bischof selbst in einer offenen, reichverzierten Sänfte und grüßte das spalierbildende Volk, das ehrerbietig die Häupter entblößt hatte. Die Träger schritten demselben Portale zu, unter dem so eben erst die dunkle Gestalt des Priesters verschwunden war und jetzt die breite Treppe erreichend, die mit türkischem Teppich bedeckt in die oberen Stockwerke des Palastes hinauf führte, setzten sie die Sänfte nieder und der Kirchenfürst, angethan mit dem violetten Prachtkleid seiner Würde, stieg aus und die polsterweichen Treppenstufen langsam hinan.

Man sah, er war kein Fremdling in diesen Räumen; wegeskundig wandte er sich der großen Halle zu, die unmittelbar an das Krankenzimmer des Königs stieß, und jetzt eintretend durch die hohen portalartigen Flügelthüren, schritt er mit gemessenem Gruß an jenen flüsternden Gruppen vorüber, die Neugier und Theilnahme hier zusammengeführt hatte. Hunderte waren da versammelt: Gesandte, Hofleute, Cavaliere. Am mittelsten Fenster standen die Minister der Krone. Der Arzt war eben zu ihnen getreten und beantwortete mit Achselzucken ihre lebhaften, aber leise gesprochenen Fragen. Am Kamin, dessen Scheite im Verglimmen waren, saß eine Gruppe schöner, jugendlicher Gestalten, Männer und Frauen, und starrte schweigend in die sterbende Gluth. Eine Familienähnlichkeit lag über diesen Gesichtern. Das waren die Kinder des Königs, Halbgeschwister, erzeugt mit schönen Frauen in schönen Stunden und aufgewachsen stolz und königlich, unter den Huldigungen eines Hofs. Da waren die Earls von Grafton und Berwick und vor allem der junge Graf St. Albans, noch halb ein Kind. Er hatte das weiche Herz Nell Gwyn's, seiner Mutter, und seine Augen waren verweint. – Das war die Weltlichkeit. Aber zunächst der Thür, die in das Zimmer des sterbenden Königs führte, dehnte sich auf Polstersitzen die hohe Geistlichkeit von England. Da saßen die Bischöfe von London, von Ely und von Durham: und vor dem greisen Erzbischof von Canterbury, der ihn herbeschieden hatte, verneigte sich jetzt der Bischof von Bath und Wells und wechselte leise Worte des Einverständnisses mit ihm. Dann schlug er den Sammetvorhang zurück, der von dem Simms der Eingangsthür in breiten Falten niederfiel, und trat in das Gemach des Königs.

Es war ein geräumiges Zimmer, zur Linken (und zwar in unmittelbarer Nähe der Thür) mit einem nischenartigen Einbau versehen, darin sich ein reichgeschmücktes Betpult befand. Hier pflegte König Karl seine Morgenandacht zu verrichten. Ein halbzurückgeschlagener Seidenvorhang gestattete dem Eintretenden einen Blick in das Innere dieser Nische. – Das Bett des Königs stand in der Mitte des Zimmers; Niemand war zugegen, nur der Herzog Jacob von York, der Bruder des Königs, saß neben dem Sterbenden und hielt die Hand desselben in der seinigen. Als der Bischof eintrat, verließ der Herzog das Lager seines Bruders und dem äußersten Ende des Zimmers zuschreitend, lehnte er seine Stirne an eines jener Giebelfenster, die auf den Garten von Whitehall hinuntersahen und zeichnete, scheinbar theilnahmlos, Figuren und Schriftzüge an die feuchtbeschlagenen Scheiben.

Der Bischof war inzwischen an das Bett des Königs getreten und ergriffen von dem Schmerzensausdruck dieses Mundes, der so oft ins Leben hineingelacht hatte, milderte sich der herbe Ausdruck seiner priesterlichen Züge und voll wachsender Theilnahme ruhte sein feuchtes Auge auf dem brechenden seines Königs. Welcher Anblick! Da lag er, der Herrscher über drei stolze Reiche, und die Zeichen seiner Macht und Herrlichkeit blickten wie Hohn auf ihn herab. Zu seinen Häupten hingen Scepter und Krone; an allen Seiten seines Himmelbettes schaukelten sich Wappenschilde von Goldbrokat. Und dort über dem Kamin? Aus goldenem Rahmen lachten die Augen Nell Gwyn's zu ihm hernieder und lugten durch die Spalte des Vorhanges hindurch nach seinen rothen, oft geküßten Lippen; aber diese Lippen waren nicht roth mehr und statt der immer fertigen Rede suchten sie nach alten, halbvergessenen Gebeten. Die langen dunkeln Locken, die er so königlich und so verführerisch zugleich in seinen Mannesjahren noch zu schütteln wußte, waren längst verweht aus dieser hohen Stirn, und jener blitzende Oliventeint, der einst so schön zu seinem schwarzen Auge gestimmt hatte, war jetzt stumpf und aschfarben geworden unter der Kalkhand des Todes. Seine Augen waren geschlossen; die rechte Hand lag wie erstorben auf der seidenen Decke und selbst sein Hemd, das um den Hals herum eine hohe Krause und vor der Brust ein reich gefaltetes Jabot bildete, glich einem Sterbehemd. Wär' er nicht von Zeit zu Zeit mit seiner Linken über die Stirn gefahren, man hätte ihn für einen Todten gehalten.

Der Bischof neigte sich jetzt zu ihm hernieder und fragte laut und vernehmlich: ob er gewillt sei, das heilige Abendmahl zu empfangen.

Der König schwieg; Bischof Kenn aber, der dies Schweigen in seinem Sinne zu deuten schien, ordnete an, daß Brot und Wein gebracht werde. Als beides auf ein Tischchen und unmittelbar neben das Bett des Königs gestellt war, wiederholte der Bischof seine Frage, erhielt aber die unerwartete Antwort: daß es noch Zeit sei.

Der Frager zog sich betroffen in die Nische zur Linken des Zimmers zurück, und die seidenen Vorhänge niederlassend, kniete er im Betstuhl des Königs nieder, um abwechselnd Gebete für die Genesung oder die Sinnesänderung des Kranken emporzusenden.

Der violette Mantel des Bischofs war kaum hinter der goldbefranzten Gardine verschwunden, als der Herzog von York raschen Ganges und in sichtlicher Erregung auf das Bett seines Bruders zuschritt. Er ergriff die Hand des Sterbenden und sich zu ihm niederbeugend, fragte er leise: Verlangst du nach einem der unseren? Es stirbt sich leichter im Schooße von Rom.

Der König richtete sich empor und ängstlich in die Runde blickend, flüsterte er: Um Gottes Barmherzigkeit willen, ja!

Ich wußt' es! murmelte Jacob vor sich hin, und wenig Schritte von der Nische entfernt – drinn eben jetzt der anglikanische Bischof betete – an eine in der Wand verborgene Feder drückend, öffnete sich eine geheime Thür und dieselbe schwarzgekleidete Priestergestalt trat draus hervor, die wenige Minuten zuvor durch das Portal des Schlosses geschritten war.

Herzog Jacob führte ihn an das Bett des Königs. Diesem raunte er zu: Hier ist William Hutchinson. Du kennst ihn. Am Tage von Worcester rettete er dein Leben, heut kommt er, deine Seele zu retten.

Der König richtete sich auf und beichtete. Er vergab allen seinen Feinden, bat um Vergebung all' die, so er beleidigt, wiederholte mal auf mal die Aeußerungen tiefer Reue über diese seine späte Rückkehr in den Schooß der alleinseligmachenden Kirche und empfing dann das Abendmahl aus den Händen des bis dahin schweigsamen Priesters.

Unmittelbar nach Ertheilung der Absolution und mit fast ängstlicher Hast verschwand die dunkle Gestalt rasch und unhörbar, wie sie gekommen war. Das Ganze glich einer unheimlichen Erscheinung. So stahl sich ein König von England gleich einem Dieb in der Nacht nach Rom und seiner Kirche zurück.

Herzog Jacob hielt noch die Hand des Königs in der seinen, als Bischof Kenn, den Vorhang der Nische zurückschlagend, aufs Neue dem Bette des Königs zuschritt.

Wie geht es Euer Majestät? fragte er mit einem Gemisch von Theilnahme und Pathos.

Besser, leichter! erwiederte der König.

Ich habe für Euer Majestät gebetet.

Während der Bischof mit einem leichten Anflug von Selbstgefälligkeit, als sei es *sein* Gebet, was eine gute Stätte im Himmel gefunden habe, diese Worte sprach, zuckte ein leises Lächeln um den Mund Herzog Jacobs.

Der Bischof wiederholte jetzt seine Frage: ob Seine Majestät gesonnen sei, das Abendmahl zu nehmen?

Der König antwortete ruhig: »daß er's sich überlegen wolle,« und seinen Bruder näher zu sich heranwinkend, rief er diesem zu: bring mir die Kinder.

Der Bischof zog sich zurück; im nächsten Augenblick knieten die schönen Gestalten, die wir um den Kamin des Vorsaals herum in Thränen und stillem Gespräch erblickt hatten, am Bette ihres Vaters, der sich aufgerichtet hatte, ihnen den Segen zu ertheilen. Aber eh' er sprach, ließ er sein gebrochenes Auge die Reihe seiner Kinder auf und niedergleiten, als fehle ihm wer in diesem Kreise. Was war es? Er suchte *James Monmouth*, seinen verbannten Liebling, verbannt um Herzog Jacobs willen. »Wo ist James?« zuckte es um seine Lippen, aber sein Auge begegnete dem Blick des Herzogs und er schwieg.

Seine Kinder drängten sich zu ihm, küßten seine Hände und schluchzten laut. Er segnete alle. Dann ergriff er noch einmal die Hand seines Bruders und sprach mit Innigkeit: Vergiß nicht meine arme Nell. – So starb Karl Stuart, wie er gelebt. Seine letzte Sorge – sein Buhlweib, nicht – sein Land.

Zweites Kapitel.

In den Citystraßen drängte man sich zu Tausenden; König Karl ist todt! lief es von Mund zu Mund; die Arbeit ruhte auf Dock und Werfte und Neugier und Theilnahme schenkten der Faulheit einen Feiertag. Nirgends stand man dichter und schwatzte lauter, als in der Themsestraße, die von der Londonbrücke bis an den Tower läuft, und so mächtig war hier die Menschenmenge angewachsen, daß die Nachbarstraßen, die nach Eastcheap hinauf und nach der Themse rechts hinunter führen, wie ausgestorben da lagen. Nirgends lugte ein Mütterchen aus dem Vorbau ihres Hauses; keine Kinder spielten vor den Thüren, nur der Sonnenschein lag heiß auf den Steinen und steigerte die Unheimlichkeit des Orts.

So war es auch in Harpers Lane, einer jener schmalen Gassen, die nach dem Strom hin ein wenig abschüssig zulaufen und als (es mochte um die vierte Stunde sein) ein Mann jetzt mit spärlichem weißen Haar und einem Genferkäppchen in die Gasse einbog, um an der Schattenseite hin dem letzten Hause zuzuschleichen, achtete seiner Niemand. Es war eben wieder Botschaft von Whitehall gekommen, und die dichtgedrängten Tausende hatten nur Aug und Ohr für den Botschafter selbst, der von einem Tonnengerüst herab eine Rede zum Preise König Jacobs und seiner königlichen Absichten hielt. Diesen Augenblick ungetheilter Aufmerksamkeit benutzten noch Andere, die bis dahin, scheinbar theilnehmend, dem Strom des Volks sich angeschlossen hatten, und plötzlich einbiegend in Harpers Lane huschten sie rasch hintereinander in dasselbe winklige Haus, wo der Alte kurz vor ihnen verschwunden war. Es war alt und baufällig und man sah's ihm an, daß das große Cityfeuer von 1666 gnädig drum herum gegangen war. Es gehörte Gilbert Pennington, einem Fischhändler, dessen Vater im langen Parlamente gesessen und das Todesurtheil Karl Stuarts mit unterschrieben hatte und war um seiner Lage, wie seiner winklichen Bauart willen wie geschaffen für solche Besucher. Ein langer schmaler Flur führte durch die ganze Tiefe des Hauses auf einen mit Sandsteinplatten gepflasterten Hof, der von allen vier Seiten durch rußige, weitüberhängende Häuser eingeschlossen, mehr einer geräumigen Feueresse als einem luftigen Platze glich. Hölzerne Galerien, die durch Treppen miteinander verbunden waren, liefen, bis zum dritten Stock hinauf, um den ganzen innern Raum herum und verirrten das Auge dessen, der zum ersten Mal diesen seltsamen Hof betrat. Wenn man die dritte Galerie erstiegen und bis zur Hälfte umschritten hatte, sah man zur Linken einen nur mannsbreiten Gang sich in die Tiefe des eigentlichen Hinterhauses ziehn und gerieth auf diesem an eine unkenntliche, fest verschlossene Thür, die nur auf ein gegebenes Zeichen von innen geöffnet wurde. Wer hier zum ersten Male eintrat, mußte wie geblendet werden durch die Fülle von Licht, die nach einem langen finstern Gange hier doppelt überraschend auf ihn eindrang. Drei Wände trugen die gewöhnliche weiße Tünche, die vierte Wand aber war nichts als ein einziges großes Fenster und gewährte eine prächtige Aussicht auf die vorüberfluthende Themse und weithin auf die Hügelkette von Surrey, die grünbewaldet über Southwark und seine Thürme hinwegsah. Die Einrichtung des ziemlich geräumigen Zimmers war so einfach wie möglich. An der rechten Wand, in Manneshöhe, zog sich ein fichtenes Brett entlang, drauf einige Bibeln und Dintenfässer standen; zur Linken hingen zwei Bilder, das eine groß und prächtig, ein männliches Portrait, das andere klein und unansehnlich und widerlich seinem Stoff wie seiner Behandlung nach. Es war eine Hinrichtungsscene: der Henker hielt das Herz eines so eben Enthaupteten hoch in der

Rechten; allerhand Volk stand umher; im Hintergrund lohte ein Holzstoß. Es war eine Sudelei durch und durch und war doch das Wappenschild dieser Halle, das Andachtsbild jenes fanatischen Conventikels, der hier nach seiner Art zu beten und Pläne und Complotte zu schmieden liebte. Es war der Harrison-Club, der hier tagte, Männer, die noch immer von einer Wiederkehr der Republik und der Begründung ihrer fünften Monarchie träumten, Schwärmer, die nur von zwei Empfindungen beherrscht wurden: von Bewunderung für die Offenbarung und von Haß gegen die Stuarts. Nicht Oliver Cromwell, der gehorsamfordernde Diktator, nur Thomas Harrison, der Gleichheitsprediger, war der Mann ihrer Wahl und nach *ihm* hatten sie sich genannt. *Sein* Brustbild war es, das zur Linken hing, und *seine* Hinrichtung darunter.

Man war vollzählig. An einer langen Tafel saßen elf Männer; obenan Richard Blunt, der Präsident dieser Versammlung; zu seiner Rechten Gilbert Pennington, der Wirth des Hauses; zur Linken John Overton, ein Braueigen von Southwark, der immer zu Schiff vom andern Ufer kam und an der kleinen Wassertreppe des Hauses anzulegen pflegte. Da waren noch andere: Henry Hill, ein Eisenkrämer, und Evelyn Honywood, ein Advokat von Furnival's Inn; am Ende der Tafel aber saß James Morris, der jüngste im Club und Sekretair.

Richard Blunt – jener Alte, den wir mit weißem Haar und sammtnem Käppchen zuerst in Harpers Lane einbiegen und unter der Thür des Clubhauses verschwinden sahen – erhob sich jetzt und mit seiner Bibel dreimal auf den Tisch klopfend, sprach er leis und vernehmlich: Wir wollen beten.

Alles stand auf und murmelte kurze Worte vor sich hin, der Alte aber rief über den Tisch hinüber: James Morris, lies uns Pagina I.

Der Angeredete schlug ein neben ihm liegendes Buch auf und begann in eintöniger Weise:

Im Jahre unsres Herrn, dem eintausendsechshundertsechzigsten am dreizehnten Tage des Monat Oktober, schleiften sie Thomas Harrison – einen Auserwählten des Herrn und Sieger in großen Schlachten wider die Finsterniß – auf einer Kuhhaut gen Charing-Cross, verhöhnten ihn, spieen ihm ins Antlitz (wie sie Jesu Christo gethan), trennten ihm das Haupt vom Rumpf, schnitten sein Herz aus seinem Leibe, zeigten es vor allem Volk, verbrannten es und gaben seine Asche den Winden. Seine Treue war sein Verbrechen. Er starb wie er gelebt: ohne Furcht, als in der Furcht des Herrn. Sein Mord schreit auf gen Himmel. Herr mach' uns stark und laß uns eingedenk sein: *das haben die Stuarts gethan.*

Amen! setzte der Alte bekräftigend hinzu und sprach weiter:

Karl Stuart ist todt; – der Herr sei seiner armen Seele gnädig.

Alles schwieg, als habe man kein Amen für den todten König, und Richart Blunt fuhr fort:

Herzog Jacob ist *König* Jacob geworden; Rom sitzt auf dem Throne von England; Gott erleuchte uns –

»Und erlöse uns von allem Uebel,« fiel jetzt die ganze Versammlung ein.

Viele Stimmen klangen durcheinander, Henry Hill aber überschrie sie alle und rief: die Zeit ist gekommen, von der wir im dreizehnten Capitel lesen: Und sah ein Thier aus dem Meer steigen, das hatte sieben Häupter und zehn Hörner und auf seinen Hörnern zehn Kronen. Auf seinen Häuptern aber stunden Namen der Lästerung und sie beteten an den Drachen.

Laß sie anbeten – rief John Overton dazwischen – steht doch geschrieben allda: eh zweiundvierzig Monde vergehn, werden sie reif sein zur Erndte und der Engel des Gerichts wird schneiden die Trauben dieser Erde und sie werfen in die Kelter des Zornes Gottes; das Blut aber wird steigen bis an die Zäume der Pferde.

Du sagst es! fiel Richard Blunt ein, und sein Käppchen von dem erhitzten Haupte nehmend – fuhr er fort: der Tag des Handelns ist da, das Maß ist voll. Die Flüchtlinge im Haag warten auf unser Zeichen; ich geb' es ihnen. Graf Argyle ist unser; Truppen sind geworben; seine Schiffe liegen im Texel; – binnen heut und sieben Tagen steigt er in Edinburg ans Land. Die Schotten sind unser bis auf den letzten Mann; unser Licht kam immer von Norden; – die Tage des Zorns brechen an; – hüte dich Jacob! Und nun James Morris, gieb uns dein Stuartlied.

Dieser las mit wachsender Stimme:

Sie dünken nach Gnade und göttlichem Recht
Sich dieses Landes Erben,
Und sind doch ein verloren Geschlecht
Und müssen alle sterben.

Sie machten von je den sündigen Leib
Zum Herrscher ihrer Seelen, –
Ihre Ahnfrau war das Babelweib,
Von dem die Bücher erzählen.

Sie mußten zweimal das Schaffot
Mit ihrem Blute färben,
Doch unversöhnt ist unser Gott:
Sie müssen alle sterben.

Sie konnten errichten Jehovah's Thron,
Sie sind zu schwach befunden,
Nun klopfen an Thür und Thore schon
Ihres Hauses letzte Stunden.

Es kommt ein Wetter, es braust ein Strom,
Die Lüge muß verderben, – –
Die Stuarts stehen all' zu Rom
Und müssen alle sterben.

Als die letzten beiden Zeilen gesprochen und von der ganzen Versammlung wiederholt waren, stand man rasch auf und für den nächsten Tag eine abermalige Zusammenkunft festsetzend, trennten sie sich und huschten auf die Gasse, einzeln und verstohlen, wie sie gekommen waren.

DRITTES KAPITEL.

Halben Wegs zwischen Brüssel und Anderlecht, keine tausend Schritt linksab vom Wege, lag ein italienisches Landhaus, das nach seinem Erbauer und ersten Besitzer die »Villa Monza« hieß. Es war nur ein einstöckiger Bau mit wenig Fenstern in der Front, aber das hochgewölbte Souterrain und vier schlanke Thürmchen, die vorn und hinten das platte Dach des Hauses überragten, gaben ihm ein stattliches, beinah schloßartiges Ansehn. Von diesen Thürmchen herab genoß man einer reizenden Aussicht. Das platte Dach selbst war zu einer Art hängenden Garten umgeschaffen; im Rücken der Villa und über dieselbe hinweg streckten die Pappeln des Parks ihre Kronen empor, und nach vorn hin, kaum breiter als die Villa selbst, dehnte sich die stille Fläche eines Teichs wie ein Spiegel für so viel Lieblichkeit. Schilf und Hängeweiden umgaben ihn, drüberhin aber dehnte sich Himmel und Frieden.

Der derzeitige Besitzer des Hauses war James Monmouth, natürlicher Sohn Karl Stuarts von der schönen Lucy Walters, und Liebling des Volks und seines Vaters zugleich. Dennoch war er verbannt. Befreundet mit Algernon

Sydney, Lord William Russel und anderen Führern des Rye-House-Complots hatte ihn der Verdacht einer Betheiligung getroffen und seine Feinde waren nicht müßig gewesen, die Lüge weiter zu verbreiten: er habe nach Thron und Leben des eigenen Vaters getrachtet. Unter diesen Feinden stand obenan sein Oheim, der Herzog Jakob von York. Ihr Haß war gegenseitig; beide wollten dem Thron die nächsten sein; der Neffe unterlag und seine Niederlage hieß – Verbannung. Nassen Auges hatte er die englische Küste ins Meer versinken sehen, aber jene Thränen waren längst getrocknet. Er war ein Stuart: er hatte ein Weib gefunden und über die Liebe den Thron vergessen.

Es war zu Anfang Mai; die Sonne neigte sich zum Untergehn und spiegelte ihre letzte Gluth in den Fenstern der schönen Villa. Die Balkonthür stand weit offen und war der Rahmen für ein reizendes Bild. Im Zimmer dahinter aber, in unmittelbarer Nähe der Thür, saßen zwei Schachspieler: ein Herr und eine Dame. Beide waren jung und von seltener Schönheit. Die Dame trug ein violettes Seidenkleid, dessen eingewebte Atlasblumen die Vornehmheit der ganzen Erscheinung noch erhöhten. Es hatte den Schnitt eines Reithabits und schloß dicht um den Hals. Jeden andern Schmuck schien die schöne Dame geflissentlich verschmäht zu haben: keine Spange am Arm, keine blitzende Schnalle am Gürtel, kein Ohrring, der ihren Hals gestreift hätte, wenn sie von Zeit zu Zeit das Köpfchen hintenüberwarf. Nur eine schmale Krause von Brüsseler Spitzen umfaßte den Ausschnitt ihres Kleides und am vierten Finger der linken Hand blitzte ein Stein von seltenem Feuer. Es war derselbe Ring, den Karl I. an Thomas Wentworth Grafen von Strafford zwei Tage vor dessen Gefangennehmung gegeben hatte; sie selber aber war Lady Anna Wentworth, Großnichte jenes stolzen Royalisten und stolz wie er.

Ihr gegenüber saß James Monmouth. Ein spitzer Hut mit

Straußenfedern lag auf dem nächsten Stuhl, über dessen Lehne ein spanischer Mantel nachlässig hingeworfen war. Er selber trug ein schwarzes reichgesticktes Sammetcollet, gepuffte Aermel, ein Blondentuch um seinen Hals geknotet und ausgeschweifte kurze Reiterstiefel. Sein braunes Lockenhaar fiel wallend über seinen Nacken und stimmte zu dem dunklen Auge und dem olivenfarbenen Teint, die ganz das Erbtheil seines Vaters waren. Nur der sinnlichschöne Mund, um dessen Winkel ein stetes Lächeln schwebte, erinnerte an Lucy Walters und mischte etwas wie bürgerliche Freundlichkeit in die sonst königlichen Züge.

Sie spielten eifrig. Des Herzogs Läufer hatte so eben eine drohende Position genommen und »Schach dem König« klang es zu seiner Gegnerin hinüber, als plötzlich das Bologneserhündchen, das bis dahin auf einem gestickten Kissen zu Füßen seiner Herrin geschlummert hatte, lautbellend auffuhr und durch die offenstehende Thür auf den Balkon hinaussprang. Die beiden Spielenden horchten auf und vernahmen immer näher kommenden Hufschlag. Ein Reiter erschien alsbald in der Front des Hauses und jetzt über die Brücke des Teichgrabens hinweg und den geharkten Kiesgang hinauf sprengend, hielt er an der Thür des Hauses, sprang aus dem Sattel und trat im nächsten Augenblick ein.

Der Eintretende war ein Vierziger: schlank, hager, blaß, reichgekleidet, mit feinen Lippen und schmaler gebogener Nase. Sein Auge war ruhig und feurig zugleich. Vornehmheit und Verbitterung stritten sich in seinen Zügen um den Vorrang; jede Handbewegung verrieth den Höfling, jedes Zucken um den Mund den fanatischen Parteimann. Es war Lord Grey, heut noch ein Verschwörer und morgen vielleicht – ein Minister.

Er trat rasch auf Lady Wentworth zu und küßte die ihm dargereichte Hand, dann aber sich gegen Monmouth leicht verbeugend, sprach er mit jener geschäftsmäßigen Kürze, die jeden Umschweif vermeidet: Herzog James, zwei Hiobsposten zugleich! Euer Vater ist todt und – Euer Oheim ist König.

Der Eindruck seiner Worte auf beide Hörer war ersichtlich, aber während das heiße Blut in die Wangen der Lady Anna schoß und ihre dunkelblauen Augen vor Freude leuchten machte, sank James Monmouth in seinen Stuhl zurück und unwillkürlich den Blick auf die Wand gegenüber und das lebensgroße Bild seines Vaters richtend, das jetzt vorwurfsvoll auf ihn herabzublicken schien, füllten sich seine Augen mit Thränen. Er bedeckte sein Antlitz mit beiden Händen und schwieg.

Eine peinliche Pause trat ein: der Herzog saß regungslos; Lady Anna blickte auf die Figuren des Schachbretts; Lord Grey schien gleichgültig gegen den Eindruck seiner Rede und trat unveränderten Gesichts auf den Balkon hinaus. Er war Weltmann genug, um sich vor solchem Wetter stürmischer Empfindung zurückzuziehen, und Hofmann genug, um zu wissen, daß es nicht lange stürmen werde.

Nach wenig Minuten kehrte er in das Zimmer zurück; James Monmouth trat ihm entgegen und den Lord vom Wirbel bis zur Zeh messend, begann er heftig: Eure Rechnung ist falsch; ich hab' es satt. Verlangt nicht, daß ich Euch danke; Ihr kommt um Euret- und nicht um meinetwillen. Mir hätten zehn Väter sterben können, und Lord Grey wäre nicht bis Windsor, geschweige bis Brüssel geritten. Ich will Euch sagen, warum Ihr kommt: Ihr habt ein neues Complott, einen neuen Aufstand in der Tasche und braucht einen Namen von Klang für Eure Fahnen und Eure Manifeste. Daß ich der Thor wäre, den General Monk für Eure Republik zu spielen und meinen Kopf zu wagen, um irgend einen Brauerssohn zum Protektor von England zu machen. Kein Wort, Lord Grey! Ich kenne das Lied, das auf Eurer

Lippe schwebt, das Lied vom »*König* Monmouth.« Das Lied ist Lüge; sagt ihnen das. Ich will kein Werkzeug sein, am wenigsten dieser Puritaner, und damit – Gott befohlen!

Als er gesprochen hatte, entfernte er sich rasch in eines der anstoßenden Zimmer, ohne die Antwort Lord Greys abgewartet zu haben.

Dieser nahm jetzt auf einem der Sessel neben dem Schachtisch Platz und lächelnd den Stand des Spieles überblickend, sprach er zur Lady: Schach dem König?! der Herzog scheint wenig auf jene Fingerzeige zu geben, die Thoren Zufall nennen. Im Uebrigen lauteten Eure Briefe anders, als ich die Stimmung hier gefunden. Wir werden's ohne den Herzog versuchen müssen. In London regt sich's; die Schotten sind bereit; Argyle liegt im Texel. Die Argyle's träumen seit lange von einer Krone.

Lady Anna hatte bis dahin mit dem Ring an ihrem Finger gespielt und lächelnd vor sich niedergeblickt. Jetzt schaute sie auf und dem Auge des Lords begegnend, sagte sie ruhig: ich hätte Lord Grey für einen bessern Menschenkenner gehalten.

Der er ist! erwiederte lebhaft der Lord. Meinen Sie, ich hätte dieser Ablehnung geglaubt?! Ein Stuart schlägt keine Königskrone aus, sie komme woher sie wolle. Die Heftigkeit seiner Rede war nichts als ein verschämtes Ja. Mylady, ich gehe nach Brüssel. Sie haben vierundzwanzig Stunden. Ich erwarte Sie morgen, Sie – und den Herzog.

Morgen? Sie drängen, Lord.

Nicht ich, – die Umstände.

Wenn er sich dennoch weigert!

Glauben Sie, daß er's wird?!

Lady Anna sah vor sich nieder, als überlege sie. Dann sich stolz aufrichtend erwiederte sie: Nein! – so sei's denn! – auf morgen, Lord Grey.

Der Lord empfahl sich; im nächsten Augenblick saß er zu

Roß und sprengte über Brücke und Feld. Lady Anna stand in der Thüre des Balkons und sah ihm nach, dann trat sie ins Zimmer zurück und plötzlich zu dem Bildnisse Karl Stuarts aufschauend, murmelte sie rasch und heftig vor sich hin: Ich mag nicht die Lucy Walters Deines Sohnes sein; ich habe dies Schäferleben satt.

Sie schwieg einen Augenblick. Dann fuhr sie mit der Hand über die Stirn: Was sagte der Lord? Er sprach von Fingerzeigen, die Thoren Zufall nennen. Recht so, Lord Grey! Ich hatte einen Traum die letzte Nacht: mein Großohm sah ernst und strafend auf mich herab, unter seinen Blicken aber ward ich größer und größer, bis ich um Kopfeshöhe ihn überragte. Da kniete er nieder vor mir und küßte mir die Hand. Ein schöner Traum! – Ich bin aus bessrem Blut als Anna Bulen war. Und bin ich gefallen, James, so will ich steigen und höher steigen, als ich fiel.

Sie schritt hinunter in den Garten. Die Sonne war inzwischen untergegangen, alles war still, die Vögel schwiegen, nur das Schilf bewegte sich leise. Am Teich stand eine Sonnenuhr, daneben eine Bank. Hier setzte sich Lady Anna und starrte in den Teich. Mitunter bildeten sich Kreise auf dem Spiegel, wenn unterm Druck des Abendwindes ein niederhängender Weidenzweig tiefer in die Fluth getaucht wurde, mitunter blitzte ein Fischchen auf, oder flog eine Libelle über den Wasserspiegel hin. Lady Anna aber sah nur die Themse, die an Whitehall vorüberfließt und hundert Barken, die nach Westminster steuern und *ihre* Barke den andern allen vorauf. Ein Purpurbaldachin breitete sich ihr zu Häupten aus, die Glocken klangen, das Volk jauchzte … In diesem Augenblicke weckten sie die Schritte des Herzogs, der an der Front des Hauses auf und niederging. Sie sah ihm nach. Aber nach wenig Minuten schon nahm er auf einem Holzstamm Platz, der, halb von Epheu und wildem Wein umrankt, unmittelbar unter den Pfeilern des Balkones lag. Er schien ihrer nicht ansichtig geworden zu sein; das war ihr genehm und im Schatten der Bäume ihren Rückzug nehmend, schlüpfte sie leis und unbemerkt ins Haus.

Sie ging in sein Zimmer. Auf seinem Schreibtisch lag ein frischbeschriebenes Blatt. Sie las:

Es zieht sich eine blutige Spur
Durch unser Haus von Alters,
Meine Mutter war seine Buhle nur,
Die schöne Lucy Walters.

Am Abend war's, leis wogte das Korn,
Sie küßten sich unter der Linde,
Eine Lerche klang und ein Jägerhorn, –
Ich bin ein Kind der Sünde.

Meine Mutter hat mir oft erzählt
Von jenes Abends Sonne,
Ihre Lippen sprachen: ich habe gefehlt!
Ihre Augen lachten vor Wonne.

Ein Kind der Sünde, ein Stuartkind,
Es blitzt wie Beil von weiten,
Den Weg, den alle geschritten sind,
Ich werd' ihn auch beschreiten.

Das Leben geliebt und die Krone geküßt
Und den Frauen das Herz gegeben,
Und den letzten Kuß auf das schwarze Gerüst –
Das ist ein Stuart-Leben.

Als sie gelesen hatte, entfiel ihr das Blatt. Sie hatte ihn nie so geliebt wie diesen Augenblick. Daß sie ihrem Ziele so nah war, das entwaffnete sie. Eine tiefe Rührung bemächtigte sich ihrer, doppelt tief in der Freude darüber, daß ihr stolzes Herz dieser Rührung fähig war. Ihr guter Engel küßte sie und ihr Ehrgeiz ging unter diesem Kuß zu Ruh. Aber auf Augenblicke nur. Ihr Herz war keine Stätte stillen Glücks; sie dachte Lord Greys und ihres Traums, und eine Laute ergreifend, schritt sie rasch dem offenen Fenster zu, und sang mit klangvoller Stimme in's Freie hinaus:

Und weil du deiner Mutter Kind,
Bist zwiefach du erkoren,
Nur wem die Götter gnädig sind,
Der wird wie du geboren.

Du bist ein Kind der Sünde nicht,
Du bist ein Kind der Liebe;
Und wenn dir jeder Ruhm gebricht,
Wär's dieser, der dir bliebe.

Du bist ein Stuart! wenn du's bist,
So lerne Kronen tragen;
Eu'r Haupt, wenn's ohne Krone ist,
Ist besser abgeschlagen.

Du bist ein Stuart! nun so sei's
Und laß es weiter erben:
Um dieses Lebens höchsten Preis
Verlohnt es sich zu sterben.

Während sie die letzte Strophe sang, war sie auf den Balkon hinausgetreten. Sie hatte sich nicht geirrt; am Weinspalier kam's in die Höh (war doch die Treppe ein Umweg), und eh' noch der letzte Ton verklungen war, lag James zu ihren Füßen. Er bedeckte ihre Hand mit Küssen; Furcht und Hoffnung, Liebe und Heimweh gingen durch sein Herz, und während vor maßloser Aufregung Thräne auf Thräne seinem Aug' entrann, sprach er zitternd und wie im Fieber: ich will, Anna, ich will – um Dich.

Viertes Kapitel.

Es war am 5. Juli 1685. Bei Sedgemoor lagen sich zwei feindliche Heerhaufen gegenüber; über beiden flatterte das Banner von England, beide nannten sich »*königlich*«, aber nur der eine *war* es, der andere *wollt'* es sein. Diesen führte James Monmouth. –

Im Hafen von Lyme, an der Küste von Dorsetshire, war er mit seinen Getreuen gelandet und das Gewinnende seiner Erscheinung, dazu die Versprechungen, mit denen er nicht kargte, hatten binnen wenigen Tagen die ganze Grafschafts-Bevölkerung auf seine Seite gebracht. Stadt und Land wetteiferten, ihn als König willkommen zu heißen. Anekdoten von seiner Leutseligkeit liefen vor ihm her und öffneten ihm alle Herzen und Thore. In Bridport hatte es gebrannt, als er mit seinen Truppen einmarschirte. Da hieß es denn, er habe löschen helfen; andere wußten sogar, er habe ein Kind gerettet. In Abbotsbury war er aus dem Bügel gesprungen, um einem alten Mütterchen aufzuhelfen, das vor Schreck über sein bäumendes Pferd ausgeglitten und niedergefallen war; und in den Sandsteinbrüchen von Mendips-Hill hatte er den Bergleuten eine Rede über den Text gehalten: »daß der Arbeiter seines Lohnes würdig sei.« Auf dem Marsch von Axminster bis Yeovil, als seine Truppen halbverdurstet waren, hatte er einen Krug Wasser an die Erde gegossen, um Nichts vor den Seinen voraus zu haben und dabei geschworen, daß er's immer so halten wolle, und wenn er funfzig Jahre König in London sei. Auch von einer wunderschönen Dame erzählte man sich, die immer um ihn sei und ihm zur Linken auf einem prächtigen, isabellfarbenen Hengste reite. Sie sei nur heimlich seine Frau (ein fremder Priester habe sie getraut), aber er halte sie hoch in Ehren, und sie sähe aus wie die Königin in St. James. In Newbridge habe sie das Kind eines armen

Tagelöhners über die Taufe gehalten, und mit einem Henkeldukaten und einem Ringe beschenkt, den sie vom eignen Finger zog.

So waren die Gerüchte vor ihm hergelaufen, bis Taunton hin, der Hauptstadt von Devonshire. Im Triumphe war er hier eingezogen. Fahnen hatten geflattert und junge Mädchen Blumen gestreut; hübsche Frauen hatten ihn ihren Kindern gezeigt und verlegen geflüstert: das ist er, das ist er! – alte Soldaten waren in Feuer und Flamme gerathen und hatten laut gerufen: 's ist sein Vater, wie er leibt und lebt! – so, unter Guirlanden mit Huldigungsinschriften war der Zug bis in die Kirche geeilt, wo, wie immer, das Tedeum schallte, das schon so oft einer faulen Sache dienen und ein mahnendes Gewissen mit seinen Klängen betäuben mußte. Inbrünstig, wie jeder Prätendent, den die Hoffnung anwandelt, in seinem Ehrgeiz ein Werkzeug Gottes gewesen zu sein, hatte sich der Herzog vorm Altar auf's Knie geworfen, und unter Thränen und Gebet war ihm auf wenig kurze Augenblicke der Glaube an sich selbst, an sein Recht und an die Möglichkeit seines Sieges gekommen. Doch auf Augenblicke nur. Manifeste voll Anklagen gegen seinen Oheim, »den Usurpator seiner Krone,« voll unerfüllbarer Versprechungen gegen alle Parteien, liefen von Taunton aus in's Land, aber die Freunde, auf deren Beistand gerechnet war, blieben aus, und wie beharrlich er sich »König von England« nennen mochte, er blieb doch nur der König von Dorset- und Devonshire. Die Katholiken standen fester zum Thron denn je; die charakterlose Masse, die sich Volk nennt und immer auf die Seite des Siegers tritt, verlangte vor Allem einen Sieg, und die Puritaner, deren man so sicher zu sein gewähnt hatte, hielten sich geflissentlich zurück. Das machte, sie hatten keinen Glauben an die kirchliche Ehrlichkeit des Herzogs, und je mehr er versprach, um so weniger. Ein tiefer Zug des Mißtrauens gegen

Alles, was »Stuart« hieß, erfüllte längst die puritanische Bevölkerung des Landes, und während sie den Grafen Argyle heimlich unterstützten, der gleichzeitig in Schottland gelandet war, überließen sie den Herzog seinem Schicksal und wiesen jede Mahnung Einzelner mit dem einen Wort zurück: *»er ist ein Stuart.«* Sie wußten selber kaum, wie recht sie hatten. – Unter der Ungunst dieser Verhältnisse blieb nur Eines erhebend: die Treue Devonshire's; – der Rausch hielt an und der sonnige Tag, der unmittelbar zu Häupten des Prätendenten stand, ließ ihn die Wolken übersehen, die sich am Horizont zusammenzogen. Doch nicht auf lange. Näher und näher rückten die Regimenter König Jacob's, und gestern war es gewesen, daß sie – unter Führung Lord Fevershams – sich den Herzoglichen bis auf drei englische Meilen genähert und auf der Haide von Sedgemoor ihr Lager abgesteckt hatten. Der nächste Tag sollte die Entscheidung bringen.

Die beiden Heere boten einen gar verschiedenen Anblick dar. Die Truppen Lord Feversham's bestanden, mit Ausnahme weniger hundert Mann Wilt- und Glocestershire-Milizen, aus alten Regimentern, die in den Niederlanden gefochten und dem Siegeszuge Türenne's Einhalt geboten hatten. Sie gaben an Tüchtigkeit jenen Cromwell'schen Regimentern Nichts nach, die bei Dunbar selbst den alten Schottenruhm zu Schanden gemacht hatten, und wenn auch der Independenten-Geist aus ihnen gewichen und die Zeit fanatischen Plärrens und Priesterns für immer vorüber war, so hatten sie, aus Cromwell's Tagen her, doch die Kerntugenden jeder Armee bewahrt: Zucht, Gehorsam, Taktik und die Gewohnheit des Sieges.

Anders stand es mit dem Heerhaufen des Herzogs. Nur zum kleinsten Theil aus geschulten Soldaten bestehend, waren die beiden Flügel seiner Aufstellung herzugelaufenem Volke anvertraut, armen Teufeln, die außer dem besten Willen nur guten Hunger und schlechte Waffen mitgebracht hatten. Auf dem rechten Flügel befanden sich ein Paar Hundert Bürger aus Taunton, Bridport und andern Städten. Sie hatten ein leidlich klares Einsehen davon, wie schwach es mit ihnen bestellt sei, aber sie beschwichtigten sich und ihre Furcht mit den alten Mitteln, zu denen in solchen Fällen die unausrottbare Hoffnung zu greifen pflegt. Der eine wußte, daß in London ein Aufstand ausgebrochen sei, ein zweiter wollte Briefe aus Schottland haben, und schwur hoch und theuer, daß Graf Argyle die Königlichen geschlagen habe; der Rest wiegte sich mit der Vorstellung, daß die Regimenter Lord Fevershams puritanisch seien, wie in alten Zeiten, und daß sie mit klingendem Spiele übergehen würden, sobald sie ihre »Brüder von Devonshire« vor Augen hätten.

Auf dem linken Flügel befand sich nichts Anderes. Rührend war das Vertrauen und die Sorglosigkeit dieser Leute, die noch Angesichts des Unterganges von ihren Siegen träumten. Der Herzog war so ein hoher Herr, er hatte gesagt: er werde König werden und werde für sie sorgen; er hatte das Alles von seinem bäumenden Pferde herab gesprochen, mit einer Feder auf dem Hut und goldner Stickerei am Mantel – wie hätten sie da zweifeln sollen, es war als hätte es ihnen Gott selbst verheißen.

Im Centrum freilich wußte man's besser. Die Truppen, die man aus den Niederlanden mitgebracht hatte, verstunden sich auf ein Feldherrngesicht, und hatten seit lange schon auf des Herzogs Stirn die Falte gesehen, die alles Andere eher versprechen mochte als Sieg. Lord Grey's Gesicht war mit jedem Tage länger geworden, und die einzige, die noch lachte, war Lady Anna, aber sie lachte nicht mehr wie sonst.

Die Sonne war unter. Man befand sich im Hause eines alten Müllers, der sich erst wenig seiner Gäste gefreut zu haben schien, dann aber plötzlich munter und redselig geworden war. Niemand wußte warum. Die Mühle nach holländischer Bauart befand sich unmittelbar oberhalb des Hauses, und die Wände trotz ihrer Dicke, schütterten hin und her, wenn, wie eben jetzt, die Mühle in vollem Gange war. Um einen mächtigen Eichentisch herum, auf dem Pläne und Karten lagen, saßen der Herzog, Lady Anna und Lord Grey. Offiziere kamen und gingen; man war einig geworden, in derselben Nacht noch einen Ueberfall zu wagen. Ueberraschung sollte die Kräfte ausgleichen. Zwei Uhr! rief der Herzog und warf seinen Degen auf den Tisch, um sich's bequem zu machen. Die Offiziere verbeugten sich; aber in demselben Augenblick schrak Alles zusammen: – die Mühle stand still.

Eine peinliche Pause folgte; Alles athmete erst auf, als draußen auf der Diele ein Lärmen entstand und gleich darauf drei schlecht bewaffnete Mendipshill-Männer eintraten, die eine alte Zigeunerin mit zerrissenem Kleid und zusammengebundenen Händen herbeischleppten.

Was giebt's? fragte der Herzog. Einer der Männer trat vor und berichtete: sie ist eine Spionin, Herr, sie hält's mit dem Feind und wollt' uns 'nüberführen zu Lord Feversham. Wir fanden sie hinter einer Hecke. Als wir ihr sagten, wir würden sie zu Euch bringen, da bat sie hin und her, wir möchten sie laufen lassen. Zuletzt nahm sie eine Whiskey-Flasche aus ihrem Bündel, und zeigte sie uns und sagte: das ist ächter, der kommt von drüben, so haben ihn nur die Königlichen. Seid gescheidt! ein Schluck von diesem thut Eurem Hals besser, als ein Strick drum 'rum. Und das ist doch das Ende vom Liede. Dann sprach sie noch allerhand Ehrenrühriges: der Monmouth ist ein Narr, sagte sie, und Lord Grey ein Lump.

Wie heißt Du? fragte der Herzog, indem er sich dem alten Weibe zuwandte.

Madje Jim!

Hängt sie! rief Lord Grey dazwischen.

Die Alte grinste ihn an und sagte trocken:

Madje Jim das Seil,
Lord Grey das Beil, –
Es kriegt ein Jedes seinen Theil.

Die Natter sticht, wenn man sie tritt, antwortete Lady Anna an Stelle Lord Grey's, der stumm geworden war, und eine Heiterkeit zur Schau tragend, daran ihr Herz keinen Theil hatte, rief sie der Alten zu: Du bist der prächtigste alte Rabe, der je vor einem Schlachttag aufgeflogen ist! gieb mir auch einen Spruch.

Die Alte schwieg.

Du thust Nichts umsonst, wie ich merke, – drang Lady Anna weiter in sie, – nun, so fordere!

Das Auge der Alten blitzte; sie trat einen Schritt vor und sprach rasch:

Dein Nacken ist weiß, Deine Wang' ist roth; –
Ein Zaubermeister ist der Tod,
Er tauscht über Nacht die Farben leis –
Und der Nacken ist roth und die Wang' ist weiß.

Du bist unhöflich – fuhr die Lady scherzend fort – ich wollte Dir das Leben schenken und Du schenkst mir den Tod. – Aber James – wandte sie sich zu diesem – Du darfst nicht zurückbleiben; ich kenne Madje Jim's gutes Herz, – sie borgt uns ihre Schicksalsbrille noch einmal.

Der Herzog streckte ihr, augenscheinlich ungern, die Fläche seiner Hand entgegen; sie aber machte eine abwehrende Bewegung, als ob derlei Hokuspokus zwischen ihnen nicht erst nöthig sei und sprach dann:

Ich kenn' Dich die vierzig Jahre schon,
Da warst Du Karl Stuart, nun bist Du sein Sohn;

Dein Vater starb auf seidenem Bett, – –
Wer auch solch' Sterbekissen hätt!

Der Herzog winkte mit der Hand. Sperrt sie ein bis morgen, dann laßt sie laufen.

Man schleppte die Alte fort; Lady Anna versuchte einen heiteren Ton anzuschlagen, aber ihre Seelen brannten so trüb wie die Lichter, die auf dem Tische standen.

Es mochte um die elfte Stunde sein; Lord Grey hatte sich in des Müllers alten Lehnstuhl zurückgeworfen und versuchte zu schlafen, die beiden Liebenden gingen in den Garten. Es war so schwül im Zimmer. Sie schritten den breiten Buxbaumsteig hinunter, an dessen Ende ein alter, mit Blüthen überdeckter Birnbaum stand, und setzten sich auf die Rasenerhöhung, die um den Stamm des Baumes herumlief. Beide schwiegen; aber während der Herzog vor sich niederstarrte und über einem Entschluß zu brüten schien, blickte die Lady fest und frei umher wie Einer, der seine Rechnung abgeschlossen hat. Sie ergriff die Hand des Herzogs, streichelte sie und ihn zärtlich zu sich heranziehend, sprach sie mit einer Weichheit, die ihrem gewöhnlichen Wesen fremd war: Woran dachtest Du, James?

Der Angeredete blickte auf. Dann, mit einem Anflug von Verlegenheit, wie wenn er verschweigen müsse, was in ihm vorgegangen sei, sagte er eintönig: Ich dachte an Brüssel und an die Villa Monza, an den Schilfteich und an den hängenden Garten. Jetzt blühen die Rosen.

Lady Anna sah ihn forschend an. Dann schüttelte sie den Kopf, aber nicht unwillig: Ich weiß, woran Du dachtest! Du dachtest an den Hafen von Lyme, an unsere Brigg, die dort vor Anker liegt, an die Gunst des Windes, der eben jetzt von Norden weht und an die nahe normännische Küste. James, Du dachtest an Flucht.

Monmouth schwieg.

Ich will Dir eine Geschichte erzählen, fuhr sie voll Milde fort. Es thut Nichts, wenn Du sie schon kennst, oder hundert andere, die ähnlich klingen. In unserem Dorf lebte ein alter Förster, ein Wittwer und ein strenger Mann. Er hatte eine Tochter, die sein Augapfel war und einen Jägerburschen. Die Beiden liebten sich. Sie traten vor den Alten und forderten sein »Ja.« Er wies sie ab. Die Liebenden trafen sich denselben Abend im Garten, der Bursche war verstört, das Mädchen verweint. Sie saßen lange schweigend, dann sprach sie: Zwischen uns und dem Altar steht meines Vaters Fluch, aber zwischen uns und dem Tod – *der* Weg ist frei. Willst Du? In derselben Stunde fielen zwei Schüsse, man durchsuchte den Garten, man fand die Beiden, daneben ein Blatt: der Bursch hatte seine Braut erschossen, dann sich selbst. Sie waren noch jung und hätten noch lange leben können.

Der Herzog horchte auf.

James – fuhr die Lady rascher fort – seit wann gilt eine Krone weniger als ein Ring am Finger! Wir brauchen den Tod nicht zu suchen; wenn wir wollen, so sucht er morgen uns. Du willst nicht, James, daß unser Elend zu hohen Jahren kommen soll.

Der Herzog hatte seine Hand aus der ihrigen gezogen und sich rasch erhebend, legte er jetzt seine beiden Hände auf ihren Nacken, und sah sie lange und innig an. Er zitterte nicht mehr wie damals, wo er vor Aufregung weinend, zu ihren Füßen hingesunken war; das Unglück und die Nähe des Todes hatten seine Seele gefestigt. Mit jener Ruhe, die der Segen eines festen Entschlusses ist, sprach er zu ihr hernieder: Es wird zu viel, Anna, – so dank' ich Dir auch dies.

Dann ergriff er ihre Hand und oft und lange zu dem gestirnten Himmel aufblickend, als betete er, oder als woll' er sich noch einmal den ganzen Zauber dieses Anblicks fühlbar machen, schritt er am Arm der Lady den Gartengang hinauf und zum Hause zurück. Dann kam der Schlaf.

Es schlug zwei, als sich das Centrum in Bewegung setzte, erst Reiterei, dann Fußvolk. Allen vorauf ritten der Herzog und Lord Grey, zwischen ihnen, in schwarzem Kleide, Lady Anna. Die Hufe sämmtlicher Pferde waren, des Ueberfalls halber, mit Stroh umwickelt; alles Lärmen war bei Todesstrafe untersagt; schweigend wie ein Leichenzug bewegte sich die Colonne über das Feld hinweg. Man hatte zwei Kundschafter vorausgeschickt; der eine war ihr Wirth, der Müller. Als man einen langen Hohlweg glücklich passirt und den Rand eines Laubholzwäldchens dicht vor Augen hatte, dahinter die Haide von Sedgemoor sammt dem Lager der Königlichen lag, hielt man an, um die Rückkehr der Kundschafter abzuwarten. Nur Einer kam. Er berichtete, daß inmitten des Wäldchens eine Feldwacht liege, gegen zwanzig Mann, alle im tiefsten Schlaf; selbst der Posten unterm Gewehr habe genickt. Der Herzog ließ jetzt eine Compagnie Fußvolk vorrücken, und gab Ordre, zu zwei und drei am Rand des Waldes entlang sich zu vertheilen, um dann – von allen Seiten aus, nach der Mitte hin vordringend – die ganze Feldwacht wie in einem Netze zu fangen. Rasch und pünktlich machten sich die geschulten Soldaten an ihre Aufgabe, und ehe zehn Minuten um waren, meldete einer der Offiziere den Erfolg des Unternehmens. Geräuschlos hatte man die Schildwacht niedergehauen, und den Rest zu Gefangenen gemacht.

Es mochte gegen 3 Uhr sein und im Osten begann es hell zu dämmern. Auf den Gesichtern der Soldaten konnte man deutlich den günstigen Eindruck erkennen, den die erste Waffenthat des Tages hervorgerufen hatte und von der

Stirn des Herzogs leuchtete es, als erfülle seine Seele noch einmal die süße Möglichkeit des Sieges. Schnell (die wachsende Dämmerung mahnte zur Eile) ging es jetzt im Schatten der Bäume das Gehölz hindurch, und als die Reiter, die ein wenig vorauf waren, an der anderen Seite des Wäldchens sich gesammelt hatten, sahen sie bereits die Lagerzelte der Königlichen und hier und da ein erlöschendes Feuer. Kein Laut drang herüber, kein Tritt von Wachen und Patrouillen, Alles schien zu schlafen.

Man ritt jetzt am Waldrand entlang, bis zu einer vorspringenden Spitze des Gehölzes, von wo aus das Lager selbst keine fünfhundert Schritt entfernt sein konnte, und plötzlich den Pferden die Sporen gebend, ging es im vollsten Jagen über die Haide hin. Das Fußvolk rückte im Geschwindschritt nach, die nächsten Minuten mußten über das Schicksal des Tages entscheiden. Schon war der Zwischenraum durchflogen; – ein schmaler Graben noch – aber sieh da, die Sporen tiefer einsetzend, ging's drüber hinweg. Die Pferde schnaubten, die Degenscheiden klirrten an einander, dumpf dröhnte der Boden unter dem Getrapp der strohumwickelten Hufe, und jetzt mit lautem Jubelgeschrei Hütten und Zelte niederreitend, fegte man immer rascher und rascher dem Mittelpunkt des Lagers zu. Vor Siegesfreude blind, achtete Niemand der Leere und Ausgestorbenheit rings um, bis plötzlich ein zweiter breiterer Graben, mit einem Erdwall dahinter, Roß und Reiter zurückprallen machte. Hunderte von Köpfen wuchsen wie auf Zauberschlag hinter der Mauer hervor und beim Aufblitzen des Pfannen-Pulvers sah jetzt das stummgewordene Reitervolk die Karabinerläufe blinken, die ihnen die Marstonmoor-Dragoner zwischen den Rasenstücken entgegenstreckten. Ein Krach und die Scene hatte sich verändert. Mehr als funfzig Pferde stürzten, die andern wandten sich und das nachrückende Fußvolk mit fortreißend, stoben die Sieger einer Viertelstunde in Flucht und Verwirrung über die Haide hin, dem rettenden Walde zu. Vergebens donnerte die Stimme einzelner Offiziere ihr »Halt« dazwischen, die Stimmen derer waren stumm geworden, deren Ansehen und Beispiel vielleicht ausgereicht hätte, diesem Schrecken Einhalt zu gebieten. Lord Grey war gestürzt, Lady Anna hatte die Todeswunde im Herzen; – und neben ihr, gleichgültig gegen die Kugeln, die um ihn her und über ihn hinweg den Flüchtigen nachpfiffen, stand Herzog James und mühte sich umsonst mit seinem weißen Schärpentuch das strömende Blut zu stillen. Laß, James, flüsterte die Sterbende – es ist vorbei.

Nein, nein, es soll nicht sein! – und auf's Knie fallend und beide Hände nach ihr ausstreckend, rief er wie außer sich: nimm mich mit.

Sie aber ergriff seine Hand, küßte sie und sprach dann mit letzter Anstrengung: Vergieb James, – ich wollte Dich groß sehen – Dich und mich – flieh … nein, bleib … – vergieb!

Er blieb.

Ein Offizier trat an ihn heran.

Herzog Monmouth, Euren Degen.

Er gab ihn; was hätte er nicht gegeben!

Die Schlacht war aus, die Metzelei begann. Als die Sonne aufging über Sedgemoor, spiegelte sie sich in Blut; der Herzog aber ritt auf dem Wege nach London – waffenlos – ein Gefangener.

FÜNFTES KAPITEL.

Vier Tage später glitt ein Kahn die Themse hinunter. Es war spät Abend und dunkel, aber an beiden Ufern blitzten viel tausend Lichter und warfen ihren Schimmer weit in den Strom hinein. Der Kahn ging mit der Fluth und die Ruderer hatten leichtes Spiel. Am Steuer saß Graf Dartmouth,

Lord Kammerherr Sr. Majestät König Jacobs, und unter seinem Hut hinweg, den er tief ins Gesicht gedrückt hatte, sah er fest und scharf auf eine vornübergebeugte, in Hut und Mantel gehüllte Gestalt, die regungslos in der Mitte des Bootes saß. Als man die London-Brücke passirt und Billingsgate zur Linken hatte, schlug der Fremde seinen Mantel zurück und sein Antlitz gen Himmel richtend, so daß der Lichterglanz jetzt voll auf seine blassen Züge fiel, athmete er auf und ließ dann sein Auge rechts und links über die goldgestreifte dunkle Fläche gleiten. Man war in der Nähe des Ufers und Graf Dartmouth's Rechte fuhr an den Griff seines Degens.

Es ist Nichts, Mylord! sagte James Monmouth lächelnd (denn er war es), und hüllte sich wieder in seinen Mantel.

Rascher strömte die Fluth, das leichte Fahrzeug vor sich hertreibend, und ehe noch das Roth verflogen war, das jene lächelnd gesprochenen Worte über Graf Dartmouth's Antlitz ausgegossen hatten, schimmerten die weißen Steine des Towers wie Dämmerungsstreifen durch die Nacht.

Der Graf richtete sich auf; der Herzog aber starrte noch immer vor sich hin und fuhr aus seinen Träumen erst empor, als das Knarren eines nach innen sich öffnenden Thorflügels ihn weckte. Das war *Traitorsgate*, das Hochverräther-Thor. Die Barke glitt mit geschickter Wendung nach links hinein, und als der eisenbeschlagene Flügel sich langsam wieder schloß, wie er sich geöffnet hatte, lag die Barke in einem Wasserhof, der von vier Seiten eingeschlossen hoch über sich ein Streifchen Himmel hatte. Nach der Uferseite hin befand sich eine Steintreppe, schmal und ausgewaschen; hier legte das Fahrzeug an. Man hörte das Drehen eines Schlüssels in einem rostigen Schloß, dann öffnete sich die Thür und auf ein Zeichen des Grafen erhob sich der Herzog und schritt rasch die Stufen hinan. Als er oben stand, warf er noch einen letzten Blick auf die Treppe ihm zu Füßen und das gegenüberliegende Thor; er wußte, daß es sich ihm nicht wieder öffnen werde.

Trübes Lampenlicht brannte auf dem Towerhof; ein Schließer ging vor dem Herzog her, Graf Dartmouth folgte. Schweigend schritten sie dem hohen Backsteinthurme zu, der seit den Tagen Richard Glocesters und seiner ermordeten Neffen der Blutthurm heißt. Hoch oben unterm Dach drehte sich ein offenstehendes Fenster im Winde, *jenes* Fenster, dahinter in dunkler Nacht die dunkle That geschah; aber James Monmouth hörte nicht das Knarren der rostigen Angeln, und nur mit feinen Sinnen dem Klang von Axt und Hammer lauschend, die weitab auf Towerhill das letzte Haus für ihn zusammenfugten, schritt er rasch unter dem Portal des Thurmes hindurch. Er befand sich auf einem geräumigen Hof, aus dessen Mitte, kastellartig, der White-Tower mit seinen vier Thürmen emporragte; den alten Festungsbau aber zur Rechten lassend, schritten sie an der Towerkapelle vorbei, dem Beauchamp-Thurme zu, und die schmale Steintreppe desselben hinauf. Der Schließer öffnete ein achteckiges, vielfach vergittertes Zimmer, und einen Lichtstumpf auf den Tisch setzend, den er an der blackigen Treppenlampe angezündet hatte, sprach er ein kurzes: Hier! Dann ließ er den Herzog und seinen Begleiter allein. James warf sich in einen alten, seitab stehenden Holzstuhl und starrte vor sich hin.

Herzog Monmouth – unterbrach ihn der Lord – es ist nah an Mitternacht; Ihr habt nur fünf Stunden noch.

Um die ich mich ungern gebracht sähe – murmelte James vor sich hin.

Ihr seid noch unversöhnt mit Eurem Onkel – fuhr Graf Dartmouth fort – und unversöhnt mit Gott. Wollt Ihr eines unbußfertigen Todes sterben und Euren Haß vor den Thron des Ewigen tragen?

Der Herzog sprang auf. Nein, nein! rief er und schritt

einigemal im Zimmer auf und ab. Dann mit seiner Rechten über die linke Brustfläche seines Collettes gleitend, als suche er etwas, nahm er ein Taschenbuch heraus, das er über'm Herzen getragen hatte. Er blätterte hastig darin, riß ein leeres Blatt heraus, rückte den Stuhl an den spärlich erleuchteten Tisch und schrieb mit Blei die Worte nieder:

Du hast meinen Tod gesprochen. Ich fordere keine Gnade. Ich fordere nur eins: gönne mir, als ein Stuart zu sterben. Ich schrieb auf meine Fahnen: *gegen Rom*! Das war die große Sünde meines Lebens. Ich bin Katholik wie Du. Du weißt es. Mein Werk war Lüge; drum ist es gescheitert. Sende mir den Beichtiger, der am Bette meines Vaters stand. Ich scheide ohne Haß.

James Monmouth.

Gebt das meinem Oheim! rief er dem Grafen zu, der mit dem Ausdruck tiefsten Mitgefühls die Zeilen empfing und sich schweigend entfernte.

Fünfviertel Stunden später hallten Schritte auf dem Hof, dann auf der Treppe. William Hutchinson trat ein. Der Herzog beichtete und empfing die Absolution. Von den nahen City-Kirchen schlug es zwei, als der Priester über die Höfe und Zugbrücken hinweg wieder in's Freie schritt.

James Monmouth hatte sich auf ein schlechtes Lager geworfen; sein Leib war erschöpft, seine Seele gestärkt wie nach einem Bade; so schlief er ein. Er hatte einen wunderbaren Traum: vor ihm lag ein weiter Weg, der war steinig und es schmerzte ihn an den Füßen. An einer Stelle glitt er aus und fiel auf's Knie. Als er sich wieder erhob, blutete er heftig, aber um ihn her war Alles verändert. Ein schönes Mädchen schritt vor ihm her und streute Blumen über die Steine. Er kannte das Mädchen, und sie lächelten sich an. Immer leichter ward ihm, so leicht, als ob er fliegen könne, und als er jetzt zurücksah, lag die Erde weit unter ihm und das Mädchen flüsterte ihm zu: Du fliegst ja, James. Ihr Kleid wehte wie eine Morgenwolke vor ihm her, und beide Hände danach ausstreckend, rief er mit aller Anstrengung: Anna. Der Klang seiner eigenen Stimme weckte ihn, er saß aufrecht im Bett und starrte in die Höh', als such' er die Erscheinung, die er gehabt.

Dann sprang er auf und trat an eins der Gitterfenster; über den Hof kam der Gouverneur des Towers mit Bewaffneten; als er eintrat, rief ihm der Herzog entgegen: Ich bin fertig! und schloß sich dem unten harrenden Zuge an.

Auf Tower-Hill stand ein schwarzes Gerüst, drum herum viel Tausende Londoner Volks, Frauen zumal und Kinder. Alles schluchzte, als der Herzog grüßend an ihnen vorbeischritt. Oben auf dem Schaffot kniete der Henker vor ihm nieder und sprach die üblichen Worte: Vergieb das Leid mir, das ich erwählet bin Dir anzuthun. Der Herzog hob ihn auf: Laß das – sprach er lächelnd – nur triff mich besser als Du Lord Russel trafst.

Armer Herzog, das war zur Unzeit gesprochen!

Der Henker zitterte; James kniete nieder; erst mit dem fünften Schlage fiel sein Haupt.

An demselben Vormittage fanden sich die Club-Männer in Harpers-Lane zusammen, und als das übliche Gebet gesprochen und Pagina I. gelesen war, erhob sich Richard Blunt wie damals, und sprach über den Tisch hin:

James Monmouth ist todt; – der Herr sei seiner armen Seele gnädig!

Amen! fielen einige Stimmen ein.

Er starb. –

Durch *unsere* Schuld! rief Henry Hill dazwischen, und schlug mit der Faust auf den Tisch.

Er starb – fuhr unbeirrt der Alte fort – *weil er ein Stuart war.* Er beichtete katholisch. Ich wußt' es immer. Und nun James Morris gieb uns Dein Stuart-Lied.

Der Angeredete las wie damals; nur *ein* Wort war verändert:

Sie dünken nach Gnade und göttlichem Recht
Sich dieses Landes Erben,
Und sind doch ein verloren Geschlecht
Und müssen alle sterben.

Sie machten von je den sündigen Leib
Zum Herrscher ihrer Seelen, –
Ihre Ahnfrau war das Babelweib,
Von dem die Bücher erzählen.

Sie mußten *dreimal* das Schaffot
Mit ihrem Blute färben,
Doch unversöhnt ist unser Gott;
Sie müssen alle sterben.

Sie konnten errichten Jehovah's Thron,
Sie sind zu schwach befunden,
Nun klopfen an Thür und Thore schon
Ihres Hauses letzte Stunden.

Es kommt ein Wetter, es braust ein Strom,
Die Lüge muß verderben, – –
Die Stuarts stehen all' zu Rom
Und müssen alle sterben.

Als die letzten beiden Zeilen gesprochen und von der ganzen Versammlung wiederholt waren, trennte man sich. Es war heller Mittag.

Unter den Altar der Towerkapelle aber schob man um dieselbe Stunde einen Sarg, drin lag, das Haupt vom Rumpf getrennt, *James Herzog von Monmouth.*

Goldene Hochzeit.

Sie hießen Großvater und Großmutter; jedes Kind im Dorfe kannte sie. Sie hatten selbst einst Kinder gehabt, zwei Söhne; aber das war lange her. Der eine starb jung, der andre war im Felde geblieben; nun war das Dorf ihr Kind und morgen war goldene Hochzeit.

Sie bewohnten ein Häuschen, das ihnen die Gutsherrschaft geschenkt hatte. Jeder im Dorfe gab ihnen nach seiner Kraft; aber sie verdienten auch dazu. Großvater war Zimmermann gewesen und war es noch. Wenn der Sommer kam, nahm er Axt und Säge über die Schulter und ging »scharwerken«, wie er's nannte. Was er darunter verstand, war nur aus seiner Arbeit abzusehen. Er flickte Treppen und Scheunthore, machte Schwellen und Leitersprossen, und so alt er war, 's ging ihm flink genug von der Hand. Im Winter saß er hinterm Ofen und spaltete Schindelholz; Großmutters Spinnrad surrte ihm dann zur Seite und ein Rothkehlchen, das sich ihnen aus freien Stücken zugesellt hatte, zwitscherte leis aus seinem Bauer herab. Es hätte lauter singen können, ohne zu stören, denn die beiden Alten waren halbtaub und nur untereinander verstanden sie jedes Wort.

Sie wohnten jetzt zehn Jahre in ihrem Häuschen. Damals hatte der Gutsherr gesagt: »Großvater, bau' ein Haus, so und so.« Der Alte war an's Werk gegangen (denn er war noch rüstig damals) und sieh da, in zwölf Wochen hatte er's hergerichtet, das ganze Haus: eine Stube, ein Flur, eine Küche und ein rothes lachendes Dach drüberhin. Als er fertig war, war auch der Gutsherr schon zur Stelle und sagte: »nun bleib nur gleich hier, Du hast es für Dich gebaut.« Der Alte wußte nicht, ob er lachen oder weinen sollte; zuletzt that er beides. Und wie die Freude nie allein kommt, so auch hier. Das ganze Dorf, das nicht zurückbleiben wollte hinter der Herrschaft, hatte sich aufgemacht wie zur Kirmes und eh noch der Alte sein neues Besitzthum dreimal umschritten und die Wirklichkeit seines selbstgebauten Hauses mit Händen gefühlt hatte, da kam es schon die Dorfgasse herauf, in langem Zuge Männer und Frauen, jeder mit einem Stück in die Wirthschaft und alle mit lachenden Gesichtern. Der Kupferschmied, der den Zug eröffnete, brachte einen Kessel und schlug ihn wie eine Pauke. Das war zuviel für Großmutter; sie vergaß fast das Haus über den Kessel, und wäre sie hundert Jahr alt geworden, diesen Tag hätte sie nicht vergessen.

Seitdem waren zehn Jahre vergangen, still, geräuschlos, zufrieden. Sie forderten nichts vom Leben, drum hatten sie Alles. In der Küche, jahrein, jahraus, brodelte im braunen Topf ein brauner Trank, den nannten sie »Kaffee« und Großmutter lebte davon. Der Alte blies Wolken aus seiner kurzen thönernen Pfeife und wenn man ihn fragte: Großvater, wie geht's? so antwortete er: 't geiht jo, ick hev min Pip Toback.

Nun war Pfingsten. Die Sonne ging festlich auf und blickte in das Zimmer der alten Leute. Die schliefen noch und selbst das Rothkehlchen saß geduckt in einer Ecke des Bauers. Aber die Wände trugen schon ihr pfingstlich Kleid und der Schatten der grünen Maienblätter tanzte auf Diele und Decke umher. Am Fenster stand ein fichtner, blankgescheuerter Tisch und in der Mitte desselben lag eine aufgeschlagene Bibel. Der Goldrand an Schnitt und Ecken war abgegriffen; man sah, es war eine Bibel zum Lesen.

Nach einer halben Stunde sah die Sonne wieder nach; da

waren die alten Leute auf und schon fertig zum Kirchgang. Großvater trug seinen langen blauen Rock mit dem Stehkragen und den großen, seide-besponnenen Knöpfen. Die Schöße gingen bis nahe an die Knöchel und man sah wenig von den sammtnen Kniehosen und schwarzen Seidenstrümpfen, Ueberbleibseln aus einer längst vergangenen Zeit. Er stand jetzt am Fenster, daran ein kleiner mit rothem Papier umklebter Spiegel hing und sein spärliches, schneeweißes Haar nach hinten streichend, versuchte er mit einem Kamm es festzustecken. Dabei zitterte der alte Mann und es war doch Pfingsten.

Großmutter war in der Küche beschäftigt und durch die halbgeöffnete Thür klang von Zeit zu Zeit das Knallen und Knistern eines lustigen Feuers. Sie stand am Heerd, geputzt, aber gebückt; – eine hübsche alte Frau. Der schwarze, großgeblümte Wollenrock, darauf sich das saubere Brusttuch noch weißer abhob als es war, ließ ihr gut und der schmale Streifen grauen Haares, der glattgescheitelt unter der Seidenmütze hervorsah, gab ihr ein freundliches und ehrwürdiges Ansehen. Sie lächelte; war es die Freude an diesem Tag, oder war es mehr?

Sie trat jetzt wieder in die Stube zurück und den Alten leise auf die Schulter klopfend, sagte sie: drink, Vader, et is Pingsten-Koffee un en Ehren-Koffee darto.

Der Alte nahm und trank; aber ihn fröstelte nach wie vor, und auf die Sonne zeigend, die immer heller in's Zimmer schien, sagte er: kumm in de Sünn, Olling, mi freert.

Er legte seinen Zeigefinger in die aufgeschlagene Bibelstelle, klappte das Buch zu und ging in den Hof. Großmutter folgte ihm auf den Fuß. Der Hof war ein eingezäuntes Viereck, aber so klein, daß ein Kastanienbaum, der in der Mitte stand, mit seinen Zweigen den ganzen Fleck überdachte. Um den Stamm des Baumes herum zog sich eine Rasenbank, die blitzte jetzt von Thautropfen.

Der Alte wollte sich setzen. Töf 'n beten – rief ihm die Alte zu:

Morgendau un Morgenrod
Laten wol fien un hebben den Dod;

aber der Alte saß schon und sie setzte sich zu ihm.

Der Himmel war tiefblau und lachte. Kiek Olling – fuhr die Alte fort – de Häwen (Himmel) is so apen, as wull he seggen: kamt in, Kinner.

Der Alte schwieg; er schien nicht gehört zu haben, was sie sagte. Auf den Zweigen über ihnen hüpften die Vögel hin und her und gestreift vom Flügel des einen oder andern, fiel von Zeit zu Zeit ein Blüthenblatt auf den Schooß der alten Leute. Sie achteten es nicht, und aufathmend in der warmen Juniluft, starrten sie durch den offnen Lattenzaun in ein unabsehbares Saatfeld hinein, dessen Halme kaum sich neigten, so stille war die Luft. Durch das Grün der Saat lief hier und da in breiten Streifen ein gelbes Rapsfeld und würzte Nähe und Ferne mit seinem Duft.

Großvater schlug die Bibel auf und sagte: we will'n wat lesen und wat recht schön's darto; nich all Sündag is Pingsten un nich all Pingsten is goldne Hochtit.

Er las und sie hörte, was beide auswendig wußten. Eh er noch geendet hatte, da war es plötzlich, als käme ein Luftzug, ein langsam-feierliches Wehen über die Felder her und die Halme tief niederbeugend, fuhr es jetzt mit lautem Geräusch durch den Wipfel des Baumes. Die Vögel fuhren erschreckt in die Luft; es war, als sei ein Sperber unter sie gefahren. Dann wiederum war alles still.

Eine Stunde verging; fröhliche Pfingstglocken riefen zur Kirche; da kam es singend und scherzend die Dorfgasse herauf; der Gutsherr und der Prediger voran und Mädchen und Knaben mit Kränzen und Blumen hinterdrein. Sie traten in das Haus und endlich in den Hof. Des Gutsherrn Tochter, ein Blondkopf mit langen Flechten, küßte die schmalen Lippen der alten Frau, – sie waren kalt; der Prediger ergriff die Hand des Alten – sie war kalt. »Wir kommen zu spät – wandte er sich an die Umstehenden – sie sind getraut für immer.« Dann nahm er die Bibel und den Spruch erblickend, darauf die Hand des Alten geruht hatte, las er mit bewegter Stimme: Du bist ein frommer und getreuer Knecht gewesen, gehe ein zu Deines Herren Freude. –

Anhang

Stoff

»Ich sehe klar ein, daß ich eigentlich erst bei dem 70 er Kriegsbuche und dann bei dem Schreiben meines Romans ein *Schriftsteller* geworden bin d. h. ein Mann, der sein Metier als eine *Kunst* betreibt, als eine Kunst, deren *Anforderungen* er kennt. Dies letztre ist das Entscheidende. Goethe hat einmal gesagt: ›die Produktion eines anständigen Dichters und Schriftstellers entspricht allemal dem Maaß seiner *Erkenntniß*.‹ Furchtbar richtig. [...] In *poetischen* Dingen hab ich die Erkenntniß 30 Jahre früher gehabt als wie in der Prosa; daher les ich meine Gedichte mit Vergnügen oder doch ohne Verlegenheit, während meine Prosa aus derselben Zeit mich beständig genirt und erröthen macht«, schrieb Fontane am 17. August 1882 an seine Frau Emilie. Glaubt man der Äußerung des zu diesem Zeitpunkt 62jährigen Fontane, dessen erster Roman »Vor dem Sturm« erst vier Jahre zuvor erschienen war, der seither aber immerhin bereits drei weitere Erzähltexte veröffentlicht hatte, so sind seine frühen belletristischen Prosaversuche – im Vergleich zu dem mittlerweile von ihm erreichten Niveau – in künstlerischer Hinsicht nicht wirklich ernst zu nehmen. Und tatsächlich sucht man in den frühen Erzählungen zumeist vergeblich nach dem typischen »Fontane-Ton«, der seine großen Romane kennzeichnet. Überhaupt möchte man manchmal kaum glauben, daß alle fünf Texte dieses Bandes von ein und demselben Autor, geschweige denn von Fontane stammen. Diese offensichtliche Uneinheitlichkeit resultiert in erster Linie aus den Schwankungen und Unsicherheiten, denen Fontanes schriftstellerische Laufbahn lange unterworfen war, und gerade durch die Aufschlüsse, die sie im Hinblick auf seine Werkbiographie geben können, erhalten die frühen Erzählungen auf jeden Fall ihren Wert auch dort, wo es ihnen – zumindest auf den ersten Blick – an unmittelbarer künstlerischer Qualität fehlen mag.

In den meisten Fällen können keine eindeutigen Angaben über

konkrete Stoffe oder Vorlagen gemacht werden. Allerdings lassen sich Vermutungen über persönliche Anregungen, mögliche Quellen oder literarische Vorbilder anstellen.

In Fontanes frühester Erzählung »Geschwisterliebe« (1839) sind bei der Beschreibung des Handlungsortes und bei einigen Details der Ausgangssituation ganz offensichtlich eigene Erfahrungen und Erinnerungen eingeflossen (vgl. im einzelnen die Anmerkungen). In literarischer Hinsicht hat die Konstellation der problematischen Liebe eines Harfners zu seiner Schwester ein prominentes Vorbild in dem inzestuösen Liebespaar Augustin und Sperata aus Goethes Roman »Wilhelm Meisters Lehrjahre« (1795/96), worauf auch die Ähnlichkeit der Lieder des blinden Rudolph mit denen des Goetheschen Harfners hindeutet. Das Thema einer inzestuösen Liebesbeziehung zwischen Geschwistern stellt in der Literatur der Goethezeit wie auch der des Biedermeier und des Vormärz keineswegs eine abwegige Seltenheit dar. Dies gilt ebenso für die plakative Darstellung der emotionalen Ausbrüche und extremen Gefühlsschwankungen der Hauptfiguren, vor allem Rudolphs, dessen persönliches Leiden mehrfach in das für die Biedermeierzeit typische Phänomen eines allgemeinen Weltschmerzes übergeht. Solch ein Weltschmerz in der Form todessehnsüchtiger Klagen über die eigene Einsamkeit und Hoffnungslosigkeit findet sich auch häufig in den Jugendgedichten Fontanes, die bis in das Jahr 1837 zurückreichen. Dort resultieren diese Klagen – auch dies eine Verbindung zur ersten Erzählung – aus der Erfahrung des Verlassenwerdens durch die Geliebte, wofür offenbar Fontanes unglückliche Liebe zu Minna Krause, die er aus Swinemünde kannte und die 1840 ausgerechnet den Sohn seines Berliner Schuldirektors von Klöden heiratete, den biographischen Erlebnishintergrund bildete.

Was Fontanes literarische Bildung zu dieser Zeit betrifft, so war er seit seiner Übersiedlung nach Berlin im Jahre 1833 ein begeisterter Leser der aktuellen belletristischen Literatur, die er vor allem aus den Berliner Journalen kennenlernte (vgl. auch »Entstehung«, S. 148). Diese Leseleidenschaft wurde durch Wilhelm Rose, in dessen Apotheke Fontane von 1836 bis 1840, zunächst als Lehrling und danach als Gehilfe, arbeitete, unabsichtlich gefördert: »W. Rose war Mitbegründer eines eine bestimmte Zahl von Professorenfamilien umschließenden Lesezirkels und jeden dritten oder fünften Tag erschienen moderne Bücher in merkwürdig guten Einbänden, die von mir in Empfang genommen und an eine für sie bestimmte Stelle niedergelegt wurden. [...] Der Einzige, der wirklichen Nutzen davon zog, war ich. Mit besondrer Regelmäßigkeit erschien zu meiner großen Freude Gutzkows ›Telegraph‹, wahrscheinlich jedesmal ein Sammelband, der aus einer bestimmten Anzahl von Nummern bestehen mochte. Beinah alles, was ich vom ›jungen Deutschland‹ weiß, weiß ich aus *der* Zeit her und Mundt, Kühne, Laube, Wienbarg – Gutzkows selbst ganz zu geschweigen – waren damals Haushaltworte für mich.« (»Von Zwanzig bis Dreißig«, Abschnitt »Berlin 1840«, Kap. 1). Es ist also sehr wohl möglich, daß ihm Texte dieser Autoren als Anregung und Vorbild gedient haben, z. B. Ferdinand Gustav Kühnes Erzählung »Die Geschwister« (1831), die gleichfalls eine Variante des Themas der Geschwisterliebe behandelt.

Auch bei der Erzählung »Zwei Post-Stationen« (um 1845) läßt sich nur insofern von einem Stoff reden, als sich einige Einzelheiten des Textes auf Fontanes Bericht von seiner ersten Englandreise im Mai/Juni 1844, andere auf Erinnerungen an die Swinemünder Zeit und wieder andere auf seine leidvollen Erfahrungen mit der unerfreulichen Postkutschen-Verbindung vom Oderbruchdorf Letschin aus beziehen lassen, wo seine Eltern seit 1838 wohnten. Anhaltspunkte für letzteres finden sich in einem Brief Fontanes an seinen Freund Wilhelm Wolfsohn vom 10. November 1847, der in seinem Stil und seinen zahlreichen Anspielungen sogar einige Ähnlichkeit mit der Erzählung hat: »Letschin im Oderbruch, Kirchdorf mit 3 500 Seelen (?) und Residenz zweier dort stationirter Gensdarmen, hängt durch Vermittelung eines sogenannten Rippenbrechers von Postwagen nur lose mit der civilisirten Welt zusammen. Es ist ein zweites Klein-Sibirien; die Lebenszeichen einer Welt da draußen sind selten, aber – sie kommen doch vor. – Wenn ich vorhin den Postwagen als die Brücke bezeichnete, die der verstorbene Staatsminister Nagler zwischen dem Diesseits und Jenseits schlug, so war das zwar Wahrheit, aber nicht die *ganze* Wahrheit. Der geistige, mithin der bedeutsamere Verkehr wird durch ein altes Weib unterhalten, das nicht unähnlich der Norne im Scott'schen Piraten allsonnabendlich ein Felleisen in die Apotheke wirft und in Nacht und Grauen gespensterhaft verschwindet. Das alte Weib trägt einen geflickten Rock und Schmierstiefel, ihr ›guten Abend‹ klingt wie das Donnerwetter eines Bootsknechts – ihre Reise geht auch nicht durch die Lüfte, sondern knietief durch dicksten Dreck, dennoch erscheint sie allen Hausbewohnern stets wie ein Engel vom Himmel, reizend wie Schillers Mädchen aus der Fremde.« Zwar ist im ersten Abschnitt der Erzählung offenbar an eine Reiseroute von Swinemünde aus zu denken, doch läßt sich O…, der fatale Umsteigeort mit der ersten Poststation, möglicherweise mit dem drei Meilen von Letschin entfernten Wriezen (früher Wrietzen) an der Oder identifizieren, das Fontane sehr viel später in seinem Reisebuch »Aus den Tagen der Occupation« (1871) als Beispiel für einen wenig erfreulichen Aufenthaltsort nennen wird. Mit der zweiten Poststation wäre – geht man von der damaligen Reiseroute zwischen Letschin und Berlin aus – Neustadt-Eberswalde gemeint, von wo aus seit Eröffnung der Berlin-Stettiner Eisenbahnlinie im August 1843 die Fahrt mit der Eisenbahn weitergehen konnte. Insgesamt jedoch dürfte es Fontane nicht um die verhüllte Schilderung einer bestimmten realen Reise gegangen sein; vielmehr vermischte er ganz verschiedene Eindrücke im Sinne seiner literarischen Absichten.

In diesem Sinne ergibt sich stilistisch und aus mehreren Anspielungen, daß besonders die Autoren des Jungen Deutschland, allen voran Heinrich Heine und Ludwig Börne, als Vorbilder für diesen erzählerischen Versuch gedient haben. Den konkreten Bezugspunkt und die unmittelbare Anregung stellt offensichtlich die in den 1830er und 1840er Jahren auch in Schriftstellerkreisen ausgetragene Kontroverse über Wert oder Unwert der modernen Art der Fortbewegung mit der Eisenbahn gegenüber der traditionellen mit der Postkutsche dar. Die schriftstellerische Auseinandersetzung schlug sich vor allem in einer Reihe von Gedichten, z. B. von Chamisso, Lenau und Kerner, für oder wider das neue Verkehrsmittel nieder.

An dieser Debatte beteiligte sich auch Christian Friedrich Scherenberg, ein renommiertes Mitglied des Berliner literarisch-künstlerischen Vereins »Der Tunnel über der Spree«, dem Fontane seit 1844 angehörte. Zum Jahreswechsel 1844/45 veröffentlichte Scherenberg in seiner ersten Gedichtsammlung ein Gedicht mit dem Titel »Eisenbahn und immer Eisenbahn« (eine frühere Fassung hatte er bereits im Herbst 1843 im »Tunnel« vorgelesen), in dem er sich wehmütig als Anwalt der alten, »romantischen« Postkutschenzeit gegen das ganz als Verlust und Niedergang begriffene Aufkommen der Eisenbahn wandte. Fontane bezieht sich in seinem vierzig Jahre später erschienenen Buch »Christian Friedrich Scherenberg und das literarische Berlin von 1840 bis 1860« (1885) offenbar gerade auf dieses Gedicht, wenn er einen anonymen Kritiker zu Wort kommen läßt, der Scherenbergs Text im Vergleich zu den thematisch verwandten Werken seiner Zeitgenossen folgendermaßen beurteilt: »Poeten wie Anastasius Grün, Karl Beck, Emanuel Geibel haben die Eisenbahn besungen; jene beiden sahen in ihr eine Manifestation des Zeitgeistes, der freiheitsbrausend vorwärts eilt, dieser läßt im ›Mythus vom Dampf‹ den Titanen sich gegen das von den Menschen ihm auferlegte Joch sträuben und ihnen mit Untergang drohen. Aber wie man auch das Thema fassen möge, man darf es keinesfalls blos sentimental und unter Anrufung der alten Postwagenpoesie betrachten. Der moderne Mensch hat hier die Pflicht modern zu empfinden und den großen Zusammenhang herauszufühlen, in den die Eisenbahn die Menschen bringt. Scherenberg bleibt aber vor dem großen Gegenstande klein und dürftig.« (Kap. 24) Geht man davon aus, daß dieses Urteil in erster Linie Fontanes damalige Haltung gegenüber Scherenberg reflektiert (im »Tunnel« hatte dieser nämlich außergewöhnlich großen Beifall erhalten), dann kann man in den »Zwei Post-Stationen« eine Art literarische Antwort auf Scherenbergs Gedicht sehen.

Ein anderes Bild bietet sich bei zwei der drei Novellen, die Fontane zu dem gemeinsam von ihm und Franz Kugler herausgegebenen belletristischen Jahrbuch »Argo« (1853) beisteuerte. Die Erzählung »Tuch und Locke« spielt vor dem zeitgeschichtlichen Hintergrund der siegreichen Feldzüge der kaiserlich-österreichischen Armee gegen die aufständischen Ungarn und Italiener in den Jahren 1848/49. Fontane war mit den politischen und militärischen Entwicklungen dieser bewegten und auch für ihn bewegenden Zeit gut vertraut, was sich in einer seiner politischen Korrespondenzen für die demokratische »Dresdner Zeitung« vom 11. April 1850 niederschlägt, in der er nicht bloß seine Sympathie für den ungarischen Freiheitskampf, sondern sich auch offen zur höheren Notwendigkeit revolutionärer Volksaufstände bekennt. Dabei hebt er die bewundernswerten militärischen Leistungen hervor, die ein kleines, aber freiheitsbegeistertes Volk selbst gegen eine militärische, aber eben nicht vom Volkswillen getragene Großmacht wie Österreich vollbringen könne, verschweigt allerdings die Tatsache des letztlich doch sehr deutlichen Sieges der habsburgischen Zentralmacht: »Der ungarische Feldzug hat eine doppelte Lehre gegeben: er hat gezeigt, welcher unendlichen Kraftanstrengungen ein begeistertes Volk fähig ist und wie kümmerlich die Mittel sind, auf wie *tönernen Füßen* der Riese steht, mit welchem man jene Kraft niederhalten und, wenn's sein muß, vernichten will. Der Himmel bedient sich immer der Kleinen und scheinbar Machtlosen zu seinen größten Zwecken. Goliath unterlag dem David, die Blüte österreichischer Macht zerschellte bei Sempach, und was geschah, kann wiederum geschehen.«

Eine ebenso deutliche Sympathiebekundung für das Freiheitsrecht der norditalienischen Städte äußert Fontane beiläufig in einem Brief an seinen Freund Friedrich Witte vom 19. März 1851: »Ich wollte ein Epos ›Barbarossa‹ […] schreiben, bin aber von dem Stoff ganz zurückgekommen. Es ist mir durchaus nicht möglich, mich für den alten Rotbart zu begeistern. Alle meine Sympathien sind auf Seite seiner Gegner. Er war ein Stück Haynau und verfuhr mit Mailand, wie dieser mit Brescia. Die lombardischen Städte hatten damals so gewiß recht, wie sie noch heute recht haben. Für Barbarossa mit Wärme eintreten, hieße die gegenwärtige österreichische Politik mittelbar billigen oder gar verherrlichen. Es ist aber ein schöner Zug der Neuzeit, daß man von dem Papierrecht nicht mehr viel wissen und das ewige an seine Stelle setzen will.«

Mit dem gescheiterten ungarischen Revolutionsführer Lajos Kossuth beschäftigte sich Fontane dann wieder 1856 in London, und zwar sowohl privat im Tagebuch (Einträge vom 26. März und 18. April) als auch öffentlich in einer Londoner Korrespondenz für die hochkonservative »Neue Preußische (Kreuz-)Zeitung« vom 2. Dezember 1856 mit dem Titel »Kossuth in Edinburgh. Ein Sieg – sonst weiter nichts«. Entsprechend seinen inzwischen veränderten politischen Allianzen berichtet er hier relativ abschätzig über Kossuths offensichtlich nur auf kurzfristigen Beifall bedachtes politisches Volksrednertum im Ausland.

In die inhaltliche Gestaltung der Doppelerzählung sind vermutlich auch eigene Erfahrungen eingeflossen, etwa beim Erzählwettstreit in der Rahmenhandlung, in dem sich die im »Tunnel« geübte Praxis des in Gedichtform vorgetragenen Streitgesprächs, der sogenannten Tenzone, entfernt widerspiegelt. Daneben mag die Besinnung auf die klassische Novellenform Boccaccios – vielleicht vermittelt durch Fontanes »Tunnel«-Freund Paul Heyse – als Anregung gedient haben.

In »James Monmouth« behandelt Fontane mit der mißglückten Revolte des 1685 hingerichteten Thronprätendenten einen eindeutig identifizierbaren Stoff aus der von politischen Umwälzungen geprägten englischen Geschichte des 17. Jahrhunderts, die vor allem im Deutschland der 1840er Jahre immer wieder als Spiegel der eigenen politischen Verhältnisse gesehen wurde. Das historische Umfeld der englischen Revolution gewann im Hinblick auf den Konflikt zwischen Monarchenherrschaft und Volkssouveränität in den Verfassungskämpfen des 19. Jahrhunderts, besonders in den Revolutionsjahren 1848/49, eine neue Aktualität, wobei die Könige aus dem Hause Stuart als entschiedenste Vertreter des Gedankens vom Gottesgnadentum des Monarchen galten. Fontane war der Stoff spätestens seit 1848 in größerem Umfang vertraut, hatte er doch aus diesem Fundus bereits für andere literarische Arbeiten geschöpft, die mit »James Monmouth« in thematischer Verbindung stehen: 1846 für die Gedichte »Karl Stuart (Whitehall, 30. Januar 1649)« und »Cromwells letzte Nacht«, die die »Zwei letzten Nächte« (so der ursprüngliche Obertitel beider Gedichte) des vor seiner Hinrichtung stehenden Königs Charles I. und seines politischen Widersachers Oliver Cromwell zum Gegenstand haben; dann aber vor allem für das unvollendet gebliebene Drama »Karl Stuart« (1848/49). In diesem Drama wollte Fontane die Frage der Schuld der politischen Akteure (die des

Königs wie die Cromwells, die in seiner Darstellung beide schuldig werden, da sie aus Schwäche oder Selbstsucht den Willen des Volkes mißachten und unterdrücken) behandeln und – unter dem Eindruck der beginnenden Reaktion in Preußen im Herbst 1848 – einen Kommentar zur aktuellen politischen Situation verfassen, ganz im Geiste seiner zu diesem Zeitpunkt republikanisch-revolutionären Gesinnung.

Um sich die Einzelheiten des Stoffes anzueignen, vertiefte sich Fontane nach eigenen Angaben (vgl. den Brief an Bernhard von Lepel vom 22. November 1848) einerseits in englische und französische Geschichtswerke älteren und jüngeren Datums (Clarendon, Hume oder Guizot), andererseits in mehrere historische Romane seines Lieblingsromanciers Walter Scott (thematisch kommen »Old Mortality«, »A Legend of Montrose«, »Peveril of the Peak« und »Woodstock« in Frage). Für den knapp fünf Jahre später in »James Monmouth« behandelten Zeitraum der Regentschaften von Charles II. und James II. wären als weitere mögliche Quellen z. B. Friedrich Christoph Dahlmanns – 1848 in fünfter Auflage erschienene – »Geschichte der englischen Revolution« und Thomas Babington Macaulays »The History of England from the Accession of James the Second« zu nennen, die ab 1849 erschien, deren Lektüre durch Fontane allerdings erst für 1855/56 sicher belegt ist. Vor allem Macaulay befaßt sich ausführlich mit der Person Monmouths und seiner Rebellion, wobei ihm seinerseits die 1844 veröffentlichte Monographie »The Life, Progresses, and Rebellion of James, Duke of Monmouth« von George Roberts als Quelle diente, die Fontane ebenfalls gekannt haben könnte. Gegenüber dem vorrangig politisch-historischen Interesse, das Fontane während der Revolutionszeit mit seinem Dramenprojekt verbunden hatte, mag in der veränderten politischen und privaten Situation des Jahres 1853 wieder eine andere Anregung in den Vordergrund getreten sein: nämlich seine alte, seit dem ersten Englandaufenthalt von 1844 besonders starke romantische Faszination durch das sowohl mit Schönheit und Sinnlichkeit als auch mit Verbrechen, Verhängnis und Untergang verbundene Herrscherhaus der Stuarts, wie sie sich vor allem in seinen Gedichten um die Person der Maria Stuart niedergeschlagen hat. Für einige realistische Details der Handlung, besonders bei der Beschreibung der Londoner Topographie, bezieht sich Fontane auch auf persönliche Erlebnisse, vor allem die seines jüngsten London-Aufenthalts von 1852.

Für die kurze Erzählung »Goldene Hochzeit« ist kein konkreter Stoff nachzuweisen. Als prominentes literarisches Vorbild für die Schilderung eines frommen und trotz Armut glücklichen alten Paares, dem es durch göttliche Macht vergönnt ist, zur selben Stunde zu sterben und in eine neue gemeinsame Existenz versetzt zu werden, kommt aber offenbar die (auf Ovids »Metamorphosen« zurückgehende) mythologische Geschichte von Philemon und Baucis in Frage. Das ländliche Milieu und die plattdeutsche Rede der beiden Alten legen zudem nahe, daß Fontane sich an der volkstümlichen Dialektdichtung, besonders an der eines Klaus Groth orientierte, dessen Gedichtsammlung »Quickborn« 1852 erschienen war.

Fontanes erzählerisches Frühwerk zwischen Biedermeier und Nachmärz

Auch wenn Fontanes frühe Erzählungen ganz sicher nicht den Rang seiner Romane erreichen, sind sie doch in jedem Falle aufschlußreich, will man verfolgen, wie sich der junge Autor, der seinen Personalstil noch lange nicht gefunden hat, zunächst an die gerade zwischen 1840 und 1860 rasch wechselnden literarischen Strömungen und Vorbilder anlehnt, und dies zumeist mit Geschick und Einfallsreichtum. Sieht man den jungen Erzähler also im Kontext der zeitgenössischen Literatur, dann läßt sich an ihm ein Stück Literaturgeschichte vom Biedermeier über den Vormärz bis zum beginnenden Realismus ablesen.

»Geschwisterliebe« mag auf den ersten Blick tatsächlich als eine Abfolge von »überaus exaltierten und sentimentalen Szenen« erscheinen, »deren äußerste Unwahrscheinlichkeit nur noch durch unfreiwillige Komik übertroffen wird« (Nürnberger, »Der frühe Fontane«, S. 86). Zum einen aber ließen sich aus heutiger Sicht ganz ähnliche Vorwürfe gegen viele populäre Erzähltexte dieser Zeit, auch gegen die mancher Jungdeutscher, erheben. Zum anderen ergibt sich bei genauerem Hinsehen, daß trotz offensichtlicher Inkonsequenzen und Widersprüche hier durchaus ernst zu nehmende Probleme verhandelt werden, die auch bei anderen zeitgenössischen Autoren eine Rolle spielen. Ausgangspunkt der Erzählung ist die gesteigerte emotionale Bindung zwischen den elternlosen, sozial isolierten Geschwistern Clara und Rudolph, die zumindest auf seiten des blinden Bruders zunächst als inzestuös gefärbt geschildert wird, wobei es bei Fontane allerdings um bestimmte Gefühlsqualitäten und nicht um das Problem eines real vollzogenen sexuellen Inzests geht. Der entscheidende Konflikt des Textes ergibt sich, als mit dem Prediger Eisenhardt eine dritte Person in die zuvor ungestört selbstgenügsame Zweierbeziehung tritt, Clara sich in diesen Mann verliebt und ihn heiraten will. Das Wesen und die Konsequenzen dieses Liebesimpulses der Schwester werden zum Gegenstand widersprüchlicher Bestimmungen durch die beteiligten Personen. Erscheint die Liebe zwischen Clara und Eisenhardt und ihr Heiratswunsch einerseits als ein vollkommen legitimer und geradezu naturnotwendiger Schritt innerhalb eines weiblichen Lebenslaufs, so beklagt sie Rudolph andererseits als einen unerhörten Akt der Rücksichtslosigkeit und Selbstsucht. Der Vorschlag des Liebespaares, Rudolph als einen von beiden gleichermaßen geliebten Dritten in die Ehe einzuschließen, scheint den vermeintlich sicheren Weg zu einer harmonischen Konfliktlösung zu weisen. Doch geht Rudolph darauf nicht ein, sondern stilisiert sich Clara gegenüber zu einer sorgenden Mutterfigur, von der es nur eine einmalige und damit endgültige Trennung geben könne. Zwar wird das entscheidende Ereignis des Textes, die Heirat mit dem Geliebten, die zugleich das endgültige Verlassen des Bruders bedeutet, äußerlich von Clara vollzogen; innerlich jedoch ist der Schritt schon wieder zurückgenommen, als sie ihre Liebe plötzlich selbst voller Reue als Abfall von einer unwiederbringlich verlorenen, präsexuellen Reinheit des Herzens ansieht. Vor diesem Hintergrund wird verständlich, daß Claras Ehe mit Eisenhardt zum baldigen Scheitern verurteilt ist und daß sie ihren frühen Tod als gerechte Strafe für die »Sünde« ihrer Heirat hinnimmt. Die angesichts der widersprüchlichen Zuschreibungen im Text ungeklärte Frage, wer bzw. was für diesen katastrophalen Verlauf verantwortlich ist und ob Claras Tod tatsächlich eine schicksalhafte Notwendigkeit besitzt, wird am Schluß dadurch verdeckt, daß Clara im Sterben kurzerhand sowohl gegenüber dem Bruder als auch gegenüber dem Ehemann alle Schuld auf sich nimmt, zwischen den beiden Konkurrenten Frieden stiftet und zu einem himmlischen Wesen verklärt wird, für das bzw. zu dem eine gleichberechtigte Liebe kein Problem mehr darstellt. Der zentrale Konflikt zwischen Bruder- und Gattenliebe bleibt auf diese Weise zwar eigentlich ungelöst, kann aber zumindest notdürftig entschärft werden.

Das Thema der zum höchsten Gut gesteigerten Geschwisterliebe ist nur scheinbar eine abseitige Wahl, führt es doch hin zu einer grundlegenden literatur- und mentalitätsgeschichtlichen Problematik der Biedermeierzeit, dem Übergang zu einer neuen Modellierung der Gefühle. Im Gegensatz zur Literatur der Goethezeit, in der eine gesteigerte emotionale Bindung zwischen Geschwistern schnell in den schwerwiegenden Tabubruch des Inzests überzugehen drohte, geht es in der biedermeierlichen Literatur weniger um den Fall des offen vollzogenen Inzests als vielmehr um die grundlegendere psychologische Problematik des Verhältnisses von familiärer und erotischer Emotionalität. Gegenüber der goethezeitlichen Ausprägung ist bei Fontane die Geschwisterliebe einerseits entschärft, da sie, auch wenn zumindest die Gefühle des Bruders erotisch getönt sind, von der konkret sexuellen Komponente frei ist. Andererseits wird die emotionale Bindung der Geschwister psychologisch mit neuer Bedeutung aufgeladen, indem sie in direkte Konkurrenz zur Liebes- und Ehebindung mit einem Außenstehenden rückt und sich im Konflikt letztlich als die stärkere und wertvollere erweisen kann. Fontanes Erzählung hat damit teil an einer allgemeinen literarischen Tendenz des Biedermeier, familiäre und nicht-erotische, wenn auch unterschwellig erotisierte Gefühle gegenüber erotisch-sexuellen aufzuwerten und sie im Falle eines direkten Konflikts sogar so weit zu bevorzugen, daß die Unmöglichkeit einer (ehelichen) erotischen Liebe in Kauf genommen wird. Einen in mancher Hinsicht ähnlichen Vorgang macht ungefähr zur gleichen Zeit Adalbert Stifter zum Thema seiner Erzählung »Der Hochwald« (1842).

Gerade in ihren offensichtlichen Brüchen und Unstimmigkeiten, die die zugrundeliegenden Widersprüche und unentschiedenen Konflikte um so deutlicher zutage treten lassen, ist Fontanes »Geschwisterliebe« ganz auf der Höhe der Zeit und hat auf ihre Art Anteil am Wandel der literarischen Anthropologie zwischen Goethezeit und Realismus.

Ganz anders als die mit den Konstellationen des individuellen Gefühlslebens befaßte »Geschwisterliebe« präsentiert sich die Erzählung »Zwei Post-Stationen«, und gerade darin zeigt sich die erstaunliche Wandlungsfähigkeit des jungen Fontane, der sich geschickt in die unterschiedlichen literarischen Tendenzen seiner Zeit hineinzuschreiben wußte und dabei durchaus beachtliche Beiträge zu liefern imstande war. Seine Entwicklung in der ersten Hälfte der vierziger Jahre zeichnet sich vor allem durch den für den Vormärz typischen Übergang zu politischen und sozialen Themen in seiner Lyrik und durch das Bekenntnis zu einem Literaturverständnis aus, wonach Publizistik und Dichtung nicht länger getrennt sein sollen, sondern die »schöne« Literatur in erster Linie als ein angenehm-unterhaltsames Medium für die Auseinandersetzung mit aktuellen Zeitfragen zu dienen habe. Vor diesem Hintergrund ist auch die Erzählung »Zwei Post-Stationen« zu sehen, mit ihrer fortschrittsorientierten Parteinahme für die Prosa des mit der Eisenbahn heraufkommenden Industriezeitalters und gegen die nostalgische Sehnsucht nach der vermeintlich poetischen Postkutschenzeit.

In drei kurzen Episoden schildert die Erzählung die Widrigkeiten, Mißgeschicke und unangenehmen Situationen, denen der zum Teil noch ganz auf die Postkutsche angewiesene Ich-Erzähler ausgesetzt ist und die erst mit dem am Schluß bevorstehenden Umsteigen auf die Eisenbahn ihr Ende finden. Der Text läßt sich der Gattung der »Reisebilder« zurechnen, die bei den Autoren des Jungen Deutschland und des Vormärz äußerst beliebt war, konnte doch unter der unverfänglichen Oberfläche einer Beschreibung von Reiseerlebnissen ohne große Mühe auch tiefergehende, zumeist satirische Kritik an den Mißständen der zeitgenössischen Gesellschaft transportiert werden. Doch geht es Fontane, und insofern unterscheidet er sich sowohl vom literarischen Vormärz im engeren Sinne als auch vom Radikalismus vieler seiner Gedichte aus der ersten Hälfte der vierziger Jahre, nicht eigentlich um politisch-soziale Fragen, sondern vielmehr um eine dem zeitgenössischen Leben angemessene literarische Weltsicht.

Im ersten Kapitel werden zunächst typische Erwartungen an eine nächtliche Fahrt an der Seite des Postillions vom Erzähler direkt oder indirekt zitiert und durch die Konfrontation mit den tatsächlichen Gegebenheiten ad absurdum geführt: Das Blasen des Posthorns produziert keine die Seele erhebenden Klänge, sondern wird zur unerträglichen Lärmbelästigung, und die nächtliche Fahrt verheißt weder Begegnungen mit unheimlichen Wesen aus der Geisterwelt noch solche mit verwegenen Räubern. Anstatt also in eine romantische Welt des Wunderbaren entführt zu werden, trifft der Reisende mit seinem betrunkenen Postillion nicht einmal rechtzeitig an seinem profanen Zielort ein. Das zweite Kapitel nimmt – verbunden mit einer Satire auf den kleinstädtischen Aufenthaltsort – vor allem die populäre künstlerische Darstellung preußischer Herrscher, Schlachten und Nationalhelden aufs Korn, in der die jüngere und jüngste Geschichte durch prahlerische Übertreibung wie geschmacklose Verklärung der Lächerlichkeit preisgegeben wird. Das dritte Kapitel schließlich gestaltet die scheinbar überaus romantische Situation der schicksalhaften Begegnung zweier füreinander bestimmter Liebender im Postwagen. Doch auch hier geht es vor allem darum, die Diskrepanz zwischen den zur Beschreibung dieser Liebesbegegnung benutzten literarischen Versatzstücken einerseits und den offensichtlichen Realitäten andererseits nur um so deutlicher vor Augen zu führen: Der vermeintlich ganz im Bann seiner Liebe stehende Student ist unschwer als renommistischer Frauenheld auszumachen, der angesichts einer flüchtigen Eroberung jeden Anstand gegenüber seinen Mitmenschen fahrenläßt, und auch seine jugendliche Partnerin kann die vorgeprägte Rolle der hingebungsvoll Liebenden in dem Moment problemlos ablegen, als sie vom alten in das neue Verkehrsmittel umsteigt. Ebenso wie die berechtigten Ansprüche eines zivilisierten, an das großstädtische Leben gewöhnten Menschen die Postkutsche als hoffnungsloses Relikt einer keineswegs mehr erstrebenswerten Vergangenheit erscheinen lassen, wird angesichts der nüchternen Alltagsrealitäten eine literarische Weltauffassung als unzeitgemäß verspottet, die sich noch ernsthaft den Vorstellungen der klassisch-romantischen Kunstperiode verpflichtet fühlt.

Stilistisch steht die Erzählung ganz im Zeichen der geistreich-ironisch mit Literatur- und Bildungszitaten spielenden Witzkultur der Biedermeier- und Vormärzzeit, die der alte Fontane rückblickend völlig verwarf (vgl. »Christian Friedrich Scherenberg und das literarische Berlin von 1840 bis 1860«, Kap. 5, und »Von Zwanzig bis Dreißig«, Abschnitt »Berlin 1840«, Kap. 2), der er aber in den vierziger Jahren selbst anhing, wovon neben den »Zwei Post-Stationen« auch die einige Jahre zuvor entstandene versepische Kleinstadtsatire »Burg« (1840) sowie der Bericht von der »Ersten Reise nach England« zeugen.

Erst acht Jahre später meldet sich der Erzähler Fontane wieder zu Wort. Als Balladendichter hat er inzwischen zu einem festen Personalstil gefunden, bei seinen Novellen für die »Argo« dagegen fallen nach wie vor viel mehr Unterschiede als Gemeinsamkeiten ins Auge, obwohl alle drei Texte – wenn auch auf jeweils andere Weise – noch erkennbar unter dem Eindruck der Wirren der Revolutionszeit stehen.

Für »Tuch und Locke« bildet der zeitgeschichtliche Hintergrund – die gewaltsame Niederschlagung der revolutionären Unabhängigkeitsbewegungen in Norditalien und Ungarn durch die monarchische Zentralgewalt Österreichs – die keineswegs unbedeutende Folie, vor der es um ein Stück literarischer Anthropologie geht. Just am Abend vor der Entscheidungsschlacht gegen die ungarischen Freiheitskämpfer kommt es in einer Runde kaiserlich-österreichischer Offiziere, die alle aus verschiedenen Geburtsländern stammen und die also allein die übernationale Loyalität gegenüber dem Kaiser verbindet, zu einem erzählerischen Wettstreit. Die beiden konkurrierenden Erzählungen sollen die Streitfrage entscheiden, welchem von zwei gegensätzlichen männlichen Verhaltensmodellen der Vorzug gebührt: jenem, bei dem der »Sieg über ein Weib«, oder diesem, bei dem der »Sieg über sich selbst« als höchster Wert und höchstes Ziel im Leben gilt. In der ersten Erzählung schildert der Böhme Hostowiz vor dem Hintergrund des niedergeschlagenen Aufstands in der Lombardei seine leidenschaftliche Liebesaffäre mit einer italienischen Gräfin. Diese, vom Freiheitsdrang ihres Volkes beseelt, verweigert sich dem verhaßten Besatzer zunächst ostentativ, aber schließlich gelangt der österreichische Offizier doch an sein Ziel. Die Gräfin gibt sich Hostowiz in einem Moment der Schwäche hin, wovon ein Tuch zeugt, das sie ihm zur Erinnerung an diesen Moment anvertraute und das er seither bei sich trägt. Die erotische Eroberung, die Hostowiz im Leben als das Höchste gilt, erscheint – im Gegensatz zur erfolgreichen militärischen Eroberung – allerdings problematisch. Denn zum einen kann sie ihre Erfüllung gerade nur in der grundsätzlich verbotenen Liebesvereinigung mit einer verheirateten Frau finden; zum anderen kann der Sieg des Mannes ebensogut auch umgekehrt als ein Überwältigtwerden durch die plötzlich erotisch aktiv werdende Gräfin gesehen werden, die vom Typ her zwischen Venusfrau und Femme fatale angesiedelt ist. In jedem Falle aber bedeutet der vermeintliche Sieg zugleich Hostowiz' Selbstaufgabe in einem Meer der Leidenschaft und andeutungsweise sogar seine momentane Infizierung durch den individuellen wie politisch-nationalen Freiheitsdrang der Gräfin.

Dem auf diese Weise mit bedenklicher Unmoralität, der intimen Nähe zu einer bedrohlichen und fremdartigen Frauenfigur, dem Verlust der eigenen männlichen Autonomie und der Öffnung gegenüber revolutionären Impulsen verbundenen Verhaltensmodell wird nun die Erzählung des Hannoveraners Wilson entgegengesetzt. Gestellt zwischen zwei junge Frauen, die reizend-anmutige und zugleich geheimnisvoll dominante Engländerin Jane und die zwar sinnliche, aber unscheinbare Lissy, fühlt sich Wilson zunächst in schwärmerischer Liebe zu Jane hingezogen. Dann aber erkennt er, daß ihn nicht Jane, sondern Lissy bedingungslos liebt. Nach kurzem innerem Kampf faßt er den Entschluß, seine sinnliche Leidenschaft, der er sich nun erst bewußt wird und der er sich mit der ihm willenlos folgenden Lissy auch ungehindert hingeben könnte, angesichts des Widerstandes seines Gewissens zu besiegen. Dieses von Wilson als menschlich und sittlich eindeutig höherstehend erkannte Verhaltensmodell der Selbstkontrolle und bewußten Unterdrückung impulsiver Leidenschaft weist keinen der in der Erzählung seines Konkurrenten offenbar gewordenen problematischen Aspekte auf: Die Normen der geltenden Moral werden nicht mißachtet, sondern bekräftigt, und das männliche Individuum kann sich hiermit gerade in seiner moralisch-rationalen Autonomie beweisen. Auch die Wilson zugeordnete Frauenfigur erweist sich als vorbildhaft, indem sie in jedem Fall die gesellschaftliche Erwartung der völligen Unterordnung unter den Willen des Mannes erfüllt.

Innerhalb des internen Wettstreits in der Offiziersrunde erhält Hostowiz' Verhaltensmodell der erotischen Eroberungslust den Vorzug. Auf der Ebene der Realität des noch immer herrschenden Kriegszustands jedoch erweist sich Wilsons Modell der Selbstbezähmung als überlegen, da im wahrsten Sinne des Wortes im Moment der Schlacht »überlebenssichernd«, während sein Konkurrent unter diesen Umständen nicht bestehen kann und im Kampf umkommt. Gerade vor dem zeitgeschichtlich so wichtigen Hintergrund der gewaltsamen Restauration der alten politischen Ordnung des transnationalen Habsburgerreichs – mitsamt seinem siegreichen multinationalen Heer, das in der Erzählung im Mittelpunkt steht – gegenüber den vergeblichen Versuchen des Aufbegehrens der Einzelnationen erhält die gewissermaßen »objektive« Entscheidung des Kriegsverlaufs zugunsten des Verhaltensmodells der Selbstkontrolle um so größeres Gewicht. Ebenso wie in politischer Hinsicht für nationale Freiheitsbestrebungen in der Zeit des Nachmärz kein Platz mehr ist, gilt im Hinblick auf die individuellen Verhaltensnormen das Streben nach eigenmächtiger erotischer Eroberung als nicht mehr zeitgemäß.

Hatte Fontane in »Geschwisterliebe« Anteil am Prozeß der literarischen Aufwertung familiärer Emotionalität gegenüber erotischer Liebe, so partizipiert er in »Tuch und Locke« auf seine Weise am programmatischen Übergang zu einem Verhaltensmodell, das zu Beginn der 1850er Jahre – unabhängig von ihrer politischen Ausrichtung – auch in Texten anderer Autoren, z. B. in Karl Gutzkows Erzählung »Die Nihilisten« (1853), propagiert und das die Literatur des Realismus insgesamt prägen wird.

Am eingehendsten wird das Thema des (erfolglosen) politischen Umsturzversuchs in »James Monmouth« behandelt. In dieser Erzählung überlagern sich zwei Ebenen: die »realistische« historische Novelle und die eher »romantische« Schicksalsballade in Prosa. Auf der Ebene der historischen Novelle schildert Fontane die Geschichte der Rebellion des James Monmouth im großen und ganzen getreu nach dem historischen Wissen seiner Zeit. Der lebenslustige, mit einer absolutistischen Regierungsform liebäugelnde König Charles II. stirbt, nachdem er kurz zuvor zum Katholizismus konvertiert ist. Der Regierungsantritt seines Bruders James II., der – wie allgemein befürchtet – die politischen und religiösen Neigungen seines Vorgängers noch zielstrebiger praktizieren wird, gibt den langjährigen Gegnern der Stuart-Könige den Anlaß, eine Veränderung der politischen Verhältnisse auf gewaltsamem Weg anzustreben. Der Umsturzversuch, dessen Erfolg keineswegs als unbedingt wünschenswert erscheint, da die politischen Alternativen der Gegner von James II. ebenfalls als höchst fragwürdig gekennzeichnet sind, ist zum Scheitern verurteilt, weil die Gegner des Königs untereinander gespalten, mißtrauisch und zu einem entschlossenen gemeinsamen Handeln unfähig sind. Nicht zuletzt ist die Rebellion auch deshalb vergeblich, weil ihr nomineller Anführer, James Monmouth, im Grunde selbst keinen rechten Glauben an seine politische Mission und seine Berufung zum Thronfolger hat und eigentlich nur das Werkzeug der ehrgeizigen Pläne seiner Vertrauten ist. Ohne größere Schwierigkeiten ließe sich die Erzählung (wie schon das »Karl Stuart«-Drama) als ein indirekter Kommentar zur gescheiterten Revolution in Deutschland lesen: Der Wunsch und das Bewußtsein der Notwendigkeit einer aktiven Veränderung der politischen Verhältnisse werden durch die Uneinigkeit und »Selbstsucht« der Veränderer, die Fragwürdigkeit ihrer Ziele sowie das Fehlen einer fähigen Führungskraft ad absurdum geführt.

Auffällig ist, daß sich Fontanes Einschätzung der Rolle des Volkes bei politischen Veränderungen seit den Revolutionsjahren und seinem »Karl Stuart«-Drama ganz offensichtlich gewandelt hat. Der Wille des Volkes wird jetzt nicht mehr als die entscheidende Antriebskraft notwendiger Veränderungen und als höchste politische Instanz begriffen, deren Mißachtung die zentrale Schuld der politisch Handelnden ausmacht. Statt dessen erscheint das Volk nun als »charakterlose Masse«, der das persönliche Wohlergehen stets mehr bedeutet als alle politischen Freiheiten, die sich schnell von großen Versprechungen und äußerem Glanz einnehmen läßt und im Falle eines gewaltsamen Machtkampfes bedenkenlos den jeweils Stärkeren unterstützt. Darin, daß dem Volk ein wirkliches politisches Bewußtsein abgesprochen wird, schlägt sich wohl am deutlichsten Fontanes eigene Desillusionierung und Revision seiner republikanischen Ideale nieder, die noch für das »Karl Stuart«-Drama so grundlegend waren.

Doch hat die Erzählung neben der historisch-politischen noch eine zweite Ebene, nämlich die des Romantisch-Schicksalhaften, wie sie besonders für Fontanes Balladen über die Figur der Maria Stuart (so in »Maria Stuarts Weihe« von 1847 und »Maria und Bothwell« von 1851) charakteristisch ist: Durch die in den Prosatext eingefügten Balladen – das »Stuartlied« der Puritaner und die beiden Lieder des James Monmouth und der Lady Wentworth – wird eine schicksalhafte Verbindung zwischen der Zugehörigkeit zum Hause Stuart und bestimmten persönlichen Charakteristika hergestellt, wie dem Glauben an das Gottesgnadentum der (eigenen) Königsherrschaft, einem ganz der Schönheit und Sinnlichkeit gewidmeten Leben, dem Hang zum Katholizismus und schließlich einem gewaltsamen Tod durch Hinrichtung. James Monmouth, der sich zumindest in der Liebe und im Streben nach der Krone – auch wenn dieser Ehrgeiz weit mehr seiner Geliebten als ihm selber zuzurechnen ist – als ein echter Stuart erwiesen hat, scheitert nicht eigentlich an den politischen Gegebenheiten, vielmehr ist ihm durch seine Familienzugehörigkeit das Stuartschicksal, sein Leben auf dem Schafott enden zu müssen, unausweichlich vorgezeichnet. Daß sich Monmouth von den familiär bedingten Wesenszügen nicht lösen kann, bestätigt sich schließlich durch sein überraschendes Bekenntnis zum Katholizismus. Fontane gab dieser balladenhaften Handlungskonzeption offensichtlich den Vorrang vor der politisch-historischen, wofür schon eine Bemerkung im »Tower«-Kapitel von »Ein Sommer in London« spricht: »[…] Herzog Monmouth, der unterm Beile sterben mußte, weil seines Vaters Blut in seinen Adern war; denn wer ein Stuart war, stand dem Schaffote näher, als dem Glück.«

In Fontanes Schilderung ist James Monmouth weniger der kläglich endende Thronprätendent und das willensschwache Werkzeug der illusionären Umsturzpläne anderer als die romantische Erscheinung eines nur noch für die Liebe lebenden jungen Menschen, der – in mancher Hinsicht ähnlich wie Johanna Gray in der gleichnamigen Ballade von 1852, die ebenfalls in der »Argo« erschien – an den äußeren Zwängen der Zeitläufte zugrunde geht, dem aber im Untergang – denkt man an seine Traumvision vor der Hinrichtung – eine Art überirdischer Verklärung zuteil wird.

Denkbar wenig scheint die dritte »Argo«-Novelle »Goldene Hochzeit« mit den beiden anderen zu tun zu haben: Jenseits jeder konkreten historisch-politischen Situation präsentiert der Erzähler eine durch und durch friedliche ländliche Welt, deren patriarchalische Ordnung ebenso unangefochten wie unanfechtbar ist. An die Stelle individualisierter Charaktere treten namentlich nicht näher bezeichnete Typen, was der Handlung von vornherein eine über den Einzelfall hinausweisende Bedeutung verleiht.

Die Handlung beschränkt sich auf ein Porträt des im Mittelpunkt stehenden Paares. »Großvater« und »Großmutter« zeichnen sich aus durch nimmermüde Arbeitsamkeit, durch das Ungebeugtsein durch persönliche Verlusterfahrungen, durch ungeheuchelte Frömmigkeit sowie durch eine tiefe Zufriedenheit mit ihrem Leben trotz aller Armut und Beschränktheit. Diese selbstverständliche Begrenzung der eigenen Ansprüche auf das Gegebene garantiert nicht nur das innere Glück, sondern zieht früher oder später das äußere Glück in Form eines Häuschens, das ihnen der Gutsherr schenkt, nach sich. Der entscheidende Punkt der Erzählung ist, daß das Lob der Anspruchslosigkeit und des bescheidenen Glücks auf dem Lande nicht auf die Ebene des Irdischen beschränkt bleibt, sondern seine Verklärung auf der religiösen Ebene findet: Die goldene Hochzeit von »Großvater« und »Großmutter« als feierlicher Höhepunkt ihres gemeinsamen Lebens fällt mit dem Pfingstfest zusammen, und ihr ebenso friedlicher wie geheimnisvoller plötzlicher Tod während der Bibellektüre erscheint als Resultat einer Begegnung mit dem Geist Gottes. Im höchsten Sinne gottgefällig, wird das Paar in den Himmel versetzt.

Mit der »Goldenen Hochzeit« stellt der »Argo«-Autor Fontane neben das novellistische »Tuch und Locke« und den balladenhaften »James Monmouth« eine dritte Variante seiner aktuellen erzählerischen Möglichkeiten: eine mit Dialektpassagen durchsetzte ländliche Idylle. Scheint dieser Text durch das Fehlen einer politischen oder psychologischen Problematik auf den ersten Blick ganz aus dem Rahmen der übrigen Erzählungen zu fallen, so schlägt sich doch in ihm nur eine andere Tendenz des Fontaneschen Schaffens dieser Jahre nieder, nämlich der gleichermaßen politisch wie privat motivierte Appell zur Selbstbescheidung und zur Besinnung auf das häuslich-heimatliche Glück, der schon für seine 1849/50 entstandenen Spruchgedichte und dann für den Gedichtzyklus »Unterwegs und wieder daheim« (1855–1857) kennzeichnend ist und der nicht zuletzt einen Grundimpuls für die ab 1859 entstehenden »Wanderungen durch die Mark Brandenburg« darstellt.

Entstehung

14.–21. Dezember 1839:	Zeitschriftenabdruck von »Geschwisterliebe« im »Berliner Figaro«, 9. Jg. (1839), Nr. 291–293, 295–297.
Um 1845:	Entstehung von »Zwei Post-Stationen«.
11. Juni 1853:	Lesung von »Tuch und Locke« im »Rütli«.
Sommer 1853:	Arbeit an »James Monmouth«.
Oktober 1853:	Erscheinen von »Tuch und Locke«, »Goldene Hochzeit« und »James Monmouth« in »Argo. Belletristisches Jahrbuch für 1854.«

Die Wirkung, die das Erscheinen von »Geschwisterliebe«, seinem ersten literarischen Prosawerk, im Dezember 1839 auf ihn hatte, schildert Fontane gleich zu Beginn des ersten Kapitels seiner Autobiographie »Von Zwanzig bis Dreißig« ausführlich, wobei die Gleichzeitigkeit von bestandener Apothekergehilfenprüfung und novellistischem Debüt besonders effektvoll erscheint: »Etwa um die Mitte Dezember [1839] teilte mir Wilhelm Rose mit, daß ich ›angemeldet‹ sei und demgemäß am 19. selbigen Monats um halb vier Uhr nachmittags bei dem Kreisphysikus Dr. Natorp, Alte Jakobstraße, zu erscheinen hätte. [...] Als ich wieder unten war, atmete ich auf und sah nach der Uhr. Es war erst vier. Das war mir viel zu früh, um schon wieder direkt nach Hause zu gehn und da mich der von mir einzuschlagende Weg an dem Hause der d'Heureuseschen Konditorei vorüberführte, [...] so beschloß ich bei d'Heureuse einzutreten und den ›Berliner Figaro‹, mein Leib- und Magenblatt, zu lesen, darin ich als Lyriker und Balladier schon verschiedentlich aufgetreten war. Eine spezielle Hoffnung kam an diesem denkwürdigen Tage noch hinzu. Keine vierzehn Tage, daß ich wieder etwas eingeschickt hatte, noch dazu 'was Großes, – wenn das nun vielleicht drin stünde! Gedanke kaum gedacht zu werden. Ich trat also ein und setzte mich in die Nähe des Fensters, denn es dunkelte schon. Aber im selben Augenblicke, wo ich das Blatt in die Hand nahm, wurden auch schon die Gaslampen angesteckt, was mich veranlaßte, vom Fenster her, an den Mitteltisch zu rücken. In mir war wohl die Vorahnung eines großen Ereignisses und so kam es, daß ich eine kleine Weile zögerte, einen Blick in das schon aufgeschlagene Blatt zu thun. Indessen dem Mutigen gehört die Welt; ich ließ also schließlich mein Auge drüber hingleiten und siehe da, da stand es: ›Geschwisterliebe, Novelle von Th. Fontane‹. Das Erscheinen der bis dahin in mal längeren, mal kürzeren Pausen von mir abgedruckten Gedichte hatte nicht annähernd solchen Eindruck auf mich gemacht, vielleicht weil sie immer kurz waren; aber hier diese vier Spalten mit ›Fortsetzung folgt‹, das war großartig. Ich war von allem, was dieser Nachmittag mir gebracht hatte, wie benommen und mußte es sein; vor wenig mehr als einer halben Stunde war ich bei Natorp zum ›Herrn‹ und nun hier bei d'Heureuse zum Novellisten erhoben worden. Zu Hause angekommen, berichtete ich nur von meinem glücklich bestandenen Examen, über meinen zweiten Triumph schwieg ich,

1839. № 291.

Berliner Figaro.

Neunter Redakteur: L. W. Krause. Jahrgang.

Sonnabend, den 14. December.

Gedichte von Carl Fink.

4.

Der Fink.

Romanze.

An dem St. Marienthurme
Saß ein Mägdlein wonnesam;
„Kaufet Vögel!" ruft sie munter,
„Habe Finken jung und zahm!"

Dabei flatterten im Käfig
All' die Vögel wild umher;
Einer nur saß still gekauert,
Wie wenn krank sein Herze wär'.

Singt ein Liedchen melancholisch,
Schaut zur holden Maid dabei; —
„Will gefangen ewig bleiben,
Meine Liebe dünkt mich frei!"

Plötzlich kommt ein Mann gegangen —
Herrlich war er angethan —
Und thät sich mit ernster Miene
Jenem holden Mädchen nah'n.

Sage an, Du nette Dirne,
Hast Du einen zahmen Fink?
Mägdlein langet in den Käfig,
Holt das — kranke Vöglein flink.

Doch es sträubt sich unaufhörlich
In der kleinen Lilienhand,
Bis man seine zarten Schwingen
Fest mit Seidenfäden band.

Als der Handel war geschlossen,
Als das Vöglein nahm der Mann,
Sah es mich und seine Brüder
Zum Erbarmen kläglich an.

„Ach, ich möchte frei Dich kaufen!
Rief ich aus in stillem Harm,
Doch Du weißt es, lieber Bruder,
Sänger sind auf Erden arm!"

Und der Mann zieht d'rauf von dannen,
Und das Vöglein war ganz stumm; —
Sah sich nach dem holden Mädchen
Nur noch einmal liebend um. —

5.

Der wonnevolle Mai.

Romanze.

Ein Weib liegt still gekauert
Auf Stroh im Kämmerlein,
Und durch's zerbrochne Fenster
Heult kalt der Sturm herein.

Ein Knab' im leichten Hemde
Ruft: „Wehe, weh! wie kalt!
Ach, Mutter, liebe Mutter!
Kommt denn der Frühling bald?"

Sie küßt des Knaben Wange;
„Du frierst wohl, armes Kind?" —
„Ach! Mutter, ja, durch's Fenster,
Heult kalt der böse Wind!"

„Komm', leg' die kleinen Hände
In meine Hand hinein;
Ich will sie Dir erwärmen,
Die zarten Fingerlein."

Sie plaudern unter Thränen
In lang' ersehnter Ruh;
Des Mondes Leichenschleier
Deckt' ihre Glieder zu.

Ein Traumbild zieht vorüber, —
Die kranke Mutter stöhnt,
Es d'rauf wie Todesseufzer
In jedem Winkel tönt.

Da hallt die zwölfte Stunde
Dumpf durch die Mitternacht,
Beim letzten Klang der Glocke
Das arme Kind erwacht.

„Ach, Mutter, gute Mutter!
Kommt nun der Frühling bald?
Kannst mich nicht mehr erwärmen,
Bist auch schon eisig kalt!" — —

Er schmiegt an's Weib sich fester,
Die Nacht zieht still vorbei;
Sie waren beid' am Morgen
Im wonnevollen Mai. —

Geschwisterliebe.

I.

Wenige Jahre waren seit dem großen Brande vergangen, welcher eine der ältesten Städte der Mark Brandenburg in Schutt und Asche legte; allgemach erhob sie sich wieder gar zierlich und nett aus ihren Trümmern, und wie noch vor Kurzem die grauen, mittelalterlichen Giebelhäuser, als die todten Ueberreste einer schöneren Zeit, Achtung und Ehrfurcht eingeflößt hatten, so machten jetzt die stattlichen Ge-

Erstveröffentlichung der Erzählung »Geschwisterliebe« im »Berliner Figaro« vom 14. bis 21. Dezember 1839, Beginn und Schluß. Staatsbibliothek zu Berlin – Preußischer Kulturbesitz vergangen, und noch immer grünte und blühte es auf ihrem Grabeshügel, wenn der Frühling wieder erschien, der den Herzen der verwaisten Freunde keine Blüthen mehr bringen konnte. Sie glichen wurmstichigen Bäumen, die der Forstmann zu fällen verschmäht; umsonst streckten sie die dürren Zweige wie todesflehend gen Himmel aus, umsonst blickten sie hoffend auf die spärlichen weißen Flocken, mit denen der Winter des Lebens ihre sonst kahlen Häupter bedeckte; — nicht ein wild daherbrausender Sturm, keine äußere Gewalt, nein sie selbst sollten sich langsam von innen heraus vernichten. Endlich hatte der Schmerz wie ein nimmersatter Wurm ihr Leben aufgezehrt, der Tod, der jahrelang ihre Bitten verhöhnte, mußte nun den Gesetzen der Natur Gehorsam leisten. Die Beklagenswerthen endeten, nachdem sie von fremden Händen kümmerlich gepflegt, den Leidenskelch bis auf den Grund geleert hatten. Nur den letzten Tropfen durften sie nicht genießen, da keiner den Andern überlebte. Als Rudolph starb war die Krankheit des Geistlichen schon so gefährlich geworden, daß man ihn davon nicht zu benachrichtigen wagte. Wenige Stunden später war auch sein Geist entflohn.

Dort oben haben sie endlich die stets und treu Geliebte wiedergefunden, ihr heißes Sehnen gestillt und jeden Trennungsschmerz in der seligen Vereinigung mit ihrem Clärchen vergessen.

Fontan.

Weihnachtsreise von L. Liew.

(Fortsetzung.)

Diorama von Gropius.

Die Gebrüder Gropius haben in der Geschichte der Berliner Ausstellungen den besten Klang; auch in diesem Jahre sind die gezeigten Gegenstände ihres Namens würdig. Wir befinden uns auf der Höhe des Schlosses und sehen das alte und jetzige Berlin vor uns liegen. Berlin, Sonst und Jetzt! — Welch' herrliches Thema! welche herrliche Variationen! Vor 200 Jahren zählte Berlin 6000 Einwohner, jetzt ist diese Zahl auf 300,000 gestiegen. Vor 200 Jahren fürchtete man noch die Schweden in Berlin, jetzt verehrt und liebt man sie über Alles. Der Platz, welcher jetzt dem Apollo und den Musen geweiht ist — der Opernplatz, war ein Weideplatz für die Schaafe. Bei der Schloßbrücke begann der Thiergarten in seinem eigentlichen Wortverstande, und wer einen Bären angebunden, dem drohte nicht, wie jetzt, der Besuch des Executors, nein, der Lohn der ganzen Stadt. O herrliche Zeit, wo noch kein Droschkenfuhrmann während des Fahrens eingeschlafen, wo die Hunde unmarkirt einherliefen, wo keine Heirath durch das Intelligenzblatt geschlossen wurde, wo kein Kaufmann sich etablirte, um in der folgenden Woche mit Ausverkauf zu handeln, wo man sein Testament machte wenn man nach Potsdam fuhr, wo Alles frei rauchte, die Menschen und die Schornsteine, wo man mäßig war, ohne einen Mäßigkeitsverein und philantropisch, ohne einen philantropischen Verein; wo auf der Stadtvoigtei nur Sperlinge ihre Nester aufgeschlagen und unschuldige Lämmer blökten! — Tempi passati!! — Die unteren Räume des Diorama führen uns nach Alexandrien. Diese Hauptstadt Mahemed Alis war, während ich vor ihr stand, von so vielen Fremden besucht, daß ich sie nur aus der Ferne beobachten konnte. Sehen, oder nicht sehen — das ist die orientalische Frage! Um mich in den morgenländischen Idiomen zu orientiren, fehlte mir freilich Rath; ich hätte sonst „den öffnenden Trank des Fragens gegen die Krankheit der Unwissenheit angewendet." Beim Allah! Vor mir stand eine Jungfrau, deren Schönheit gewiß Alles übertraf, was je im Serail der Gläubigen Schönes gesehen wurde. Ihre Gestalt glich den Pappeln, ihren Leib konnte man mit einer Hand umspannen; ihre Augen glichen denen der Antilope, ihr Gesicht war rund wie der Mond, ihr Hals durchsichtig; ihre Zähnen glichen den Perlen und ihr Athem den Lüften, die dahergetragen werden von den Moschus-Karavanen von Khotai. Hätte mich nicht schon die Musik der lustigen Kapelle aus meinen Schwärmereien geweckt, so würde doch das Ehepaar, das bei einem Zeitungsblatte eingeschlafen, mich als ein warnendes Beispiel daran erinnert haben, daß ich bei meinen Lesern nicht eine gleiche Wirkung hervorbringe. Ich beschloß jetzt in die

Ausstellung von Fuchs

zu gehen, wo Constantinopel gezeigt wird. Der Reisende von Alexandrien muß jedoch erst Contumaz halten. Ich fügte mich in die Nothwendigkeit und betrachtete wohlgefällig dieses köstliche Etablissement, das an Eleganz alle übrigen seiner Art bei weitem übertrifft. Einem reisenden Preußen steht die ganze Welt offen; und hätten wir auch keinen Gesandten der hohen ottomanischen Pforte in Berlin, für 5 Sgr. so hätte man mir hier die Aufenthaltskarte in Constantinopel gewiß nicht verweigert — beim Barte des Propheten! Wie verschieden ist dieses Constantinopel von dem, wie es die Vossische und Spenersche Zeitung und die beiden Allgemeinen uns täglich zeigen. Die Kuppeln der Moscheen ragen ihr 'stolzes Haupt friedlich empor, und ganz Constantinopel scheint in Friede und Eintracht hier beisammen zu leben. Auch ein Andenken an Saphir*) finden wir hier. Die musikalischen Wunderkinder, dieses geistreich componirte Bild, das uns Saphir in seinem Humoristen letzthin mittheilte, ist hier plastisch ausgeführt, zum großen Aerger aller Derer, welche ihm den köstlichen und unversiegbaren Humor mißgönnen.

(Fortsetzung folgt.)

Figaro auf dem literarischen Weihnachtsmarkt.

Allerhand, allerhand,
Wie ich's so am Wege fand:
Mährlein und Geschichten
Will ich euch berichten,
Wunderlust'ge Sachen,
Ei wie sollt ihr lachen!
Wunderernste Dinge
Ich den Kindlein bringe.

---

*) Siehst Du, alter Schwede, Berlin hat Dich noch nicht vergessen! A. d. R.

weil mir die Sache zu hoch stand, um sie vor ganz unqualifizierten Ohren auszukramen.«

Nicht nur im Hinblick auf die Namensnennung im Titel der ersten Folge – tatsächlich war erst die letzte Fortsetzung gezeichnet, und zwar mit »Fontan« (vgl. »Überlieferung«, S. 161, und die Abb., S. 147) ist dem alten Fontane der erzählerische Effekt seiner Schilderung offenbar wichtiger als dokumentarische Exaktheit. Die erste Folge der »Geschwisterliebe« erschien bereits am 14. Dezember, die sechste und letzte am 21. Dezember 1839 im »Berliner Figaro«, während die Prüfung erst am 9. Januar 1840 stattfand. Im von Leopold Wilhelm Krause herausgegebenen »Berliner Figaro«, einer vorwiegend belletristischen Tageszeitung, die von 1831 bis 1848 erschien und in der auch andere junge dichterische Talente ihre Laufbahn begannen, veröffentlichte Fontane von Januar bis März 1840, also erst nach der Novellenpublikation, insgesamt zwölf Gedichte, darunter seine erste Ballade. Der »Figaro« war bereits vor der 1836 begonnenen Apothekerlehre Fontanes »Leib- und Magenblatt« gewesen, durch dessen Lektüre er sich »zu einem halben Litteraturkundigen ausgebildet« hatte (»Von Zwanzig bis Dreißig«, Abschnitt »Mein Leipzig lob' ich mir«, Kap. 6).

Seinen Angaben in »Von Zwanzig bis Dreißig« zufolge verfaßte Fontane 1840 auch noch das Manuskript zu einem Roman, dessen Veröffentlichung zunächst nicht gelang, der später jedoch ohne seine Einwilligung an einem ihm selber nicht bekannten Ort gedruckt worden sein soll. Dieser Roman mit dem Titel »Du hast recht getan«, der einen zeitgenössischen Kriminalfall zum Thema hatte und vermutlich das – zumindest quantitativ – gewichtigste Zeugnis seines frühen Prosawerks wäre, hat sich bis heute nicht auffinden lassen; es existiert jedoch ein dieselbe Geschichte behandelnder Entwurf aus den 1890er Jahren mit dem Titel »Die Frau Oberförsterin« (Theodor-Fontane-Archiv, St 27; Dauerleihgabe der Staatsbibliothek zu Berlin – Preußischer Kulturbesitz).

Hinsichtlich der Entstehung der bis zu ihrer Erstveröffentlichung im Jahre 1991 unbekannten »Zwei Post-Stationen«, des zweiten überlieferten Prosatextes, ist man auf Vermutungen angewiesen. Sicher ist nur, daß Fontane die Erzählung an Cottas »Morgenblatt für gebildete Leser« in Stuttgart schickte – wo sie beinahe 150 Jahre lang unbeachtet liegenblieb –, und zwar zwischen 1843, dem Jahr der ersten Gedichtveröffentlichung Fontanes in dieser Zeitschrift, und 1847, dem Zeitpunkt, von dem an Briefe Fontanes an Hermann Hauff, den Redakteur des »Morgenblatts«, erhalten sind. Für eine genauere Datierung ist man auf indirekte Anhaltspunkte angewiesen: Zum einen weist die Erzählung stilistisch und inhaltlich Bezüge zu Fontanes Bericht von seiner »Ersten Reise nach England« im April/Mai 1844 auf, den er vermutlich noch im Sommer desselben Jahres für seine Familie niederschrieb. Zum anderen erscheint die Überlegung plausibel, daß die Erzählung eine kritische Reaktion auf Christian Friedrich Scherenbergs Gedicht »Eisenbahn und immer Eisenbahn« (veröffentlicht zum Jahreswechsel 1844/45) sein könnte (vgl. »Stoff«, S. 129), so daß das Umfeld des Jahres 1845 als wahrscheinliche Entstehungszeit angenommen werden kann. Die Tatsache, daß Fontane, der im »Tunnel« 1845 immerhin auch ein Gedicht auf »Junker Dampf« sowie ein nicht erhaltenes Eisenbahngedicht mit dem Titel »Im Waggon« vorlas, seine Antwort auf Scherenberg ausnahmsweise in die Form einer Prosaskizze kleidete, mag daher rühren, daß er aufgrund der erst kurze Zeit zurückliegenden Niederschrift des bewußt literarisierten Reiseberichts gewissermaßen noch »in Übung« war.

Die Entstehung der Novellen »Tuch und Locke«, »James Monmouth« und »Goldene Hochzeit« ist eng mit der Entstehungsgeschichte des belletristischen Jahrbuchs »Argo« verbunden, in dem sie erschienen sind. Nach der Rückkehr von seinem halbjährigen Londonaufenthalt im Herbst 1852 widmete sich Fontane wieder seinen literarischen Freunden im »Tunnel über der Spree« und im »Rütli«, einer am 9. Dezember 1852 auf Initiative des Redakteurs des »Deutschen Kunstblattes« Friedrich Eggers ins Leben gerufenen exklusiven Abzweigung des »Tunnels«. Zum Kern des »Rütli« gehörten außer Fontane und Eggers der preußische Kammergerichtsrat Wilhelm von Merckel, der renommierte Kunsthistoriker und Geheimrat im Kultusministerium Franz Kugler, der Provinzial-Schulrat Karl Bormann und Fontanes langjähriger

Freund Bernhard von Lepel. Anlaß dieser neuen Vereinsgründung war das Vorhaben, sich ein eigenes Publikationsorgan für poetische und kunsttheoretische Beiträge zu schaffen – ein Schritt in die Öffentlichkeit, der im »Tunnel« grundsätzlich nicht vorgesehen war. Zunächst plante man eine Viertel- oder Halbjahresschrift (vgl. Fontanes Brief an Lepel vom 12. Januar 1853), doch konnte schließlich nur ein belletristisches Jahrbuch realisiert werden. Für dessen Herausgabe waren in erster Linie Fontane und Kugler zuständig.

Der für die Publikation des Jahrbuchs engagierte Verleger Katz (bzw. die Gebrüder Katz) in Dessau, der im übrigen Fontanes Erstlingsepos »Von der schönen Rosamunde« im Dezember 1852 bereits in zweiter Auflage herausgebracht hatte, machte im Hinblick auf bessere Absatzmöglichkeiten einen bestimmten Anteil an novellistischen Arbeiten zur Bedingung, was den literarischen Neigungen mehrerer Mitglieder des »Rütli« nicht gerade entgegenkam, wie man aus einem Brief Merckels an Fontane vom 27. Februar 1853 heraushört: »Die größte Schwierigkeit scheint mir überhaupt weniger der *Abschluß* als die *Erfüllung* des Kontrakts zu sein, da wir gestern wenigstens ziemlich ratlos schienen, wie 9 – 10 Druckbogen *Novellen* bis Mai beschafft werden sollten. Anakreon [Eggers], Metastasio [Bormann], Lessing [Kugler] scheinen anderweit zu sehr in Anspruch genommen. Wenn daher nicht *fremde* Kräfte aufgetrieben werden könnten (was doch wiederum *zum ersten Debut* für das Rütli ominös wäre), so bliebe die Verlegenheit auf Ihnen, Schenk[en]dorf [Lepel] u. mir sitzen, um so schwerer, als eben wieder das erste Debut entscheidend ist.«

Der Redakteur Fontane fand sich somit im Frühjahr 1853 damit beschäftigt, Beiträger für Novellen oder zumindest Prosastücke anzuheuern. Am 18. März schrieb er an den »Tunnel«-Freund Paul Heyse, der sich zu dieser Zeit in Italien aufhielt: »Die Rütli-Versammlungen – eine Schöpfung unsres Eggers, der nach wie vor sich mit Vereine-gründen beschäftigt – führten alsbald den Wunsch nach einem *Organ* herbei und wir machten Versuche eine Vierteljahrsschrift oder dem Aehnliches zu Stande zu bringen. Aufsätze und Kritiken, zumeist über Dinge die unser Beisammensein verhandelte, sollten den Hauptinhalt bilden. Die Sache scheiterte, weil sich kein unternehmungslustiger Buchhändler fand. [...] Endlich erklärten Gebrüder Katz in Dessau, sie wollten um der berühmten Namen willen auf das Unternehmen eingehn, wenn wir uns entschlössen, demselben die Form eines novellengespickten Jahrbuchs zu geben. Wir bissen an und haben nun die Verpflichtung übernommen bis *spätestens* Ende Juni 20 Bogen Manuskript zu liefern. Das Manuskript wird durch mich zusammengetrommelt (daher Redacteur) und soll bestehn aus 10 Bogen Novellen, 5 Bogen Verse und ebensoviel Aufsatz, Abhandlung, Kritik u. dgl. m. Für die beiden letzten Kategorien ist gesorgt, [...] um was wir Dich aber beschwören das ist eine Novelle, eine Erzählung, eine Schilderung römischen Lebens [...] und hab' ich Auftrag Dir im Voraus den Rütli-Dank für jede, auch die kleinste Deiner Zusendungen auszusprechen. [...] Die Gesellschaft in der Du Dich befinden würdest ist folgende: Kugler, v. Merckel, Bormann, Lepel, Eggers, Storm (wie ich hoffe), Goldtammer (vielleicht) und meine Wenigkeit. An Stoff ist da: ein halb Dutzend *guter* Balladen (namentlich eine lange und schöne ›Thomas Cranmers Tod‹ von Lepel) ›Cornelius‹ eine Biographie von Eggers, ›der letzte Censor‹, eine ächt-merckelsche Erzählung von Merckel, ›die Shakespeare-Bühne‹ von Kugler, alt-englische Balladen mit einem längren Vorwort von Fontane und noch einiges andre, so daß dem Raume nach für die gute Hälfte gesorgt ist. Ueberhaupt, es wird sich schon machen und nur die ›Novelle‹ macht uns noch Sorge; – nimm *Du* diese von uns!«

Am folgenden Tag, dem 19. März, schrieb Fontane nach Husum an Theodor Storm, der im Dezember des Vorjahres zu Gast im »Tunnel« gewesen war: »[...] unter Redaction von Kugler und mir wird spätestens Anfang Oktober ein ›belletristisches Jahrbuch‹ (ein bestimmterer Titel ist noch nicht gefunden) erscheinen, das laut Uebereinkunft mit unserm Buchhändler aus 10 Bogen Novellen, Erzählungen, Biographien u. dergl. m. 5 Bogen Verse (namentlich Balladen) und 5 Bogen verschiedener Aufsätze bestehen soll. Für die zwei letzt genannten Fächer ist im Wesentlichen der Stoff bereits vorhanden [...] was uns aber fehlt und der ganzen Richtung Derer nach, von denen das Unternehmen ausgegangen ist *fehlen muß*, das sind Novellen – – – *Ihre* starke Seite. Wenn ich von

›Novellen‹ spreche, so bitt' ich's damit nicht wörtlich zu nehmen; ich verstehe darunter vielmehr jede Art poetischer Erzählung und ob Sie den Stoff der Sage, der Chronik oder dem eigenen Erlebnis entnehmen, gilt uns völlig gleich. Ich sehe Ihrer Erklärung hierüber, hoffentlich Ihrer Zusage, mit Nächstem entgegen und darf Ihnen nicht verschweigen, daß unser gesamtes Comité (Kugler, v. Merckel, v. Lepel, Schulrath Bormann, Dr. Eggers und meine Wenigkeit) eine herzliche Freude haben würde, Sie an unsrem Streben: ein tüchtiges belletristisches Jahrbuch herzustellen, mitwirken zu sehn.«

Sowohl Heyse als auch Storm kamen Fontanes Bitte nach, doch scheint der Manuskriptfundus nicht ausgereicht zu haben, denn am 2. Mai meldete Fontane brieflich an Storm: »Nun unser Buch. Es wird zunächst aus Novellen bestehn, und zwar von: Th. Storm, W. v. Merckel, Paul Heyse, Franz Kugler, Leo Goldammer und einem unbekannten Sechsten, der noch erst zu finden ist. Kennen Sie einen solchen? Sie würden mich durch Fingerzeige Ihnen auf das allerentschiedenste verpflichten, denn es bleibt noch Raum zum Füllen übrig. Zweitens: Balladen. Und zwar zuerst ein paar Bogen altenglische, übertragen von meiner werten Person. Dann gemeine deutsche (Balladen nämlich) von: Kugler, Merckel, Lepel, Fontane, vielleicht auch Eggers. Lyrisches – wenn er uns nicht im Stich läßt – von Paul Heyse; und schließlich Aufsätze, bestehend aus einer Kuglerschen Arbeit ›Über die Shakespeare-Bühne‹ sowie aus einer Reihenfolge ›Londoner Briefe‹ von mir. Das wär's!« Zu diesem Zeitpunkt also hatte Fontane offenbar einige der Reiseskizzen, die er dann im folgenden Jahr unter dem Titel »Ein Sommer in London« herausgab, zur Veröffentlichung in der »Argo« vorgesehen, während von einer eigenen Erzählung noch keine Rede war. Die Notlage aber, im Mai noch immer nicht genügend Novellen für das Jahrbuch beisammen zu haben, könnte den Ausschlag gegeben haben, sich selbst wieder einer Erzählung zuzuwenden. Kugler, der Fontane bereits am 10. März aufgefordert hatte, »eine wirklich hübsche Novelle« für das gemeinsame Unternehmen zu liefern, zeigte sich in einem Brief vom 25. Mai jedenfalls höchst gespannt auf die »jahrbuchliche[n] Prosa-Leistungen« seines Mitherausgebers.

Aufgrund brieflicher Reaktionen von Kugler und Merckel ist sicher, daß Fontane »Tuch und Locke« am 11. Juni im »Rütli« vorlas, die Erzählung zu diesem Zeitpunkt also so gut wie fertig gewesen sein muß. An »James Monmouth« dagegen arbeitete er erst bzw. noch im Hochsommer, worauf eine entsprechende Nachfrage Kuglers in einem Brief vom 22. Juli hindeutet sowie Fontanes Brief an Lepel vom 11. August, in dem er zugleich seine Freude an der Arbeit als Novellist bekennt: »Ich mußte überaus fleißig an meiner Novelle (James Monmouth) arbeiten und war Abends theils ausgebeten, theils zu erschöpft um meinen Brief an Dich beenden zu können. [...] Wäre nicht die Krankheit [Fontane mußte in diesem Sommer eine schwere Lungenerkrankung auskurieren] und die Sorge (betreffs meiner Stellung), so hätt' ich jetzt eine schöne Zeit. Ich fühle mich so frei, wie fast nie und das Schaffen – das mir seit Kurzem leichter wird – erfreut mich in hohem Maaße. Auch daß ich die Bekanntschaft der Novelle mache ist mir viel werth.« In einem Brief an Lepel vom 19. September schließlich wird »James Monmouth« als »vom allerneusten Datum« bezeichnet. Die Erzählung dürfte somit seine letzte Arbeit für die »Argo« gewesen sein.

Über die Entstehung von »Goldene Hochzeit« ist nichts bekannt.

Die »Argo« für 1854, in der neben Fontanes Arbeiten auch die rasch Berühmtheit erlangende »L'Arrabbiata« von Paul Heyse und »Ein grünes Blatt« von Theodor Storm erstmals veröffentlicht wurden, wurde im Oktober 1853 ausgeliefert. Fontane zeigte sich im Brief an Lepel vom 19. September augenscheinlich nicht unzufrieden mit dem Band: »Sie [die ›Argo‹] ist statt 20 dreiundzwanzig Bogen stark geworden und wird, wenn auch sichrer die Feuerspucke des Drachen als das goldne Vließ, doch Trost und Beruhigung darin finden, daß sie das Beste gewollt und mit Dransetzung aller Kräfte erstrebt hat. Es ist kein zusammengebummeltes Buch und dies negative Lob ist heutzutage auch schon eins.«

WIRKUNG

Wirkungsdokumente im eigentlichen Sinne sind nur zu den beiden längeren »Argo«-Novellen überliefert. »Tuch und Locke« wird von Theodor Storm in seinem biographisch-kritischen Fontane-Aufsatz für das »Literatur-Blatt des Deutschen Kunstblattes« vom 18. Oktober 1855 lobend erwähnt – die einzige bekannte öffentliche Stellungnahme, in der Fontane bereits zu diesem Zeitpunkt erzählerisches Können zugesprochen wird: »In dem vorerwähnten Jahrbuche Argo ist der Dichter zuerst auch als *Novellist* aufgetreten. Die erste dieser Novellen ›Tuch und Locke‹ scheint uns in Ton und Colorit so sehr gelungen, daß wir durch die Frische und Lebendigkeit der vor uns entfalteten Situationen fast für die hier noch obwaltende Schwäche der Composition und ein paar kleine Ungeschicklichkeiten der Ausführung entschädigt werden [...]«

Bei weitem ausführlicher, allerdings auf den privaten Rahmen beschränkt, sind zwei weitere Kommentare zu »Tuch und Locke«. Nachdem Fontane seine Doppelnovelle am 11. Juni 1853 im »Rütli« vorgelesen hatte, erhielt er briefliche Verbesserungsvorschläge sowohl von Franz Kugler (12. Juni) als auch von Wilhelm von Merckel (13. Juni). Merckel bekannte seine spontane Bewunderung für die zweite Binnenerzählung – über die erste, bei weitem »sinnlichere«, schweigt er sich wohlweislich aus –, regte jedoch an, die plötzliche Anziehungskraft, die Lissy auf Wilson (bei Merckel heißen sie Lucy und Wilsen) ausübt, von der bloß sinnlichen auf eine geistigere Ebene zu verlagern: »Lassen Sie mich über Ihre Geschichte noch eins nachholen. Sie erschien mir (ich rede nur von der zweiten Hälfte) am Sonnabend so *ex abrupto* schön wie Lucy dem Göttinger Studenten. Zu Hause hab ich gefunden, daß meines Erachtens doch noch was fehlt. [–] Wilsen (so heißt ja wohl der Erzähler) müßte von Hause aus eigentlich sich für Lucy, sowie er in die Familie tritt, in irgendeinem Maße interessiert und die andre (der Name ist mir entfallen) müßte sie nur überstrahlt und, zumal Lucy *ihr* Gefühl in sich verschließt, seine Aufmerksamkeit von Lucy abgezogen haben. [–] Dann würde, bei der plötzlichen Katastrophe auf dem Boden (wo doch auf *einer* Seite *Liebe* entdeckt wird, nämlich Lucys), bei Wilsen nicht, wie es jetzt *scheinen* kann, bloß sinnliche Wallung, sondern ein revivisziertes *Gefühl*, nicht bloß der Leib, sondern auch die *Seele* in Flammen geraten, und Wilsens Sieg über sich selbst (d. h. über die *Versuchung* zum Frevel) fußte dann nicht bloß auf Herrschaft über seine Sinne, sondern auch auf der *Religion der Liebe*, d. h. er abstiniert, nicht sowohl, um *sich* nicht zu verplempern, sondern vielmehr, um die *Geliebte* gegen ihn selbst zu retten, deren Reinheit ihm heilig ist. [–] Das ließe sich gewiß leicht durch einige kurze Zusätze – Streiflichter – einschalten. Die Sache ist's wert, *wenn* meine Idee richtig wäre! Darum konnte ich's nicht verzögern, Ihnen davon zu sagen.« Falls Fontane überhaupt eine Überarbeitung des Textes vorgenommen hat, ist er diesem Ratschlag nicht gefolgt.

Noch detaillierter sind Kuglers Bemerkungen vom Tag zuvor: »Ich habe Ihrer Doppelnovelle noch weiter nachgedacht und nachgefühlt. Es ist freilich im Ganzen, und zumal für die zweite Novelle, ein kitzliches und fast mißliches Thema, welches nur durch die entschiedene Kraft des moralischen Gleichgewichts genügend gelöst werden kann. Was ich an Vorschlägen zur Andeutung eines etwas mehr anderen Haushaltes für die zweite Erzählung geäußert, nehm ich zurück; gerade die Tüchtigkeit dieses Haushaltes scheint mir nothwendig, um das Unglück, welches hätte geschehen können, doppelt stark empfinden zu lassen. Nichtsdestoweniger glaube ich aber, daß die sittliche und ästhetische Forderung der Erzählung, schon als Vorbereitung, einiges Verführende nothwendig macht. [–] Dies scheint mir schon in der Doppelwirkung jener verhältnißmäßig doch üppigen Existenz, in welche der schlicht erzogene junge Mensch eintritt, und in der großen Naivität des Familienverkehrs zu liegen. Das Unschuldige in Beidem wird ohne Zweifel auf ihn schon ein wenig berauschend gewirkt haben. Dann scheint mir, um das Verhalten des jungen Mädchens bei jener verhängnißvollen Scene zu motiviren, als ein natürlich Gegebenes zu rechtfertigen, und gleichzeitig sein [*am Rand* des Wilson] Verhalten zu erläutern, nothwendig, daß man schon vorher beobachtet hat, wie in ihr [*am Rand* (u. allerdings auch in ihr)] eine starke (freilich reine und unbewußte) Sinnlichkeit ihr Recht fordert; was freilich vom Dichter so *zart*, wie entschieden, zu geben ist. [–] Für jene Scene selbst kann ich nur auf das, was ich schon gesagt, zurückkommen: es muß das sinnliche Moment, wenn auch in voller Reinheit (als ein natürlich Gegebenes) positiver ausgedrückt sein. Ob und was in diesen Beziehungen noch nöthig ist, kann ich nach einmaligem Hören nicht sagen; meines Erachtens wären es überall nur kleine Pinselstriche; aber die ganze Erzählung ist auch so, daß sie nur bei der ächtesten dichterischen wie moralischen Vollendung ihr Recht hat, dann aber allerdings auch das vollste Recht. Ich stelle dies Ihrem Ermessen anheim, wie auch die Bemerkung: daß die ganze Erzählung mit dem quasi-kindischen Vorgang (Sie werden mich mit diesem Worte nicht mißverstehen) in ihrem Tone zeigen muß, welchen tiefsten Ernst dieses Kindische hat, der Art, daß sie selbst in der soldatischen Wachtstube ihr volles Recht gewinnt. [–] Für den kritischen Moment der ersten Erzählung wollen Sie erwägen, wie weit es etwa innerlich überhaupt und dem Charakter des Erzählenden angemessen ist, sich der Breite nach auszulassen, wie weit es direkt oder indirekt sich aussprechen muß etc.« (Zit. nach: Berbig, »Franz Kugler: Briefe an Theodor Fontane«, S. 261) Die Vorstellungen von dichterischer Qualität, denen nicht nur mehrere Mitglieder des »Rütli«, sondern auch des »Tunnels« anhingen, vertrugen sich nur schwer mit der offenen Darstellung leidenschaftlicher Erotik, die »Tuch und Locke« kennzeichnet. Fontane, der bereits 1851 mit der ausführlichen Gestaltung der Liebesszene in seiner Ballade »Maria und Bothwell« im »Tunnel« Anstoß erregt und daraufhin einige Änderungen vorgenommen hatte, ließ sich diesmal durch Merckels und Kuglers Kritik offenbar nicht zu einer Abschwächung des Geschilderten bewegen.

Angesichts seiner eigenen Vorbehalte und der Tatsache, daß man sich im »Rütli« erst nach einigen Widerständen dazu entschließen konnte, »Tuch und Locke« in das Jahrbuch aufzunehmen, ist die trotz allem bewundernde Haltung Kuglers gerade gegenüber dieser Leistung Fontanes bemerkenswert. In einem Brief an seine Frau vom 24. August 1853 erwähnt er die kontroverse Aufnahme der Novelle im Kreis der »Argo«-Mitarbeiter: »Ich habe Dir schon gesagt, daß Fontanes erste Verlesung der Novelle heftigen Streit entzündete. Eggers war so wie ihr, und noch mehr, dagegen,

Merckel war ebenso dafür, Lepel und ich standen in der Mitte und wünschten nur Änderungen …« (Zit. nach: Berbig, »Ascania oder Argo?«, S. 128) Die völlige Ablehnung der Erzählung durch seine Familie weist er jedoch im selben Brief entschieden zurück: »Das Eine tröstet[e] mich nur schon vorgestern, daß Du jedenfalls – durch das Widerwärtige abgestoßen – auch gegen die Vorzüge ungerecht geworden bist; was Du bummliche Schreibart nennst, erscheint mir als höchst meisterhafte Technik; ich hatte mehrfach, als ich die Novelle in der Correctur wieder las, das unwillkürliche Gefühl: ›Wenn Du so schreiben könntest!‹« (Zit. nach: Berbig, »Franz Kugler und Theodor Fontane«, S. 19, Anm. 9) Eher auf Zustimmung traf Kugler bei seinem Freund Emanuel Geibel, dem er ein Exemplar der »Argo« Ende November 1853 nach München sandte. In einem Briefkonzept vom 3. März 1854 bezeichnete Geibel die Doppelnovelle Fontanes als »trefflich in der Farbe« und stellte sie indirekt sogar über dessen »Argo«-Balladen.

Eine eher peinlich-komische Art der Wirkung dieser Novelle stellt die Verballhornung ihres Titels zu »Tuch und Wolle« durch die Frau des Geheimrats Flender dar, deren Töchter Fontane von 1853 bis 1855 als Privatlehrer unterrichtete. Über diese falsche Nennung des Titels, die ihm als symptomatisch für die Halbbildung und den kommerziellen Geist bestimmter Kreise des Bürgertums erschienen sein mag, war Fontane ziemlich verärgert, was man aus einem Brief an Henriette von Merckel vom 12. Dezember 1856 heraushört: »Sie sehn, daß die ›Argos‹ hier [in London] keine Chancen haben; wahrscheinlich ist die Sache ein für allemal tot, oder aber die Gräfin wird mal hinwerfen, daß die Bilder, ›ich habe die Namen vergessen‹, doch ganz allerliebst seien. Ich bin wahrhaftig nicht böse darüber. Es ist noch lange nicht so schlimm wie jene furchtbare Minute, wo mich eine Berliner schöngeistige Dame aufforderte, in ihrem Zirkel meine Novelle: ›Tuch und Wolle‹ vorzulesen.« Noch über zwanzig Jahre später ist Fontane dieser Vorfall gegenwärtig. Beim Erscheinen seines ersten Romans »Vor dem Sturm« schreibt er am 4. November 1878 an Heyse: »Ganz ohne geht es nicht mehr, zumal wenn man mit ›Tuch und *Wolle*‹, wie Frau Geh. R. Flender meine 54er ›Argo‹-Novelle zu nennen pflegte, so hoffnungsvoll vorgespukt hat.«

Auch »James Monmouth« findet in Storms Fontane-Aufsatz eine lobende Erwähnung und wird – ganz im Einklang mit dem zu diesem Zeitpunkt bekannten literarischen Profil des Autors – als »Fontanesche Ballade in Prosa« bezeichnet: »[...] die zweite [›Argo‹-Novelle] ›James Mo[n]mouth‹, welche wiederum aus der englischen Historie entnommen ist und in kühnen aber skizzirten Zügen das Schicksal der unglücklichen Stuarts erzählt, wüßten wir nicht besser zu charakterisiren, als wenn wir sie eine Fontanesche Ballade in Prosa nennen. Denn in der That besitzt sie alle Eigenthümlichkeiten und, soweit dieselben reichen, auch alle Vorzüge einer solchen, und überdies vielleicht das beste lyrische Gedicht des Verfassers: [Storm zitiert an dieser Stelle den vollständigen Text des ›Liedes des James Monmouth‹]« Noch in einem Brief an Fontane vom 19. – 27. Dezember 1864 preist Storm dessen mitreißende Vortragsweise und berichtet, daß sein Sohn Ernst neben den »Balladen« und einigen Kapiteln aus »Ein Sommer in London« auch »den Monmouth aus der Argo« verschlungen habe.

Überhaupt scheint von den »Argo«-Novellen gerade dieser Text besonderen Anklang gefunden zu haben, wofür zumindest spricht, daß unter den zahlreichen Nachdrucken von Texten aus der »Argo« (vgl. bereits den Brief von Kugler an Fontane vom 31. Januar 1854) auch einer des »James Monmouth« ermittelt ist, nämlich im »Bremischen Unterhaltungsblatt« 1856 (vgl. »Überlieferung«, S. 162). Die Verbindung zu dieser Zeitschrift könnte durch Kuglers Schwester Louise hergestellt worden sein, der im Herbst 1853 druckfrische Exemplare der »Argo« nach Bremen geschickt wurden (vgl. Kugler an Fontane, 19. November 1853).

Neben den Reaktionen aus dem Kreis der persönlichen Bekannten Fontanes steht die Resonanz in den literarisch-kritischen Zeitschriften, die insgesamt sehr zurückhaltend ausfällt: Die zweifellos prominenteste Einschätzung stammt von dem ehemaligen Jungdeutschen Karl Gutzkow. In der von ihm selbst herausgegebenen Zeitschrift »Unterhaltungen am häuslichen Herd« (2. Bd. [1854], Nr. 11 [erschienen im Dezember 1853], S. 174–176) kommt er im ersten einer Reihe von Artikeln über die Gegenwartsliteratur unter dem Titel »Vom deutschen Parnaß. I.« auch summarisch auf die »Argo« zu sprechen und bemängelt an ihr – wie an der nachmärzlichen Literatur überhaupt – ein Mißverhältnis zwischen formaler Könnerschaft und grundsätzlicher innerer Leere: »Es sind [...] einige Talente, die sich hier zusammengeschart haben, artige Versdichter, gefällige Erzähler, vom Schönen würdig angeregte Theoretiker; aber was sie liefern, sind Stubenpflanzen, schwank- und haltlos, nur zur Freude erblühend einem Auge, das voll Liebe auf ihnen ruhen will. Der Charakter fehlt, eine Weltanschauung, eine Stellung zum Licht und zur Wahrheit, die volle pulsirende Subjectivität fehlt. [...] ›Argo‹ rief uns die Erinnerungen an die poetischen Hoffnungen wach, die einst Stieglitz, Veit, Werder und so viele Andere vor zwanzig Jahren mit ihren Musenalmanachen und poetischen Verbrüderungen gaben, von denen nichts übrig geblieben ist als Dilettantismus fürs Haus und nach außen hin in der Theorie eine gar stolze Geringschätzung alles Dessen, was nicht den Namen Goethe's oder Shakspeare's trägt« (S. 175 f.).

Etwas ausführlicher als Gutzkow, der von den »Argo«-Beiträgern namentlich nur auf Heyse eingeht, äußert sich der Rezensent der von Robert Prutz herausgegebenen Zeitschrift »Deutsches Museum« (4. Jahrgang [1854], Nr. 4 vom 19. Januar 1854, S. 148 f.) über diesen aus seiner Sicht immerhin »beachtenswerthen Versuch« der Berliner Literaten: »Daß ein derartiges Sammelwerk nicht lauter Meisterstücke enthalten kann, versteht sich von selbst. Auch in der ›Argo‹ ist die Mittelmäßigkeit ziemlich reichlich vertreten, selbst auch die anspruchsvolle Mittelmäßigkeit. Zu dieser letztern Gattung rechnen wir das Meiste, was Bernhard von Lepel, Leo Goldammer und W. von Merckel beigetragen. Selbst Merckel's in den Zeitungen viel besprochene Novellette: ›Der Frack des Hrn. von Chergal‹, müssen wir derselben Kategorie beizählen [...] Recht viel Interessantes und Werthvolles dagegen haben die beiden Herausgeber Franz Kugler und Theodor Fontane beigesteuert.« Als allerdings einmal direkt von Fontane die Rede ist, fällt das Urteil eindeutig gegen die Novellen aus: »Theodor Fontane hat einige vortreffliche Balladen, theils eigene, theils Uebersetzungen geliefert; seine novellistischen Versuche dagegen sind unbedeutend.«

Neben diesen beiden Stimmen sind zwei weitere Rezensionen der »Argo« bekannt, die jedoch keine neuen Aspekte erbringen:

Während sich bei Hermann Marggraff in den »Blättern für literarische Unterhaltung« (Jahrgang 1854, Nr. 8 vom 16. Februar 1854, S. 147 f.) ganz ähnlich wie bei Gutzkow ein jungdeutsches Literaturverständnis fortsetzt und folglich in der »Argo« ein tieferer, zeitgemäßer Inhalt vermißt wird, ist das Jahrbuch dem Rezensenten der (von den programmatischen Realisten Julian Schmidt und Gustav Freytag herausgegebenen) »Grenzboten« (13. Jahrgang [1854], I. Semester, II. Bd., S. 95) nicht viel mehr als die Bemerkung wert, daß einige der »Argo«-Novellen, auch ohne daß man wirklich Bedeutendes darin finden könne, immerhin »artig und interessant« erzählt seien.

In mehreren Briefen des Jahres 1854 äußerte sich Fontane über die journalistische Resonanz, die die »Argo« gefunden hatte. So zeigte er sich in einem Brief an Storm vom 4. Januar eher amüsiert über die Kritik Gutzkows – den er im übrigen in seinem »Argo-Lied« von 1853/54 verspottete – und beklagte lediglich die geringe Beachtung der Gedichtbeiträge, die ihm offenbar nach wie vor weit mehr am Herzen lagen als die Erzählungen: »Einiges die Argo betreffende bring' ich mit. An Kritiken herrscht völliger Mangel, doch existieren bereits ein paar Dutzend Notizen. Gutzkow hat auch abgeschossen und uns viel Spaß gemacht. Der Buchhändler ist zufrieden, hier sind *alle* Exemplare, die da waren, verkauft worden. Ein neuer Beweis, wie gleichgültig die Anzeigen und namentlich die *Kritiken* sind. Dennoch gehören derlei Dinger mit zur Vollständigkeit und wenn andre Leute keine schreiben, müssen wir zuletzt selbst dran denken. Am meisten Anklang haben bis jetzt La Rabbiata, Chlodosinda [Kuglers ›Argo‹-Novelle] und der Frack des Herrn v. Chergal gefunden. Erst in zweiter Reihe erweist man meiner Prosa die Ehre. Der poetischen Beiträge – mindestens gleichberechtigt – ist (mit Ausnahme der plattdeutschen Lieder) bisher kaum Erwähnung geschehn. Es ist ein Jammer und wird's bleiben.« Mit deutlichem Bezug auf die Rezension des »Deutschen Museums« schrieb er am 14. Februar an Storm: »Für die Abschrift der Argo-Kritik herzlichen Dank. Ich legte sie in dem am selben Tage stattfindenden Rütli nicht vor, weil ich mich überzeugt hielt, daß der Ablesung des Gesäures eine Verstimmung folgen würde. Wenn wir über die Straße gehn, und der dümmste Mensch ruft uns zu: alter Schafskopf! so ärgern wir uns. Unser gutes Gewissen, daß wir zu den klügsten Leuten der Christenheit zählen, ist nicht mächtig genug, uns diesen Ärger zu ersparen. Selbst die übliche Expektoration ›Ochse‹, zu der auch der Geistreichste in so dringenden Fällen zu greifen pflegt, stellt die gute Laune nur kümmerlich wieder her. Ich zweifle nicht, daß der Rütli seine Indignation in eine ähnliche summarische Antikritik zusammengefaßt hätte, glaube aber nicht, daß Merckel und Lepel – die so unverfroren als ›anspruchsvolle Mittelmäßigkeiten‹ eingeführt werden – ihrer Verstimmung sofort Herr geworden wären. Übrigens sieht man's der ganzen Besprechung an, daß der Kritiker das Buch nur *an-* aber nicht *durch*gelesen hat. Ein absichtliches Frontmachen gegen das Berlinertum schimmert ebenfalls deutlich hindurch. Diese Feindschaften sind unser Stolz und das Beste, was uns bis jetzt zuteil geworden ist.«

Mag Fontane die Kritik an seinen Erzählungen tatsächlich so unbeeindruckt gelassen oder ihn vielmehr angespornt haben, die Arbeit an den »Argo«-Novellen brachte ihn jedenfalls – wenn auch nur vorübergehend – auf den Geschmack. Denn im folgenden Jahr plante er, wie er Storm gegenüber am 12. September 1854 erwähnte, zwei weitere Erzählwerke über den Freikorps-Major und Kolberg-Verteidiger Ferdinand von Schill sowie über den englischen Kardinal Wolsey. Erhalten ist nur der vermutlich nach 1857 niedergeschriebene Entwurf zu »Wolsey«.

Überlieferung

Die Erzählung »Geschwisterliebe« ist im ursprünglichen Zeitungsabdruck überliefert: Geschwisterliebe. In: Berliner Figaro. 9. Jg. (1839), No. 291 (14. December, S. 1161–1163), 292 (16. December, S. 1165–1166), 293 (17. December, S. 1169–1171), 295 (19. December, S. 1178–1179), 296 (20. December, S. 1181–1183), 297 (21. December, S. 1185–1187). Während die ersten vier Folgen jeweils mit Einzug in der ersten Textzeile beginnen, haben die letzten beiden Folgen am Anfang jeweils eine Initiale. Die letzte Fortsetzung ist gezeichnet mit: *Fontan.*

Die Erzählung »Zwei Post-Stationen« ist als Handschrift überliefert: Schiller-Nationalmuseum/Deutsches Literaturarchiv, Cotta-Archiv (Stiftung der Stuttgarter Zeitung), Marbach am Neckar, Signatur: Cotta Ms. Die sechzehnseitige Reinschrift ist auf der letzten Seite gezeichnet mit: *Th. Fontane.*

Erstdruck: Theodor Fontane, Zwei Post-Stationen. Hrsg. von Jochen Meyer. Marbach a. N. 1991.

Alle drei »Argo«-Erzählungen sind in dem im Oktober 1853 erschienenen Erstdruck des Jahrbuchs überliefert:

Tuch und Locke. Von Theodor Fontane. In: Argo. Belletristisches Jahrbuch für 1854. Herausgegeben von Theodor Fontane und Franz Kugler. Dessau, Druck und Verlag von Gebrüder Katz. 1854, S. 82–102.

James Monmouth. Von Theodor Fontane. In: Argo. Belletristisches Jahrbuch für 1854. Herausgegeben von Theodor Fontane und Franz Kugler. Dessau, Druck und Verlag von Gebrüder Katz. 1854, S. 313–344.

Von dieser Erzählung existiert ein in Orthographie und Interpunktion sowie geringfügig im Wortlaut abweichender Nachdruck: James Monmouth. Novelle von Theodor Fontane. In: Bremisches Unterhaltungsblatt. Nr. 16 (24. Februar 1856, S. 61–62), 17 (27. Februar, S. 65–66), 18 (2. März, S. 69–70), 19 (5. März, S. 73–74), 20 (9. März, S. 77–78), 21 (12. März, S. 81–82).

Goldene Hochzeit. Von Theodor Fontane. In: Argo. Belletristisches Jahrbuch für 1854. Herausgegeben von Theodor Fontane und Franz Kugler. Dessau, Druck und Verlag von Gebrüder Katz. 1854, S. 237–240.

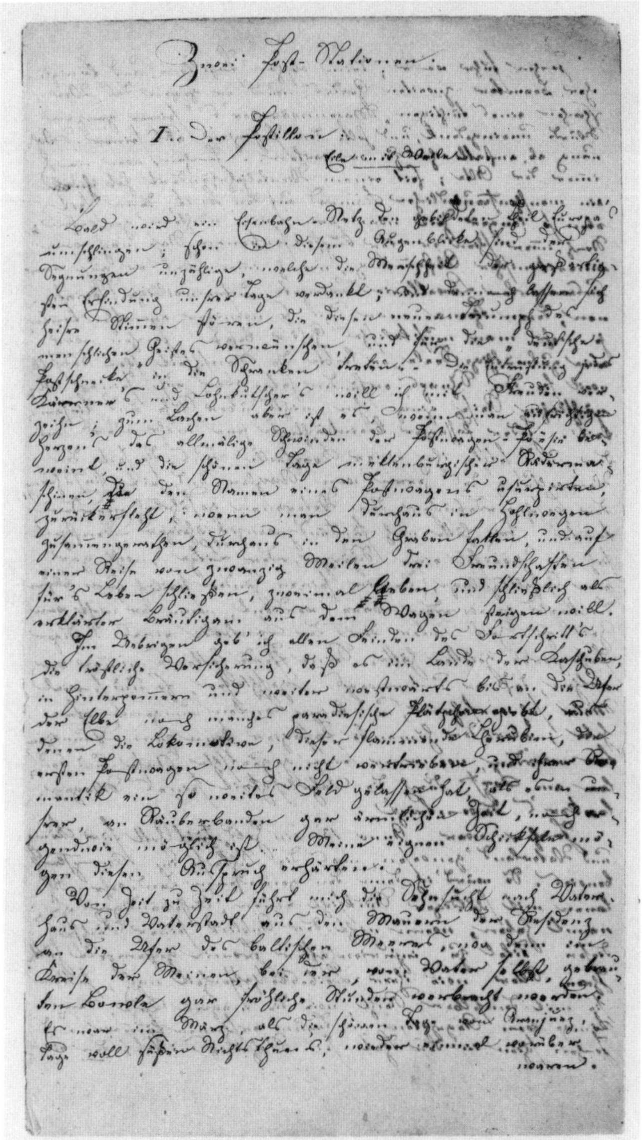

Beginn der Erzählung »Zwei Post-Stationen«, 16seitige Reinschrift. Schiller-Nationalmuseum / Deutsches Literaturarchiv, Cotta-Archiv, Marbach am Neckar

Anmerkungen

Geschwisterliebe

1.

5 *seit dem großen Brande* – Deutlicher Bezug auf Fontanes Geburtsstadt Neuruppin, wo sein Vater Louis Henri Fontane von 1819 bis 1826 die Löwenapotheke besaß. Neuruppin brannte am 26. August 1787 bis auf geringe Reste nieder. Erhalten blieben nur die Klosterkirche mit der nächsten Umgebung, die Umgebung des Neuen Marktes, die Häuser am Seetor und in der heutigen Leineweberstraße sowie ein Streifen längs der Mauer von der Rosen- bis zur Schäferstraße. Vgl. »Wanderungen«, Bd. 1, »Die Grafschaft Ruppin«, Kap. »Neuruppin«. Die Handlung der Erzählung ist kurz nach dem zwischen 1788 und 1806 erfolgten Wiederaufbau der Stadt im frühklassizistischen Stil angesiedelt.

der feinen Spießbürgerwelt ... Achtung der eitlen, prunksüchtigen Kleinstädter – Der besondere Charakter Neuruppins ist in Fontanes Darstellung oft mit einem ausgeprägten Hang zu spießbürgerlicher Ordnungsliebe und engstirniger Selbstgefälligkeit verbunden. Vgl. noch den 1889 publizierten Aufsatz »Die Märker und die Berliner und wie sich das Berlinertum entwickelte« (»Wanderungen«, Bd. 6, »Dörfer und Flecken im Lande Ruppin«, S. 559–573), in dem Fontane die »häßlich egoistische Seite des märkischen Wesens« kritisiert.

Schnittwaarenhändler – Schnittwaren: Waren aller Art, sofern sie nicht in größerer Menge und in ganzen Stücken verkauft, sondern nach den Wünschen des Käufers zerschnitten oder abgeschnitten wurden.

Senator – Hier: Ratsherr.

6 *Adler vor der Apotheke* – Hier bezieht sich Fontane nicht auf die Neuruppiner Apotheke seines Vaters, sondern auf den Namen der beiden Adlerapotheken, die dieser von 1827 bis 1837 in Swinemünde (Świnoujście) auf der Insel Usedom

und von 1837 bis 1838 in Mühlberg an der Elbe besessen hatte.

6 *Bruder Rudolph* – Fontane hatte einen jüngeren Bruder namens Rudolph (1821–1845).

Der Vater … Reichthum eingebüßt – Möglicherweise bewußte Parallele zum Schicksal von Fontanes eigenem Vater, der während seiner Neuruppiner Zeit ein kleines Vermögen verspielt hatte und auch in seinem Beruf als Apotheker scheiterte, was den allmählichen sozialen Abstieg seiner Familie zur Folge hatte.

2.

12 – *Du bist so still …* – Beginn der zweiten Folge des Erstdrucks.

13 *Rosen und Lilien* – In der christlichen Ikonographie die traditionelle Symbolik für die Jungfräulichkeit Marias.

Selbst die dunkelste der Nächte – Fontane nahm dieses Gedicht (zusammen mit »Wie ist es mein ewiges Leben« unter dem Titel »Lieder des Blinden«) 1840 in das »Erste Grüne Buch« auf, eine private Sammlung seiner Gedichte als Geschenk für die Mutter. Vgl. »Gedichte«, Bd. 2, S. 101 und 536.

14 *Doch es blieb still um sie her.* – Beginn der dritten Folge des Erstdrucks.

15 *Ich kann nicht zweien Herren dienen!* – Nach Matthäus 6,24.

16 *Gott, wie groß doch Deine Werke* – Anspielung auf das Magnificat, vgl. Lukas 1,48–49.

20 *Leidenskelch* – Im Neuen Testament die Leiden Christi, vgl. Matthäus 20,22–23 und 26,39 und 42; Markus 10,38–39 und 14,36; Lukas 22,42; Johannes 18,11.

21 *Eisenhardt liebt Dich fast so innig …* – Beginn der vierten Folge des Erstdrucks.

die Seele … bis in den Tod betrübte – Erneut Anspielung auf das Passionsgeschehen, vgl. Matthäus 26,38; Markus 14,34.

3.

22 *Der Lerche Lieder tönen* – Das dieses Gedicht bestimmende Motiv der Doppelung von Hochzeitszug und Trauerzug verwendet Fontane auch in »Unwiederbringlich«, Kap. 9, 32 und 34. Zudem verweist das Motiv auf Bürgers Ballade »Lenore« (vgl. Anm. zu S. 37 *laß die Todten ruhn!*).

26 *Rudolph entzog dem Prediger hastig seine Hand …* – Beginn der fünften Folge des Erstdrucks.

4.

31 *Wie ist es mein ewiges Leben* – Vgl. Anm. zu S. 13 *Selbst die dunkelste der Nächte*. 1845 nahm Fontane nur noch dieses Gedicht unter dem Titel »Lied des Blinden« auch in das »Zweite Grüne Buch« seiner Gedichte auf. Vgl. »Gedichte«, Bd. 2, S. 104 und 536.

34 *Hier entstürzte ihm ein Strom von Thränen …* – Beginn der sechsten und letzten Folge des Erstdrucks.

37 *laß die Todten ruhn!* – Anspielung auf Gottfried August Bürgers (1747–1794) Ballade »Lenore« (1773). Hierin wird die junge Titelheldin, die an Gott und der Welt verzweifelt, weil ihr Verlobter aus dem Krieg nicht heimgekehrt ist, eines Nachts von diesem zu Pferde abgeholt, um zur gemeinsamen Hochzeit zu reiten. Lenore muß schließlich erkennen, daß sie sich einem Toten anvertraut hat und daß ihr vermessenes Hadern mit der göttlichen Vorsehung nun für sie selber den Tod bedeutet. Während des nächtlichen Ritts beantwortet sie die Frage ihres Verlobten, ob ihr vor den Toten graue, zweimal mit der Wendung: »›Ach! Laß sie ruhn, die Toten.‹ –« bzw. »›O weh! Laß ruhn die Toten!‹– «. Fontane zählte die von ihm oft zitierte »Lenore« zu »jenen epochemachenden Gedichten […] von denen jede Literatur überhaupt nur ein paar Nummern aufzuweisen hat« (»Christian Friedrich Scherenberg und das literarische Berlin von 1840 bis 1860«; 1884; Kap. 4). Daneben ist auch eine Anspielung auf Adelbert von Chamissos (1781 bis 1838) Gedicht »Laß ruhn die Toten« (1827) denkbar.

Zwei Post-Stationen

1.

41 *Eile mit Weile* – (lat. Festina lente!) Dem römischen Geschichtsschreiber Sueton (geb. um 70 v. Chr.) zufolge häufiger Ausspruch des Kaisers Augustus (63 v. – 14 n. Chr.).
Bald wird ein Eisenbahn-Netz … schon in diesem Augenblicke – Seit Mitte der 1830er Jahre ging der Auf- und Ausbau von Eisenbahnstrecken in Deutschland schnell voran (Dezember 1835 Eröffnung der Linie Nürnberg – Fürth, 1838 Berlin – Potsdam, 1837–1839 Leipzig – Dresden). Bezogen auf das spätere Reichsgebiet, verfügte Deutschland 1840 über 500 km, 1845 über 2 300 km und 1855 über 8 290 km Schienenweg. Seit 1849 setzte Preußen als zweites deutsches Land nach Baden auch die ersten Bahnpostwagen ein.
»deutsche Postschnecke« – Anspielung auf Ludwig Börnes »Monographie der deutschen Postschnecke« (1821), einen »satirischen Feldzug« gegen die Unbequemlichkeiten einer Postkutschenfahrt von Frankfurt nach Stuttgart und zurück und zugleich gegen Unfreiheit und Zensur in den Jahren nach den Karlsbader Beschlüssen von 1819.
Kärrner's – Fuhrmann, der auf einem großen zweirädrigen Karren Waren von einem Ort zum anderen schafft.
Rädermaschinen – Neben der bloßen Benennung einer Maschine mit Rädern soll hier offenbar auch die Bedeutung: eine Maschine zum »Rädern«, im Sinne von »durch Räder (zu Tode) quälen«, suggeriert werden.
im Lande der Kaschuben, in Hinterpommern – Kaschuben: westslawischer Stamm im Nordwesten der preußischen Provinz Westpreußen und in Hinterpommern, dem östlich der Oder gelegenen Teil der preußischen Provinz Pommern.
dieser flammende Cherubim – Cherub (Plural: Cherubim), ein mythisches Wesen der religiösen Symbolik des Alten Testaments. Die Cherubim erscheinen als Wächter des Paradieses nach dem Sündenfall, als Beschirmer der Bundeslade

usw. und sind häufig mit einem Flammenschwert ausgestattet; in der christlichen Tradition sind sie Engel höherer Ordnung.

41 *die Sehnsucht nach Vaterhaus und Vaterstadt ... an die Ufer des baltischen Meeres* – Von 1827 bis 1832 lebte Fontane mit seinen Eltern und Geschwistern in dem Hafen- und Badeort Swinemünde auf Usedom (vgl. Anm. zu S. 6 *Adler vor der Apotheke*). Diese Jahre sind ihm lebenslang als besonders glückliche Zeit in Erinnerung geblieben. Vgl. »Meine Kinderjahre«, Kap. 3–18. Zur Entstehungszeit des Textes um die Mitte der vierziger Jahre lebten die Eltern schon seit längerem in dem Dorf Letschin im Oderbruch. – Das in Swinemünde beliebte Bowle-Brauen – allerdings nicht im Zusammenhang mit seinem Vater – erwähnt Fontane in »Meine Kinderjahre«, Kap. 6.

42 *die schönen Tage von Aranjuez* – Nach dem Beginn von Friedrich Schillers (1759–1805) Drama »Dom Karlos« (1787): »Die schönen Tage in Aranjuez / Sind nun zu Ende.«

seit der Verwaltung des Herrn von Nagler – Carl Friedrich Ferdinand von Nagler (1770–1846) sorgte als Generalpostmeister seit 1823 für zahlreiche Verbesserungen im preußischen Postbetrieb und erhob Schnelligkeit, Pünktlichkeit und Zuverlässigkeit zu dessen Maxime. Um besonders die Postillione zu gewissenhafterer Arbeit anzuhalten, führte er einerseits Auszeichnungen und Geldbelohnungen für tadellosen Dienst ein, andererseits verstärkte er ihre Überwachung, etwa durch die seit 1826 in den Passagierstuben der Poststationen ausliegenden Beschwerdebücher, und ließ Nachlässigkeit im Dienst streng ahnden.

43 *Fahrlosigkeit* – Älterer Ausdruck für Fahrlässigkeit.

Anno 13 – Nach der Niederlage Napoleons in Rußland 1812 stellten sich Preußen und Österreich auf die Seite des Zaren. Damit begannen die sog. Befreiungskriege gegen die französische Herrschaft in Deutschland.

»mit Gott für König und Vaterland« – Friedrich Wilhelm III. (1770–1840, König von Preußen seit 1797) erließ am 17. März 1813 eine Landwehr-Verordnung, die alle nicht dem

stehenden Heer angehörenden Männer vom 17. bis zum 40. Lebensjahr erfaßte, und bestimmte diese Devise für das Landwehrkreuz, ein Abzeichen zur Unterscheidung der Landwehr vom stehenden Heer.

43 *Landwehr-Uhlanen* – Die Ulanen gehörten zur leichten Reiterei. Ihre Hauptwaffe war die Lanze, eine an ihr befestigte Fahne sollte durch ihr Flattern die Pferde des Feindes scheu machen. Ulanenregimenter wurden im 16. Jahrhundert zuerst in Polen aufgestellt, 1790/91 in Österreich und 1807 in Preußen.

»Rossebändiger« – Ironische Anspielung auf die in der altgriechischen Ependichtung besonders tapferen Kriegern beigegebene Bezeichnung »rossebändigend«; vgl. z. B. Homers »Ilias« 2,23, und »Odyssee« 3,17.

injurienhafter – (lat. iniuria: Unrecht, Beleidigung) beleidigender.

die magren Kühe ... im Traum – In der Josephserzählung des Alten Testaments träumt der ägyptische Pharao zunächst von sieben schönen und fetten, danach von sieben häßlichen und mageren Kühen, die die ersteren auffressen. Ein Traum, den Joseph dem Pharao als Weissagung der Zukunft Ägyptens deutet; vgl. 1. Mose 41,1–36.

»Rosse von der traurigen Gestalt« – Anspielung auf Rosinante, das klapprige Pferd des »Ritters von der traurigen Gestalt«, wie Don Quijote, der Titelheld des Romans »El ingenioso hidalgo Don Quixote de la Mancha« (1605–1615) des Miguel de Cervantes Saavedra (1547–1616) von seinem Diener Sancho Pansa genannt wird.

versündge ich mich selbst in Liedern – Hier und an einigen anderen Stellen der Erzählung verwertet Fontane offenbar Passagen aus dem vermutlich im Sommer 1844 niedergeschriebenen Bericht von seiner »Ersten Reise nach England«. Im Kap. »Ein Tag in einer englischen Familie« erwähnt er ebenfalls selbstironisch seine Unfähigkeit als Sänger.

Freischütz-Arie – Aus der Oper »Der Freischütz« (1821) von Carl Maria von Weber (1786–1826). In Swinemünde verkehrten Fontanes Eltern mit dem Kreisphysikus Dr. Richard

Kind (1801–1875), einem Neffen Johann Friedrich Kinds (1768–1843), der das Libretto der Oper verfaßt hatte; vgl. »Meine Kinderjahre«, Kap. 6.

43 *»Schöne Minka, ich muß scheiden«* – Aus dem Lied »Der Kosack und sein Mädchen« (1809), das der populäre Autor Christoph August Tiedge (1752–1841) zur Melodie einer ukrainischen Volksweise verfaßt hatte. Das Lied, das besonders während der Befreiungskriege sehr beliebt und noch bis 1850 weit verbreitet war, erzählt vom Abschied des in den Krieg ziehenden Kosaken Olis von seiner Braut. Die erste Strophe lautet: »Schöne Minka, ich muß scheiden! – / Ach! du fühlest nicht das Leiden, / Fern auf freudelosen Haiden, / Fern zu seyn von dir!«

dem Honoratioren Sohn – Als Apotheker (und ab 1829 als Ratsherr der Stadt) zählte Fontanes Vater zu den Honoratioren Swinemündes; vgl. »Meine Kinderjahre«, vor allem Kap. 6. Zur Entstehungszeit der Erzählung gehörte dieser gesellschaftliche Rang des Vaters allerdings längst der Vergangenheit an.

44 *Trompete … Hüon … Horn des Oberon* – Anspielung auf das zauberkräftige Horn, das der Elfenkönig Oberon in Christoph Martin Wielands (1733–1813) gleichnamigem Versepos (1780) dem Ritter Hüon überläßt; nach Ertönen des Horns kommt Oberon dem in Not geratenen Ritter zu Hilfe.

Posthorn des … Münchhausen – In den von Gottfried August Bürger übersetzten und bearbeiteten »Wunderbaren Reisen zu Wasser und Lande, Feldzügen und lustigen Abenteuern des Freiherrn von Münchhausen« (1786) erzählt der Lügenbaron von einem Postillion, dem bei strenger Kälte die Töne seines Horns einfrieren. Abends in der Herberge am Küchenfenster tauen sie zu unterhaltsamen Melodien auf.

Der Mond schien hell – Vermutlich Anspielung auf Bürgers Ballade »Lenore« (vgl. Anm. zu S. 37 *laß die Todten ruhn!*), in der auf den viermal wiederkehrenden Satz »Der Mond scheint hell!« der Reim antwortet: »die Toten reiten schnell«. Vgl. auch Fontanes nachgelassenes Gedicht »Romantiker (An E …)« von 1845 (Bd. 2, S. 370).

44 *strandgebornen Möve* – Ironische Analogie zur »schaumgeborenen« Venus/Aphrodite. In der griechischen Mythologie (bei Hesiod) entstand die Göttin der Liebe aus dem Schaum des Meeres.

45 *»mondbeglänzte Zaubernacht«* – Nach dem Vers Ludwig Tiecks (1773–1853) im Prolog seines Lustspiels und »romantischen Universalbuches« (August Wilhelm Schlegel) »Kaiser Octavianus« (1804): »Mondbeglänzte Zaubernacht,/Die den Sinn gefangen hält,/Wundervolle Märchenwelt,/Steig' auf in der alten Pracht!« Vgl. auch Ludwig Uhlands (1787–1862) parodistische Verarbeitung der Tieckschen Verse in seinem Gedicht »Der Romantiker und der Rezensent« (1814). – In »Vor dem Sturm« (Bd. 1, »Hohen-Vietz«, Kap. 15, »Schmidt von Werneuchen«) wird der Gegensatz zwischen dem »derbrealistischen« Schmidt und dem »aristokratisch-romantischen« Tieck zum Gesprächsthema, dabei fällt ebenfalls das Stichwort von der »mondbeglänzten Zaubernacht«.

als Abkömmlinge der alten Germanen nach Väter Sitte – Im Kap. »Ein Tag in einer englischen Familie« der »Ersten Reise nach England« berichtet Fontane, die Engländer bezögen ihre Vorstellung von Deutschland noch immer bevorzugt aus der sog. »Germania« des Tacitus (um 55–125), einem um 98 verfaßten geographisch-ethnographischen Werk über die germanischen Stämme. Zugleich mag es sich auch um einen Seitenhieb Fontanes gegen die deutschtümelnde Germanenschwärmerei der Restaurationszeit handeln, der die von Tacitus beschriebenen Zustände tatsächlich als Vorbild galten.

Herrn von Rothschild – Hier wohl allgemein für das von Mayer Amschel Rothschild (1743–1812) in Frankfurt am Main gegründete internationale Bankhaus mit Dependancen in Paris, London, Wien und Neapel, die von Rothschilds Söhnen und Enkeln geführt wurden. In der Zeit nach dem Wiener Kongreß (1814/15) beherrschte das Haus Rothschild das Anleihegeschäft mit den durch die napoleonischen Kriege stark verschuldeten Staaten.

verstopfte Ohren, wie weiland die des alten Odysseus – Der Held der »Odyssee« entkommt den gefährlichen, mit betörendem Gesang lockenden Sirenen, indem er seinen rudernden Gefährten die Ohren mit Wachs verstopft und sich selbst an den Mast des Schiffes binden läßt; vgl. Homers »Odyssee« 12,165–200.

45 *beim Kolberger Regiment ... de Schillschen* – Unter den Verteidigern der von dem späteren Generalfeldmarschall Neidhardt von Gneisenau (1760–1831) und dem Bürgermeister Joachim Nettelbeck (1738–1824) 1807 erfolgreich gegen die Franzosen verteidigten Festung Kolberg (Kołobrzeg) befand sich auch das Freikorps des Majors Ferdinand von Schill (1776–1809). Bei der Reorganisation der preußischen Armee nach dem verlorenen Krieg wurde aus dem Freikorps das Leibhusarenregiment gebildet, mit dem Schill 1809 auf eigene Faust losschlug, um den zögernden Friedrich Wilhelm III. zum Kampf gegen Napoleon an der Seite Österreichs zu bewegen. In Stralsund eingeschlossen, fiel er dort im Straßenkampf. Fontane dichtete 1847 eine Ballade »Schill« (»Gedichte«, Bd. 1, S. 333–335) und beschäftigte sich um 1854 mit dem Plan einer Schill gewidmeten größeren Erzählung, die aber unausgeführt blieb.

Dunder-Lüchting – Donner und Blitz.

Voder Vörwards – Vater Vorwärts (auch »Marschall Vorwärts«), Generalfeldmarschall Gebhard Leberecht Blücher (1742–1819), der populärste preußische Feldherr der Befreiungskriege; vor allem berühmt durch den 1815 gemeinsam mit dem englischen Feldherrn Wellington erfochtenen Sieg über die französische Armee bei Belle-Alliance/Waterloo in Belgien, der zum endgültigen Sturz Napoleons führte.

46 *der Fußsack schmeichelhafterweise zum Kopfkissen ernannt* – Im Kap. »Rückreise« der »Ersten Reise nach England« berichtet Fontane von einem ähnlich spartanischen Nachtlager auf einer wachsleinenen Fußdecke.

47 *Katzbach* – Linker Nebenfluß der Oder in Schlesien. Dort besiegte Blücher am 26. August 1813 mit seiner preußisch-russischen (»Schlesischen«) Armee ein französisches Heer unter Marschall Macdonald. Er selbst erhielt 1814 den Titel eines

Fürsten Blücher von Wahlstatt nach dem nahen, durch die Mongolenschlacht von 1241 bekannten Dorf.

47 *O....., eine Stadt* – Möglicherweise ist Wriezen (früher Wrietzen) an der Oder gemeint. Vgl. dazu »Stoff«, S. 128.

2.

48 *Chacun a son goût* – »Jeder nach seinem Geschmack«. Die französische Redensart war sowohl mit der Präposition »à«, als auch – wie hier – mit dem Hilfsverb »avoir« (»Jeder hat seinen Geschmack«) gebräuchlich.
mit einer Nase ... der Ruhm der Wahl'schen – Der schwäbische Epigrammdichter Johann Christoph Friedrich Haug (1761–1829) hatte 1804 »Hundert Hyperbeln auf Herrn Wahls große Nase« und 1822 »Zweihundert Hyperbeln auf Herrn Wahls ungeheure Nase« veröffentlicht.
Zichorien – Im 16. Jahrhundert aufgekommener Name der Pflanzengruppe der Wegwarte, die als Kaffee-Ersatz Verwendung fanden.
Stehely – Berühmte Berliner Konditorei am Gendarmenmarkt, hinter dem Schauspielhaus (bis 1840 im Eckhaus Charlottenstr. 36/Jägerstr. 57, ab 1841 Charlottenstr. 36, ab 1845 Charlottenstr. 53); zugleich eines der zeittypischen »Lesecafés« mit einer großen Auswahl an periodischen Blättern, das in der Zeit des Vormärz als Treffpunkt politisch radikaler Literaten und Journalisten bekannt war. Der Apothekerlehrling bzw. -gehilfe Fontane war von 1836 bis 1840 hier regelmäßig zu Gast; vgl. »Von Zwanzig bis Dreißig«, Kap. 1. Im Kap. »Rückreise« der »Ersten Reise nach England« erscheint Fontane ebenfalls als ein typischer Berliner Konditoreibesucher.
ein Sekonde-Lieutnant – Anstelle von Leutnant und Oberleutnant waren im deutschen Militär bis 1898 die Bezeichnungen Seconde- und Premierleutnant in Gebrauch.
Billet-doux's – (frz. billets doux) Liebesbriefe.
nur nach homöopathischen Grundsätzen – Die von Christian Friedrich Samuel Hahnemann (1755–1843) begründete

Homöopathie ist eine Heilmethode mit kleinen Dosen von Arzneimitteln, die in großen Dosen bei Gesunden Krankheitserscheinungen hervorrufen, die denen der zu heilenden Krankheit ähneln.

49 *die Königin Luise* – Luise von Mecklenburg-Strelitz (1776 bis 1810, seit 1793 verheiratet mit dem späteren König Friedrich Wilhelm III. von Preußen) galt besonders in der Zeit nach der Niederlage Preußens gegen Napoleon 1806 als nationale Identifikationsfigur und wurde nach ihrem frühen Tod zu einer quasi-mythischen Gestalt verklärt. Offenbar in satirischer Absicht erscheint Luise hier nicht in der für sie typischen Bekleidung (einem Empire-Kleid oder einem antikischen Gewand), sondern in einem Reifrock, der der Mode des französischen Ancien régime vor der Revolution angehört.

der alte Fritz – Friedrich II. (1712–1786, König von Preußen seit 1740), genannt der Große oder volkstümlich »der alte Fritz«, war der populärste der preußischen Könige und wurde – oft mit seinem festen Attribut, dem Krückstock – zum Gegenstand einer Vielzahl von patriotischen Anekdoten und bildlichen Darstellungen. Vgl. auch Anm. zu S. 49 *die Ankunft des Feldmarschall's Blücher im Elysium.*

Roßbach – Dorf südwestlich von Merseburg, in dessen Nähe am 7. November 1757 die durch eine Attacke der preußischen Kavallerie unter Friedrich Wilhelm von Seydlitz (1721 bis 1773) entschiedene Schlacht geschlagen wurde, in der die Franzosen und die Reichsarmee von dem zahlenmäßig weit unterlegenen Heer Friedrichs II. besiegt wurden.

Monarchen-Hügel – Auf dem sog. Monarchenhügel bei Liebertwolkwitz, südlich von Leipzig, sollen nach einer unhistorischen Überlieferung am Nachmittag des 18. Oktober 1813 die drei gegen Napoleon verbündeten Monarchen (Zar Alexander I., Kaiser Franz I. von Österreich und König Friedrich Wilhelm III. von Preußen) zusammengetroffen sein, als am Ende der »Völkerschlacht« die Siegesnachrichten eintrafen. Der Schauplatz war Fontane von mehreren Ausflügen im Jahre 1841 vertraut; vgl. die Gedichtfolge »In der Markkleeberger Schenke« (Bd. 2, S. 28–30) und »Von Zwanzig bis

Dreißig«, Abschnitt »Mein Leipzig lob' ich mir«, Kap. 2, sowie das 1846 oder 1847 entstandene Gedicht »Der 18. Oktober 1813« (Bd. 2, S. 384).

49 *die Ankunft des Feldmarschall's Blücher im Elysium* – Von Friedrich Jügel (um 1770 – nach 1826) nach der Vorlage von Johann Jakob Kirchhoff (1796–1848) um 1819 angefertigter Kupferstich »Blücher's Ankunft in Elisium«; vgl. die Abbildung im Katalog »Fontane und die bildende Kunst«, S. 144. Noch 1870 äußert sich Fontane verärgert über die Geschmacksverirrung der Restaurationszeit, von der ihm dieses Motiv zeugte. Vgl. »Wanderungen«, Bd. 3, »Havelland«, Kap. »Paretz«, S. 349: »Sie [Schadows Relief »Die Apotheose der Königin Luise«] gehört, ihrer Grundanschauung nach, jener wirren Kunstepoche an, wo der Große Fritz in Gefahr war, unter die Heiligen versetzt zu werden, wo er im Elysium, mit Sternenkranz und Krückstock angetan, die der Zeitlichkeit entrückten preußischen Helden wie zur Parade empfing. Eine Art Sanssouci auch dort oben.«

Mann der bleichen Furcht – Zitat aus Schillers Drama »Die Räuber« (1781), wo Karl Moor zu seinem totgeglaubten Vater, den er für einen Geist hält, sagt: »Rede, rede! Ich bin der Mann der bleichen Furcht nicht« (IV,5).

Adlerorden – Der Schwarze und der Rote Adlerorden, die höchsten preußischen Auszeichnungen.

durch einen Expressen – durch einen Eilboten.

Pera – Nördlicher Stadtteil von Istanbul, ehemals Fremden- und Diplomatenviertel (heute: Beyoğlu).

Judengasse zu Frankfurt – Das ehemalige Frankfurter Ghetto.

Quartier-latin – Das Pariser Hochschul- und Studentenviertel am linken Ufer der Seine.

50 *dieser Bilder-Gallerie ... Kontrast der Versailler* – Fontane kannte, als er die »Zwei Post-Stationen« schrieb, Paris noch nicht. Die Gemäldesammlung im Schloß von Versailles, 1832 unter König Louis Philippe als historisches Nationalmuseum eingerichtet, war berühmt für ihre Galerie der französischen Schlachten und Kriegsheroen.

»Dusel« – Halbschlaf, Dösen.

50 *vergeben* – Hier: vergiften.

51 *Gastronom* – Hier: Feinschmecker.

Bollen – (berlinisch, norddt.) Große Zwiebeln.

»*Kiesätigkeit*« – Substantiv zu norddt. »kiesettig«: wählerisch beim Essen.

Gewürzinseln – Die indonesische Inselgruppe der Molukken, im 19. Jahrhundert eine niederländische Kolonie.

wie Orestes vor den Eumeniden – In der griechischen Mythologie sind die Erinnyen (euphemistisch: Eumeniden) Rachegöttinnen, die Orest verfolgen, weil er seine Mutter Klytämnestra tötete, die ihrerseits ihren Mann Agamemnon, Orests Vater, ermorden ließ.

O.... ist gepflastert, in einer Weise – Bei der Beschreibung des Pflasters dachte Fontane neben Wriezen (vgl. Anm. zu S. 47 *O....., eine Stadt*) vielleicht auch an seine Geburtsstadt Neuruppin, vgl. »Wanderungen«, Bd. 1, »Die Grafschaft Ruppin«, Kap. »Neuruppin«, S. 51.

Stein des Anstoßes – Nach Jesaja 8,14.

Sylphide – Weiblicher Luftgeist.

Lütticher Pflastermethode – Ein aus behauenen Steinen gebildetes Pflaster, das zuerst im belgischen Lüttich (frz. Liège, fläm. Luik) ausgeführt wurde.

Regulus – Marcus Atilius Regulus, römischer Feldherr und Konsul, während des 1. Punischen Krieges im Jahre 255 v. Chr. bei Tunis geschlagen und gefangengenommen. Später soll er von den Karthagern in einem mit eisernen Nägeln ausgeschlagenen Faß einen Berg hinabgerollt worden sein.

52 *Jagor* – Wirt der »Goldenen Sonne«, eines Berliner Feinschmeckerlokals Unter den Linden 23, ehemals das Gasthaus »Zur Sonne«; von Heinrich Heine (1797–1856) im ersten seiner »Briefe aus Berlin« (vom 26. Januar 1822) spöttisch gerühmt.

3.

52 *Kabriolet* – Bei Postkutschen die vordere kleinere, meist nach vorn offene Abteilung mit nur einer Reihe Sitzen.
The spurns that patient merit ... – Das Motto stammt aus dem berühmten Monolog »To be or not to be« in Shakespeares »Hamlet« (1603; III,1, V. 56–90): »For who would bear [...]/ The insolence of office, and the spurns / That patient merit of the unworthy takes.« In Fontanes eigener, 1842/43 entstandener »Hamlet«-Übertragung heißt es: »Wer trüge sonst [...]/Im Amte Unverschämtheit, die Verachtung,/Die vom Unwürd'gen das Verdienst erträgt« (»Gedichte«, Bd. 3, S. 330).
um einen Heine'schen Witz zu citiren – Aus »Wir fuhren allein im dunkeln/Postwagen«, dem Gedicht LXIX des Zyklus »Die Heimkehr«, den Heine 1826 an den Anfang des ersten Teils seiner »Reisebilder« stellte und 1827 in das »Buch der Lieder« aufnahm. Die zweite und zugleich letzte Strophe lautet: »Doch als es morgens tagte,/Mein Kind, wie staunten wir!/Denn zwischen uns saß Amor,/Der blinde Passagier.« Ludwig Börne, in seiner »Monographie der deutschen Postschnecke« (vgl. Anm. zu S. 41 *»deutsche Postschnecke«*), hatte sich des Motivs schon in anderer Form bedient: »Der Bräutigam blieb zu Heilbronn zurück, aber sein Herz machte als blinder Passagier noch die ganze Nachtreise mit.«
Greifswalder Student – Möglicherweise angeregt durch Heines satirisches Reisebild »Die Harzreise« (1826), in dem u. a. ein lächerlicher Greifswalder Student aufs Korn genommen wird. Vgl. auch Fontanes satirische Gedichtfolge »Studenten (Eine Epistel an H. S.)« (1842; Bd. 2, S. 287–291).
53 *Viert's* – In Mecklenburg ein hölzernes Meßgerät, das ein Viertel eines Scheffels faßt.
brennenden Liebe – Lychnis chalcedonica, Lichtröslein, Licht- oder Feuernelke. In »Cécile«, Kap. 8, nutzte Fontane später den erotischen Symbolwert dieser Blume.
Pompadour – Damenhandtasche in Form eines Beutels, benannt nach Madame de Pompadour (1721–1764), der Mätresse Louis' XV. von Frankreich.

53 *Man sieht noch …* – Nach den Worten des Helden Milon von Anglant in Uhlands Ballade »Roland Schildträger« (1811), als dieser die Leiche eines mächtigen Riesen bestaunt, der ohne Milons Wissen von seinem Sohn Jung Roland erschlagen wurde: »Man sieht noch am zerhaunen Stumpf, / Wie mächtig war die Eiche.«

dem Studio – Wohl nach dem Ausdruck »Bruder Studio« für einen Studenten, der auf den Kurfürsten Johann Friedrich den Großmütigen von Sachsen, den Gründer der Universität Jena, zurückgehen soll.

Hölty – Ludwig Christoph Heinrich Hölty (1748–1776), Lyriker und Balladendichter des Göttinger Hainbundes, einer im Zeichen der literarischen Empfindsamkeit stehenden Dichtervereinigung.

Matthisson – Friedrich Matthisson (1761–1831), populärer Lyriker in der Tradition Klopstocks und der Empfindsamkeit.

54 *eines Carneols* – Karneol: rötlichweißer Schmuckstein.

O, seid – gewährt mir die Bitte … – Ironische Anspielung auf das Schlußwort des Tyrannen Dionys in Schillers Ballade »Die Bürgschaft« (1799): »Ich sei, gewährt mir die Bitte, / In eurem Bunde der Dritte.«

O, Tod ich kenn's … – In Johann Wolfgang Goethes (1749–1832) »Faust«, Erster Teil (1808), Szene »Nacht«, Verse Fausts über seinen Famulus Wagner, der ihn bei der Beschwörung der Geisterwelt unterbricht (V. 518, 520 f.).

gefährlich sei den Leu zu wecken – Anspielung auf Schillers »Das Lied von der Glocke« (1800): »Gefährlich ists, den Leu zu wecken, / Verderblich ist des Tigers Zahn«.

Brieffelleisen – (von mittellat. valisia: Satteltasche) Reisesack zur Aufbewahrung von Briefen.

55 *»Mein Herr, die Zeit ist kostbar …«* – Im Kap. »Reise« der »Ersten Reise nach England« kommt es zwischen Fontane und drei seiner Mitreisenden (darunter zwei Studenten) zu einem ganz ähnlichen Wortwechsel wegen eines Sitzplatzes.

56 *O, meine Ahnungen!* – Möglicherweise Anspielung auf den Ausruf König Philipps in Schillers »Dom Karlos« (V,4), als der

Titelheld, sein Sohn, ihm offenbart, daß der kurz zuvor ermordete Marquis Posa sich aus Freundschaft für ihn geopfert habe, um den Verdacht einer unerlaubten Beziehung mit der Königin von Karlos ab- und auf sich zu lenken.

56 *Seidenhut* – Von einem ähnlichen Mißgeschick mit seinem Seidenhut berichtet Fontane im Kap. »Greenwich, Blackwall, Woolwich, Windsor« der »Ersten Reise nach England«.

das Mädchen aus der Fremde – Gedicht von Schiller aus dem »Musenalmanach für das Jahr 1797«, dessen zweite Strophe lautet: »Sie war nicht in dem Tal geboren, / Man wußte nicht, woher sie kam, / Und schnell war ihre Spur verloren, / Sobald das Mädchen Abschied nahm.«

»bester Mann, von Herzen lieb' ich Dich!« – Gretchen zu Faust (Goethe, »Faust«, Erster Teil, Szene »Ein Gartenhäuschen, V. 3206).

»Was geht's Dich an?!« – Zwiegespräch zwischen Faust und Mephisto (Goethe, »Faust«, Erster Teil, Szene »Marthens Garten«, V. 3542 f.).

57 *Camera obscura* – (lat. »dunkle Kammer«) Lochkamera, eine optische Vorrichtung zur verkleinerten Wiedergabe von Gegenständen und Landschaften. Hilfsmittel für Maler und Vorläufer des Photoapparats.

Das rothseidne Tuch ... traurig um's Herz – Möglicherweise Anspielung auf den Beginn des Gedichts III des Zyklus »Die Heimkehr« aus Heines »Buch der Lieder«: »Mein Herz, mein Herz ist traurig, / Doch lustig leuchtet der Mai [...]«

lokomotive – Hier adjektivisch: bewegliche.

Crassus – Marcus Licinius Crassus, römischer Politiker mit dem Beinamen Dives, »der Reiche« (115–53 v. Chr.). Während seines Konsulats im Jahre 70 ließ er das Volk einmal an 10 000 Tischen bewirten und ihm für drei Monate Getreide austeilen.

58 *es gießt ... wie mit Mollen* – Redensartlich für starken Regen; die Molle ist ein Holzgefäß, auch als Flüssigkeitsmaß gebräuchlich.

philiströse Gesinnung – Hier: spießige Kleinlichkeit. Als Philister wurde in der Studentensprache jeder Nichtakademiker bezeichnet.

58 *»Wer die Gewalt hat ...«* – Alttestamentliche Prägung; vgl. Habakuk 1,3: »Es geht Gewalt über Recht.«
die Umstände machen den Menschen – In »Meine Kinderjahre«, Kap. 16, wird die Wendung »die Verhältnisse machen den Menschen« als Lieblingssatz von Fontanes Vater herausgestellt.
ich konnte nicht Anders! – Anspielung auf Martin Luthers Worte vor dem Wormser Reichstag im Jahre 1521: »Hier stehe ich! Ich kann nicht anders.«

59 *Manichäer* – Im Studentenjargon ein auf Zahlung drängender Gläubiger, in Anlehnung an die gnostische Sekte der Manichäer und an »mahnen«.
für Jedermann zu Hause – Hier soviel wie: bereit, eine Duellforderung entgegenzunehmen.
»Die Welt hat keine Freuden mehr auf diese!« – Nach den Schlußworten des sich der Liebe Egmonts gewissen Klärchen im dritten Akt von Goethes Drama »Egmont« (1788): »So laß mich sterben! Die Welt hat keine Freuden auf diese!«
»ein Billet zur dritten Wagenklasse nach Berlin.« – Das gesamte dritte Kapitel der Erzählung scheint durch ein Erlebnis angeregt zu sein, von dem Fontane im Kap. »Rückreise« der »Ersten Reise nach England« berichtet: Auf der Fahrt von Köthen nach Berlin in der dritten Klasse der Eisenbahn ergibt sich die Gelegenheit zu einem vielversprechenden Flirt mit einer Mitreisenden. Seine vermeintliche Eroberung will jedoch in dem Moment nichts mehr von ihm wissen, als er sich nach der Ankunft in Berlin als Student vorstellt.

Tuch und Locke

60 *Bivouac* – (frz.) Biwak; behelfsmäßiges Nachtlager im Freien.
am Abend vor der Schlacht von Temesvar – Den zeitgeschichtlichen Hintergrund der Erzählung bildet der Kampf Ungarns um die Unabhängigkeit vom Habsburgerreich in den Jahren 1848/49: Dem Königreich Ungarn, das seit 1526 mit Österreich verbunden und dessen rechtlich bestehende

Autonomie im Laufe der Jahrhunderte ständig umkämpft war, wurde im April 1848 – auf Druck sowohl liberaler Reformer als auch radikaler Nationalisten – vom österreichischen Kaiser, der zugleich König von Ungarn war, in Pest-Buda (seit 1872 Budapest) eine konstitutionelle Regierung unter dem Ministerpräsidenten Lajos Graf Batthyány bewilligt. Nach dem Sieg der im Sommer 1848 aufgestellten Honvéd-Armee (Landesverteidigungsarmee) über ein von der Wiener Regierung unterstütztes kroatisches Freiwilligenheer im September und nach der Ermordung des von Wien eingesetzten neuen Oberkommandierenden der ungarischen Streitkräfte trat Batthyány zurück. Unter Mißachtung von Verfügungen aus Wien wurde Anfang Oktober Lajos Kossuth (1802–1894) zum Präsidenten eines schon zuvor gebildeten Landesverteidigungsausschusses gewählt. Nachdem ein ungarischer Vorstoß gegen Wien gescheitert war, besetzten die Österreicher unter General Windischgrätz im Januar 1849 Pest-Buda; Kossuth und seine Anhänger flüchteten in die ostungarische Stadt Debrecen. Im März 1849 ging die Honvéd-Armee unter General Arthur Görgey zur Gegenoffensive über und eroberte im Mai nach zäher Belagerung Pest-Buda zurück. Kossuth, der bereits im April das Haus Habsburg im Königreich Ungarn für abgesetzt erklärt hatte, wurde zum Reichsverweser und Präsidenten der neu ausgerufenen Republik Ungarn ernannt. Die Proklamation der Republik rief jedoch die europäischen Großmächte auf den Plan, vor allem den russischen Zaren, der zur Niederschlagung der ungarischen Rebellion ein Interventionsheer entsandte. Gegen die vereinte Militärmacht Österreichs und Rußlands hatten die ungarischen Honvéds auf Dauer keine Chance. Bei Temesvár (damals ungarisch, heute rumänisch: Timişoara), der Hauptstadt des Banats, siegte die österreichische Armee unter Feldzeugmeister Julius von Haynau (1786–1853) am 9. August 1849 über die Ungarn unter den Generälen Bem und Dembimski (vgl. Anm. zu S. 63 *Bem* und *Dembinski*). Der ungarische Unabhängigkeitskampf war damit gescheitert; die endgültige Kapitulation der ungarischen Revolutionsarmee erfolgte am 13. August bei Világos, worauf die habsburgische Herrschaft in Ungarn wiederhergestellt wurde. Haynau, der bereits bei der Niederschlagung des Aufstands in Oberitalien (vgl. Anm. zu S. 64 *Novara*) als »Hyäne von Brescia« berüchtigt war, veranlaßte als Militärgouverneur die rücksichtslose Verfolgung ungarischer Freiheitskämpfer, in deren Verlauf bis März 1850 etwa 120 Personen hingerichtet und über 2000 inhaftiert wurden. Während nach der Amtsenthebung Haynaus im selben Jahr Ungarn wieder absolutistisch regiert wurde, zog der noch rechtzeitig vor der Kapitulation geflohene Kossuth mit einigen Anhängern von Land zu Land und warb vergeblich um Unterstützung für die Befreiung seiner Heimat.

60 *Ulanen* – Vgl. Anm. zu S. 43 *Landwehr-Uhlanen.*

Fouriere – Für Unterkunft und Verpflegung verantwortliche Unteroffiziere.

requirirtem – beschlagnahmtem.

nur eine Gruppe im Centrum … ihrer fünf – Oberst du Plat, Rittmeister Tauenzien, Leutnant Vandembosch, Leutnant Hostowiz und Leutnant Wilson. Sich selbst rechnet der Rahmenerzähler, Leutnant Malichenski, nicht mit.

Ungar – Auch Unger: ungarischer Wein, im engeren Sinne der Tokajer.

61 *Oberst du Plat* – In seinem militärhistorischen Werk »Der Schleswig-Holsteinsche Krieg im Jahre 1864« (1866) erwähnt Fontane mehrfach den in der Schlacht von Düppel gefallenen dänischen Generalmajor Claude du Plat (1809 bis 1864; vgl. vor allem »Düppel. Die Verluste«, Anm.).

Groß-Aspern – Bei Aspern und Eßling in Niederösterreich fand am 21./22. Mai 1809 die Schlacht zwischen Napoleon und Erzherzog Karl von Österreich statt, die mit der ersten Niederlage der Franzosen endete.

Rapport – Bericht, Meldung.

Szolnok – Ungarische Stadt an der Theiß (Tisza), wo die Ungarn am 5. März 1849 über die Österreicher siegten.

Quarré – Karree: Viereckige Gefechtsformation der Infanterie zur Abwehr eines Kavallerieangriffs.

61 *Tauenzien* – Der preußische General Friedrich Bogislaw von Tauentzien (1710–1791) sowie sein Sohn Bogislaw Friedrich Emanuel Graf von Tauentzien von Wittenberg (1760–1824), preußischer General der Infanterie, werden von Fontane wiederholt in den »Wanderungen«, vor allem in Bd. 1, »Die Grafschaft Ruppin«, erwähnt.
Husar – Ursprünglich das ungarische Aufgebot zu Pferde; im deutschen Sprachraum seit dem 17. Jahrhundert ein leichter Reiter in ungarischer Tracht.

62 *Heckselsack* – Sack mit klein gehacktem oder geschnittenem Stroh (Hecksel oder Häcksel), das besonders als Viehfutter dient.
Wiedner Vorstadt – Heute IV. Stadtbezirk Wiens.
Großmogul – Name der Herrscher der von Babur oder Baber (1483–1530) 1526 begründeten mohammedanischen Dynastie türkisch-mongolischen Ursprungs, die bis 1858 in Indien regierte.
Kabul – Hauptstadt des Afghanenreiches.
Ispahan – Heute: Isfahan; Provinzhauptstadt im Iran, 1722 von den Afghanen verwüstet.
Debreczin – Stadt im nördlichen Theißtiefland (ungar. Debrecen). Im Januar 1849, als die Regierung unter Kossuth beim Anrücken der österreichischen Armee dorthin übersiedelte, wurde Debrecen zum neuen Zentrum des Freiheitskampfes. Am 2. August 1849 erlitt das ungarische Heer dort eine schwere Niederlage.
Wilson – Name berühmter englischer Offiziere; wohl im Hinblick auf die Personalunion Hannovers mit England hier als hannoveranischer Name angeführt.
Wallmoden-Kürassier – Traditionsreiches österreichisches Kavallerieregiment, benannt nach dem Kavallerie-General und Feldmarschall Ludwig Georg Thedel Graf von Wallmoden (1769–1862). Kürassiere, schwere Reiter mit Brustharnisch bzw. Brust- und Rückenschild, gab es in der österreichischen Armee von etwa 1700 bis 1868.

63 *Bem* – Józef Bem (1794–1850), polnischer General, der während des polnischen Aufstands 1830/31 gegen die Russen

kämpfte und 1848 die Verteidigung des revolutionären Wien leitete. Unter Kossuth war er Oberbefehlshaber in Siebenbürgen.

63 *Prater* – (lat. pratum: Wiese) Großer Naturpark mit Vergnügungsstätten in Wien.

Dembinski – Henryk Dembimski (1791–1864), zunächst polnischer, dann ungarischer General und Oberkommandierender; der Verlierer der Schlacht von Temesvár.

Strauß-Lanner – Johann Strauß Vater (1804–1849) war neben Josef Lanner (1801–1843) der Begründer des Wiener Walzers. Strauß, der den berühmten Marsch zu Ehren Radetzkys (vgl. Anm. zu S. 64 *Novara*) komponierte, unternahm große Tourneen in Europa; Lanner wurde 1829 Musikdirektor der Redoutensäle in Wien.

Gott mit der Binde – Der antike Liebesgott Eros / Amor; die verbundenen Augen verweisen auf die blindmachende Liebe.

Tertia – (lat. »die Dritte«) Die 4. und 5. Klasse des Gymnasiums.

relegirt – von der Schule verwiesen.

64 *die heilige Genoveva* – Genoveva von Brabant (nicht identisch mit der kanonisierten heiligen Genoveva, der Schutzheiligen von Paris), nach der Legende die Gemahlin des Pfalzgrafen Siegfried (um 750), die als Inbegriff der Keuschheit gilt. Sie verbarg sich, des Ehebruchs beschuldigt, sechs Jahre im Ardenner Wald, bis ihr Gatte die Schuldlose entdeckte und heimführte.

Novara – Stadt im Piemont, wo am 23. März 1849 die Österreicher unter Feldmarschall Joseph Graf Radetzky von Radetz (1766–1858) die aufständischen Italiener vernichtend schlugen. – Den zeitgeschichtlichen Hintergrund bilden in diesem Fall die Kämpfe gegen die österreichische Herrschaft in Oberitalien in den Jahren 1848/49. In dem zur Habsburger Monarchie gehörenden Königreich Lombardo-Venetien kam es im März 1848 in Mailand zu einem Volksaufstand, in dessen Verlauf die von Radetzky befehligten Truppen aus der Stadt vertrieben wurden. Nach dem Sieg der

Revolution in Mailand und Venedig entschloß sich König Carlo Alberto von Piemont-Sardinien, die nationale Freiheitsbewegung zu unterstützen. Er ließ seine Truppen in die Lombardei einrücken und eröffnete so den ersten Krieg um die Unabhängigkeit Italiens. Im Juni jedoch begann Radetzky mit einer Gegenoffensive. Die piemontesisch-lombardische Armee wurde am 25. Juli 1848 bei Custoza südlich des Gardasees entscheidend geschlagen, woraufhin König Carlo Alberto sich nach Piemont zurückziehen mußte. Am 6. August besetzten die Österreicher Mailand erneut. Der am 9. August geschlossene Waffenstillstand wurde am 11. März 1849 von König Carlo Alberto aufgekündigt, jedoch endete der wiederaufgenommene Krieg gegen Österreich schon wenige Tage später mit der Niederlage von Novara. Nach der Abdankung Carlo Albertos wurde am 26. März ein erneuter Waffenstillstand geschlossen und am 6. August der Friedensvertrag unterzeichnet. Ebenfalls im August 1849 kam es mit der Beseitigung der im März des Vorjahres ausgerufenen Republik Venedig zur vollständigen Restauration der österreichischen Machtposition in Oberitalien.

64 *Kreuz* – Maria-Theresien-Orden in Kreuzform, der höchste österreichische und ungarische Orden für militärische Verdienste.

65 *cour d'amour* – (frz.) Minne-Gerichtshof, bei dem die Teilnehmer im Wettstreit über theoretische Fragen der Minne diskutierten. Auch im »Tunnel über der Spree« gab es sog. »cours d'amour«, bei denen die Tenzone, das in Gedichtform vorgetragene Streitgespräch, gepflegt wurde.

der piemontesische Feldzug – Die Gegenoffensive Radetzkys in der Lombardei im Sommer 1848 (vgl. Anm. zu S. 64 *Novara*).

Comer See – In der Lombardei gelegen und von der Adda, einem Nebenfluß des Po, durchflossen.

Lecco – Stadt am südöstlichen Arm des Comer Sees, dem Lago di Lecco.

da, wo die Adda aus dem See tritt – An der Südspitze des Lago di Lecco.

66 *Ritter von La Mancha* – Don Quijote; vgl. Anmerkung zu S. 43 »*Rosse von der traurigen Gestalt*«.
Frangen – Fransen.
Mantille – Kurzer Mantel.
67 *Claves* – Tasten des Klaviers.
68 *Kutschenschlag* – Kutschentür.
71 *tanzende Knaben mit Weinlaub ... üppige Weiber mit Trauben im Haar ... bachantischen Zug* – Anspielung auf die Bacchanalien, die orgiastischen Feste des Gottes Bacchus (griech. Dionysos) im alten Rom. Weinlaub und Trauben sind typische Kennzeichen des Bacchus / Dionysos und seines Gefolges.
phrygischen Mützen – Kegelförmige Zipfelmützen mit meist nach vorn gebogener Spitze, benannt nach der antiken Landschaft Phrygien in Innerkleinasien. Die Phrygermütze ist das Urbild der während der Französischen Revolution verbreiteten Freiheitsmütze.
Kollet – Reitjacke.
73 *Hundstage* – Die heißen Tage im Aufgang des Sirius (Hundssterns) vom 23. Juli bis zum 23. August.
74 *unter den Ständen des Landes* – Im politischen System des Deutschen Bundes nach 1815 blieben in vielen deutschen Klein- und Mittelstaaten die landständischen Verfassungen im wesentlichen erhalten.
Seidendocken – Eig. Seidenpuppen; zopfförmige Bündel von Seidengarn. Fontanes Mutter legte Wert auf die Feststellung, daß ihr Vater, der Seidenkaufmann Jean François Labry, nicht mit gewebten Seidenstoffen, sondern mit den »vornehmeren« Seidendocken gehandelt habe; vgl. »Meine Kinderjahre«, Kap. 1.
Chemisettes – (frz.) gestärkte Hemdbrusteinsätze.
75 *Rheinreisen* – Rheinreisen waren – infolge der ursprünglich von England ausgehenden Rheinromantik – nach den napoleonischen Kriegen besonders bei englischen Reisenden in Mode gekommen. Mit ihnen beginnt der moderne Tourismus.
76 *meergrünen Schleiern* – Vorläufer der Sonnenbrille zum Schutz gegen übermäßige Helligkeit.

76 *lange Verse in's Album schreiben* – Diese Sitte erwähnt Fontane auch in seinem 1854 erschienenen Reisebuch »Ein Sommer in London«, Kap. »The hospitable english house«.

77 *unsre Bänder* – Erkennungszeichen studentischer Verbindungen.

Oblongum – (lat.) Rechteck.

78 *Taxus-Wänden* – Wände aus Eibensträuchern.

79 *sie singen ... wenn sie sterben* – Anspielung auf den aus der Antike (z. B. von Aischylos oder von Cicero) überlieferten Glauben, daß ein sterbender Schwan wunderbar singe.

Courszettel – Zettel mit Börsenkursen.

82 *Temesch* – (ungar. Temes, rumän. Timiş) Linker Nebenfluß der Donau im Banat.

James Monmouth

1.

83 *König Karl* – Charles II. (geb. 1630, König von England seit 1660) starb am 6. Februar 1685. – Der historische Hintergrund der Erzählung: Aufgrund ständiger Machtkämpfe zwischen Charles I. (1600–1649, König seit 1625) und dem Parlament kam es von 1642 bis 1648 zum englischen Bürgerkrieg, der mit dem Sieg der Parlamentspartei, der Verurteilung und Hinrichtung des Königs und der Abschaffung der Monarchie endete. Von 1649 bis 1660 war England offiziell eine Republik, seit 1653 faktisch eine Militärdiktatur unter dem Lordprotektor Oliver Cromwell (vgl. Anm. zu S. 91 *Oliver Cromwell*). Nach Cromwells Tod wurde der Sohn Charles' I. als Charles II. aus dem französischen Exil zurückgerufen, womit die Restauration der Monarchie begann. Kennzeichnend für Charles II. war einerseits sein hedonistischer Lebensstil, andererseits der enge politische Anschluß an das absolutistisch regierte katholische Frankreich und dessen König Louis XIV. Vgl. auch Fontanes Gedicht »König Karl der Zweite von Engelland« (1878; Bd. 1, S. 48).

83 *Palast von Whitehall* – Königspalast in London, nach dem das heutige Regierungsviertel benannt ist. Am 30. Januar 1649 der Ort der Hinrichtung König Charles' I.; vgl. Fontanes Gedicht »Karl Stuart (Whitehall, 30. Januar 1649)« (1846; Bd. 2, S. 379 f.).

Blumenmädchen von Coventgarden – Welche der Mätressen Charles' II. gemeint ist, ist unklar; Louise de Kéroualle, die Duchess of Portsmouth wurde, war Französin und adliger Abstammung; Nell Gwyn (vgl. Anm. zu S. 84 *Nell Gwyn's*) stammte zwar aus einfachen Verhältnissen, wurde jedoch nicht mit einem Adelstitel bedacht. – Covent Garden ist ein Viertel am Ostrand des Westends von London, wo seit Mitte des 17. Jahrhunderts ein Obst-, Gemüse- und Blumenmarkt angesiedelt war. 1732 wurde hier das erste Theater eröffnet.

Westminster – Die Kathedrale von Westminster (Westminster Abbey), die Krönungs- und Grabeskirche der englischen Könige. In der Mitte des 13. Jahrhunderts anstelle eines normannischen Vorgängerbaus begonnen, zogen sich die Arbeiten bis Anfang des 16. Jahrhunderts hin. Vgl. »Ein Sommer in London«, vor allem das Kapitel »The Poet's Corner«.

eines katholischen Priesters – Vgl. Anm. zu S. 87 *William Hutchinson.*

Charing Cross – Am Westende des »Strand« gelegen, einer parallel zur Themse verlaufenden Verbindungsstraße zwischen Westminster und der City of London. Benannt nach dem Kreuz, das Edward I. (1239–1307, König von England seit 1272) 1291 in dem Dorf errichtete, in dem das Gefolge, das die Leiche der Königin Eleanor nach Westminster Abbey brachte, zum letzten Mal Station machte; 1647 wurde es aufgrund eines Parlamentsbeschlusses entfernt.

84 *Bischof Kenn* – Thomas Ken oder Kenn (1637–1711), 1685 zum Bischof von Bath und Wells geweiht.

die Kinder des Königs – Während die Ehe Charles' II. mit Katharina von Braganza kinderlos blieb, hatte er zahlreiche uneheliche Kinder von wenigstens sieben bekannten Mätressen, darunter Nell Gwyn und Louise de Kéroualle (vgl. Anm. zu S. 83 *Blumenmädchen von Coventgarden*).

84 *Berwick* – James Fitzjames, Duke of Berwick (1670–1734), gehörte nicht zu den »Halbgeschwistern«, sondern war ein Sohn des Duke of York (vgl. Anm. zu S. 85 *Herzog Jacob von York*); später berühmter französischer Marschall.

Nell Gwyn's – Schauspielerin am Drury Lane Theater und Mätresse Charles' II. (1650–1687). Als Engländerin und Protestantin im Gegensatz zur französischen Katholikin Louise de Kéroualle in der Bevölkerung allgemein beliebt.

85 *Erzbischof von Canterbury* – Der Primas der anglikanischen Kirche.

Herzog Jacob von York – Der jüngere Bruder Charles' II. (1633–1701), als James II. von 1685 bis 1688 englischer König, war seit etwa 1668 katholisch. Im Streit um die Frage, ob James aufgrund seiner Konfession von der Thronfolge ausgeschlossen werden sollte, kam es von 1679 bis 1681 zur sog. »Exclusion-Crisis« und zur folgenreichen Spaltung des Parlaments in die Partei der Whigs, die – erfolglos – im Interesse der Verteidigung des Protestantismus den Ausschluß von James durchsetzen und zudem die Macht des Königs beschränken wollten, und in die der Tories, die die Unantastbarkeit des dynastischen Erbrechts und die göttlich verbürgte Machtvollkommenheit des Herrschers verfochten. Als James nach dem Tod seines Bruders den Thron bestieg, stieß sein Versuch einer Restauration des Katholizismus in England auf offenen Widerstand. 1688 riefen die parlamentarischen Führer den protestantischen Wilhelm III. von Oranien, den Schwiegersohn James', ins Land, und es kam zur »Glorious Revolution«, einem unblutigen Umsturz, der James zur Flucht nach Frankreich zwang. Sein Versuch, mit französischer Hilfe seinen Thron zurückzuerobern, endete 1690 in Irland mit der Niederlage am Fluß Boyne. Vgl. Fontanes Vortrag »Whigs und Tories« (1860).

zeichnete ... Figuren und Schriftzüge – Dieses Motiv findet sich in Fontanes späterem Erzählwerk häufig, z. B. »Ellernklipp«, Kap. 12; »Graf Petöfy«, Kap. 30; »Unterm Birnbaum«, Kap. 18; »Stine«, Kap. 15; »Der Stechlin«, Kap. 23. – Die hier zugrundeliegende biblische Szene ist wohl Belsazars Gastmahl (Daniel 5).

85 *Herrscher über drei stolze Reiche* – England, Schottland und Irland; seit 1603 unter der Herrschaft der Stuarts vereinigt. Die Stuarts waren ein schottisches Adelsgeschlecht, das 1371 auf den schottischen, mit James I. 1603 auch auf den englischen Thron kam, durch James II. aber 1688 die Krone verlor. Die letzte Stuart auf dem Thron war Anne (Königin von 1702 bis 1714), die protestantische Tochter James' II.

86 *Jabot* – Am Kragen befestigte Spitzenrüsche.

87 *Es stirbt sich leichter im Schooße von Rom* – Daß Charles in der Nacht vor seinem Tod zum Katholizismus übertrat, ist historisch gesichert, ebenso die Tatsache, daß er das Abendmahl nach anglikanischem Ritus verweigerte. Die Berichte über die genauen Umstände seiner Konversion sind jedoch widersprüchlich. – Das Motiv der Hinwendung zum Katholizismus in der Sterbestunde oder nach Schicksalsschlägen ist in Fontanes Erzählwerk auffallend häufig. Vgl. »Vor dem Sturm«, Bd. 4, Kap. 24; »Schach von Wuthenow«, Kap. 21; »Graf Petöfy«, Kap. 35; »Unterm Birnbaum«, Kap. 14; »Cécile«, Kap. 29.

William Hutchinson – Historisches Vorbild ist offenbar John Hudleston, ein in Whitehall lebender alter katholischer Geistlicher. Er hatte Charles bei dessen Flucht nach der verlorenen Schlacht von Worcester (vgl. die folgende Anm.) geholfen; auf dem Sterbebett empfing der König von ihm die katholischen Sakramente. 1688 veröffentlichte Hudleston eine Schrift mit dem Titel »A Short and Plain Way to the Faith and Church«, in der er Charles' Konversion kurz beschreibt.

Worcester – Nach der Hinrichtung seines Vaters wurde Charles nur von den englischen Royalisten und 1650 von den Schotten als König anerkannt. 1651 rückte er mit einem schottischen Heer in England ein, wurde jedoch am 3. September bei Worcester von der republikanischen Armee vernichtend geschlagen und mußte nach Frankreich fliehen.

88 *James Monmouth* – James Scott Duke of Monmouth and Buccleuch (1649–1685), ältester unehelicher Sohn von

Charles II. und Lucy Walters, seit 1663 verheiratet mit Anne Scott, der reichen Erbin des Hauses Buccleuch, mit der er mehrere Kinder hatte. Im Zuge der »Exclusion-Crisis« (vgl. Anm. zu S. 85 *Herzog Jacob von York*) wurde behauptet, daß der außerordentlich populäre Monmouth der Sproß einer heimlichen Ehe zwischen Charles und Lucy Walters sei, um dem katholischen Duke of York einen legitimen protestantischen Thronfolger entgegenstellen zu können, doch ließen sich hierfür niemals Beweise anführen. Monmouth, der sich selber öffentlich den Anschein eines legitimen Königssohns gab, stand der Whig-Opposition nahe, deren Führer nach der Auflösung des Parlaments 1681 Pläne für eine Erhebung gegen den König machten. Die Aufdeckung des davon unabhängigen »Rye House Komplotts« (vgl. Anm. zu S. 95 *Rye-House-Complots*) gab dem König 1683 den Anlaß zur offenen Verfolgung seiner politischen Gegner, in deren Verlauf führende Whig-Politiker inhaftiert und hingerichtet wurden oder ins Ausland fliehen mußten. Auch der sich hinsichtlich seiner Loyalität gegenüber Vater und Onkel widersprüchlich verhaltende Monmouth begab sich vorsichtshalber ins holländische Exil.

88 *Seine letzte Sorge* – Daß Charles' letzte Worte und Gedanken seiner Geliebten Nell Gwyn gegolten hätten, ist eine verbreitete, aber nicht zutreffende Überlieferung, zumal Louise de Kéroualle die bevorzugte Mätresse des Königs war. – Eine Parallele zu dieser Sterbeszene bildet die Beschreibung der letzten Stunden des englischen Admirals Horatio Nelson (1758–1805) im – von Fontane wortwörtlich aus einer englischen Vorlage übersetzten – Kapitel »Lady Hamilton« in »Ein Sommer in London«. Der in der Seeschlacht von Trafalgar schwer verwundete Nationalheld Nelson sorgt sich auf dem Sterbebett vor allem um das Wohlergehen seiner Geliebten Lady Emma Hamilton und ihrer gemeinsamen Tochter.

2.

89 *Eastcheap* – Nördliche Parallelstraße zur zuvor genannten Themsestraße, der Lower Thames Street.
Harpers Lane – Kurze Seitenstraße der Lower Thames Street.
Genferkäppchen – Kopfbedeckung der Calvinisten, der Anhänger des Genfer Reformators Johann Calvin (1509–1564). Die streng calvinistisch geprägten englischen Protestanten lehnten das Bischofsamt, die Liturgie und den Lehrgehalt der anglikanischen Staatskirche entschieden ab und wurden als Puritaner bezeichnet.
Cityfeuer – Bei der Feuersbrunst von 1666 brannten vier Fünftel aller Häuser Londons nieder.
Pennington … dessen Vater – Ein Puritaner namens Sir Isaac Penington (ca. 1587–1661) gehörte seit 1640 dem »Langen Parlament« (von November 1640 bis April 1653) an, unterzeichnete das Todesurteil gegen Charles I. jedoch nicht. Unter Cromwell (vgl. Anm. zu S. 91 *Oliver Cromwell*) hatte er verschiedene Ämter inne, wurde 1661 des Hochverrats angeklagt und starb während der Haft im Londoner Tower. Sein ältester Sohn Isaac Penington (1616–1679) war ein prominentes Mitglied der Sekte der Quäker und wurde aufgrund seiner religiösen Überzeugungen ebenfalls wiederholt inhaftiert. 1685 waren noch dessen Söhne John (1655–1710) und Edward Penington (1667–1711) am Leben.
90 *Surrey* – Südenglische Grafschaft.
Southwark – Stadtteil Londons südlich der Themse.
Hinrichtungsscene – Charles II. ließ bei seinem Regierungsantritt 1660 einige seiner Gegner enthaupten, die unmittelbar für die Hinrichtung seines Vaters verantwortlich gewesen waren.
91 *Conventikels* – Außerkirchliche Zusammenkunft protestantischer Gläubiger zu gemeinsamer Andacht.
Harrison-Club – Thomas Harrison (1606–1660) hatte im Parlament auf die Verurteilung und Hinrichtung Charles' I. gedrungen und wurde deshalb als »Königsmörder« hin-

gerichtet. Vgl. dazu Fontanes Ballade »Thomas Harrison« (1856; »Gedichte«, Bd. 1, S. 140 f.) sowie das unvollendete Drama »Karl Stuart« (1848/49; »Gedichte«, Bd. 3, S. 407 bis 431), in dem Harrison als »Fanatischer Puritaner« (S. 426) auftritt. Zusammenkünfte von Mitgliedern puritanischer Glaubensgemeinschaften waren unter Charles II. verboten, der – trotz seiner heimlichen Neigung zum Katholizismus – offiziell eine Politik der Unterdrückung aller von der anglikanischen Staatskirche abweichenden religiösen Richtungen verfolgte.

91 *fünften Monarchie* – Auf der Grundlage von Daniel 7 glaubte die radikale puritanische Sekte der »Fifth Monarchy Men« (der auch Thomas Harrison angehörte), daß nach der assyrischen, der persischen, der griechischen und der römischen »Monarchie« als fünfte diejenige Christi und damit ein tausendjähriges Friedensreich unter der Regierung der Heiligen kommen werde. Die »Fifth Monarchy Men« waren eine der zahlreichen Gruppierungen der religiös geprägten sozialrevolutionären Bewegung, die sich im Zuge der englischen Revolution herausbildeten; sie wollten aktiv, auch mit gewaltsamen Mitteln, das Regime Cromwells (vgl. die übernächste Anm.) den göttlichen Geboten anpassen und damit die Wiederkehr Christi vorbereiten und befanden sich in deutlicher Opposition zu Cromwell. Nach dem Regierungsantritt Charles' II. kam es 1661 in London zu einem kurzen und erfolglosen Aufstand; danach verlor die Sekte an Bedeutung.

Offenbarung – Die Offenbarung (griech. Apokalypse) des Johannes, das abschließende Buch des Neuen Testaments, das in seiner eschatologischen Dimension an das alttestamentliche Buch Daniel anknüpft, diente in Krisenzeiten immer wieder als wesentlicher Bezugstext für revolutionäre religiöse und politische Bewegungen.

Oliver Cromwell – Heerführer und Staatsmann (1599–1658), der seit 1640 im Parlament gegen König Charles I. auftrat und nach Ausbruch des Bürgerkrieges auf der Grundlage einer strengen puritanischen Religiosität ein Reiterheer, die »Ironsides«, aufstellte, mit dem er die Schlachten von Marston Moor (1644) und Naseby (1645) gegen die Königstreuen entschied. Als Führer des siegreichen Heeres, in dem die religiöse Richtung der Independenten überwog, geriet er in wachsenden Gegensatz zur presbyterianischen Parlamentsmehrheit (vgl. Anm. zu S. 104 *Independenten-Geist*) und entfernte nach dem Sieg über die königstreuen Schotten (1648) die Presbyterianer gewaltsam aus dem Parlament. England wurde nun von dem »Rumpfparlament« regiert, das die Hinrichtung des Königs und die Abschaffung der Monarchie beschloß. Nach der Auflösung des Parlaments 1653 herrschte Cromwell als Lordprotektor mit diktatorischen Methoden, lehnte aber den ihm angetragenen Königstitel 1657 ab. Nach seinem Tod 1658 brach die Herrschaft des Militärs bald zusammen. Vgl. Fontanes Ballade »Cromwells letzte Nacht« (1846; »Gedichte«, Bd. 1, S. 139 f.) und das unvollendete Drama »Karl Stuart«.

91 *elf Männer* – Die Namen und Berufe der anwesenden Personen sind teils historisch, teils durch persönliche Erlebnisse Fontanes motiviert.

John Overton, ein Braueigen von Southwark – Overton war der Name eines Führers der politischen Bewegung der »Leveller« (»Einebner«), deren radikale Wahl- und Grundrechtsforderungen vor allem in der zweiten Hälfte der 1640er Jahre einflußreich waren.

Henry Hill, ein Eisenkrämer – Vielleicht Bezug auf ein Erlebnis Fontanes bei seinem ersten London-Besuch 1844, als er beobachtete, wie ein Leipziger Eisenkrämer bedenkenlos auf dem alten englischen Königsstuhl in Westminster Abbey Platz nahm. Vgl. das Gedicht »In Westminster« (1844; Bd. 2, S. 348 f.) sowie »Von Zwanzig bis Dreißig«, Abschnitt »Bei Kaiser Franz«, Kap. 2.

James Morris – Name eines Londoner Arztes (1826–1900), den Fontane 1852 kennenlernte und mit dem er ab 1893 eine regelmäßige Korrespondenz führte.

92 *Sieger in großen Schlachten* – Thomas Harrison hatte sich als führender Militär im Kampf gegen die Royalisten ausgezeichnet.

92 *die Zeit ist gekommen, von der wir im dreizehnten Capitel lesen* – Frei nach der Offenbarung des Johannes 13,1; 13,4 f.; 14,15; 14,18–20. Vgl. dasselbe Bibelzitat bei Thomas Harrison in »Karl Stuart« (»Gedichte«, Bd. 3, S. 426).

93 *Die Flüchtlinge im Haag* – Geflohene Whigs und andere emigrierte Gegner des Königs warteten in Holland auf einen geeigneten Zeitpunkt für eine Invasion, deren breiter Unterstützung in ihrer Heimat sie sich sicher glaubten. Unter ihnen war Archibald Campbell Graf Argyle (1629–1685), dessen Invasion in Schottland derjenigen Monmouths in England vorangehen sollte.

Texel – Die westlichste der westfriesischen Inseln, vor der Küste Nordhollands.

Die Schotten – Die presbyterianischen Schotten waren traditionell gegen die anglikanische Kirchenpolitik der Stuart-Könige eingestellt und hatten sich deshalb 1638 gegen Charles I. erhoben. Allen Erwartungen zum Trotz fand Argyle bei seiner Landung in Schottland im Mai 1685 aber keine breite Unterstützung. Sein Unternehmen scheiterte kläglich, er selbst wurde gefangengenommen und hingerichtet.

Tage des Zorns – Nach der Offenbarung des Johannes 11,18.

Stuartlied – Als »Die Stuarts (Puritaner-Lied)« 1861 in die »Balladen« und seit 1875 in die »Gedichte« aufgenommen (Bd. 1, S. 138 f.).

das Babelweib – Die babylonische Hure aus der Offenbarung des Johannes 17–19.

zweimal das Schaffot – Vor Charles I. (vgl. Anm. zu S. 83 *König Karl*) war 1587 bereits seine Großmutter Maria Stuart auf Befehl von Königin Elizabeth I. hingerichtet worden. Das Schicksal der Maria Stuart hat Fontane vielfältig angeregt, z. B. zu dem Romanzenzyklus »Maria Stuart« (1846–1851; »Gedichte«, Bd. 1, S. 119–126).

Sie sind zu schwach befunden – Nach Daniel 5,27.

3.

94 *Anderlecht* – Ort bei Brüssel im damals spanischen Teil der Niederlande.
nach seinem Erbauer – Don Francisco de Moncada, Graf von Osona (1586–1655), spanischer Feldherr und Geschichtsschreiber; Gouverneur und seit 1633 auch militärischer Oberbefehlshaber in den Niederlanden.
Algernon Sydney – Algernon Sidney (geb. 1622) stand im Bürgerkrieg seit 1642 auf seiten des Parlaments gegen Charles I. und war später Führer der parlamentarischen Whig-Opposition gegen Charles II. Wegen angeblicher Teilnahme am »Rye House Komplott« (vgl. die übernächste Anm.) wurde er 1683 im Londoner Tower inhaftiert und im Dezember auf Tower Hill hingerichtet.
95 *Lord William Russel* – Der Whig-Politiker Lord William Russell (geb. 1639) wurde 1683 wie Sidney verhaftet und hingerichtet.
Rye-House-Complots – Eine kleine Gruppe von Verschwörern plante 1683, den König und seinen Bruder nahe dem »Rye House« (»Roggenhaus«) in einer Ortschaft nördlich von London zu ermorden. Die Aufdeckung dieser Verschwörung gab den Vorwand, unbeteiligte, aber rebellische Whig-Politiker des Hochverrats anzuklagen. Obwohl im Prozeß gegen Sidney und Russell keine ausreichenden Schuldbeweise vorlagen, wurden die Urteile gefällt und die Beschuldigten hingerichtet.
Es war zu Anfang Mai … – Gegenüber der historischen Chronologie zieht Fontane die Ereignisse auf einen deutlich kürzeren Zeitraum zusammen. Tatsächlich war der Tod seines Vaters, der Monmouth nun gemeldet wird, ja bereits drei Monate zuvor erfolgt.
reizendes Bild … saßen zwei Schachspieler – Vielleicht angeregt durch Goethes »Götz von Berlichingen« (1773), Beginn des 2. Aktes.
Ring – Zu einer anderen Verwendung des Ringmotivs bei Fontane vgl. das Gedicht »Sir Walter Raleighs letzte Nacht« (1851; Bd. 1, S. 130–134).

95 *Thomas Wentworth* – Sir Thomas Wentworth, Earl of Strafford (1593–1641), war der wichtigste Minister Charles' I. Er wurde 1641 vom Parlament zum Tode verurteilt, wobei er dem widerstrebenden König selber riet, das Urteil zu genehmigen, glaubte er doch, ihn dadurch retten zu können. Vgl. das unvollendete Drama »Karl Stuart«.

Anna Wentworth – Vorbild ist Henrietta Maria Wentworth (um 1657–1686), die Geliebte des James Monmouth. Der Vorname ist möglicherweise von Monmouths Ehefrau Anne Scott übernommen, die bei Fontane nicht erwähnt wird.

96 *ein spanischer Mantel* – Halblanger, ärmelloser Mantel, auch Kapot genannt.

Sammetcollet – Reitjacke aus Samt.

Blondentuch – Tuch aus beigefarbenen Seidenspitzen.

Bologneserhündchen – Als Schoßhund beliebte zwergwüchsige Hunderasse.

Lord Grey – Ford Lord Grey of Wark (gest. 1701), Whig-Politiker, wurde 1683 nach der Aufdeckung des Rye-House-Komplotts festgenommen, entkam aber aus der Haft im Tower und floh nach Holland.

97 *Hiobsposten* – Hiobsbotschaften, schlechte Nachrichten.

Windsor – Stadt an der Themse westlich von London; das Schloß Windsor Castle ist der Sommersitz der englischen Könige.

General Monk – George Monck, später 1. Duke of Albemarle (1608–1670), war Cromwells Heerführer in Schottland, bereitete nach dessen Tod der Herrschaft des Militärs ein Ende, indem er 1660 ein neues Parlament wählen ließ, das Charles II. aus dem Exil zurückrief und so die Restauration einleitete.

99 *Schäferleben* – Friedliches und idyllisches (Liebes-)Leben auf dem Lande in der Tradition der Hirtendichtung seit der Antike.

Anna Bulen – Anne Boleyn (1507–1536), Geliebte und seit 1533 zweite Ehefrau des englischen Königs Henry VIII., der ihretwegen die englische Kirche von Rom löste und die anglikanische Staatskirche gründete. 1536 wurde sie, die Mutter von Elizabeth I., wegen angeblicher Untreue verurteilt und im Tower hingerichtet. Fontane hat das Schicksal der Anne Boleyn mehrfach behandelt; vgl. u. a. die Balladen »Der Tower-Brand« (1844; Bd. 1, S. 149 f.) und »Johanna Gray« (1852; ebd., S. 116–118) sowie die unvollendete Erzählung »Wolsey« (nach 1857).

99 *Sonnenuhr* – In Fontanes späterem Erzählwerk sind Sonnenuhren häufig; vgl. vor allem »Effi Briest«, aber auch »Vor dem Sturm«, Bd. 4, Kap. 8; »Schach von Wuthenow«, Kap. 14; »Graf Petöfy«, Kap. 27; »Mathilde Möhring«, Kap. 12.

100 *Es zieht sich eine blutige Spur* – Als »Lied des James Monmouth« 1861 in die »Balladen« und ab 1875 in die »Gedichte« aufgenommen (Bd. 1, S. 141).

4.

102 *Sedgemoor* – Moorebene in der Grafschaft Somerset im Südwesten Englands, zwischen den Mendip und den Quantock Hills. Hier fand 1685 die letzte Schlacht auf englischem Boden statt.

Im Hafen von Lyme … gelandet – Am 11. Juni 1685.

In Bridport … vom eignen Finger zog – Die anekdotischen Berichte sind historisch nicht belegt.

Mendips-Hill – Die Mendip Hills sind ein Höhenzug in Somerset.

»daß der Arbeiter seines Lohnes würdig sei« – Nach Lukas 10,7.

isabellfarbenen – eierschalenfarbenen, falben.

St. James – Königspalast in London.

103 *Henkeldukaten* – Dukat, der an einer Kette um den Hals getragen werden kann.

Taunton – Hauptstadt der Grafschaft Somerset (nicht Devonshire), in die Monmouth am 18. Juni 1685 einzog und wo er sich am 20. Juni zum König ausrufen ließ.

Tedeum – (von lat. Te Deum laudamus: »Gott, Dich loben wir«) festlicher Lob- und Dankgesang, besonders bei wichtigen staatlichen Anlässen.

Prätendent – Thronanwärter.

104 *Lord Fevershams* – Die Regierungstruppen, die gegen Monmouth in den Südwesten Englands geschickt wurden, standen unter dem Befehl von Louis Duras (um 1640–1709), dem Earl of Feversham und Neffen Turennes (vgl. die übernächste Anm.), sowie von John Churchill (1650–1722), dem späteren berühmten Feldherrn und Duke of Marlborough.
Wilt- und Glocestershire-Milizen – Neuangeworbene Truppen aus den südenglischen Grafschaften Wiltshire und Gloucestershire östlich bzw. nördlich von Somerset.
dem Siegeszuge Türenne's Einhalt geboten – Im Krieg Frankreichs gegen die Niederlande 1672–1678 war England bis 1674 zwar offiziell mit Frankreich verbündet, doch standen einige Regimenter traditionell in niederländischen Diensten. Für Louis XIV. kämpfte der berühmte Feldherr und Marschall von Frankreich Henri de Latour d'Auvergne, Vicomte Turenne (1611–1675). Ein späterer Träger des Namens Latour d'Auvergne, Théophile Malo Corret de Kerbauffret (1743–1800), war ein erklärter Liebling von Fontanes Vater; vgl. »Meine Kinderjahre«, Kap. 13.
bei Dunbar – Sieg Cromwells über dieSchotten, die die neue Republik nicht anerkannten, im Jahre 1650.
Independenten-Geist – Die radikale puritanische Religiosität des Independentismus, der jede feste Form des Glaubens im Namen des allein lebendigmachenden Geistes ablehnte und unbedingte Gemeindefreiheit forderte, war sowohl für Cromwell selber als auch für das von ihm aufgestellte Heer kennzeichnend. Im Gegensatz hierzu hielten die Presbyterianer, die bis 1648 die Mehrheit im Parlament bildeten (vgl. Anm. zu S. 91 *Oliver Cromwell*), am Prinzip der Kirchenaufsicht durch gewählte Gemeindevertreter fest.

105 *Auf dem rechten Flügel ... vor Augen hätten. [–] Auf dem linken Flügel ... Gott selbst verheißen* – Im Erstdruck sind die beiden Abschnitte mit den Beschreibungen der äußeren Truppenteile vertauscht; vgl. »Zu diesem Band«, S. 208.

106 *Mühle nach holländischer Bauart* – Im Gegensatz zur älteren deutschen oder Bockwindmühle ist bei der holländischen oder Turmwindmühle nicht das gesamte Mühlenhaus, son-

dern nur der obere haubenartige Teil in Windrichtung drehbar.

107 *Madje Jim* – Über Fontanes Besuch bei englischen Zigeunern im Jahre 1844 vgl. »Ein Sommer in London«, Kap. »The hospitable english house«, und »Sonette« Nr. X (1846; »Gedichte«, Bd. 2, S. 378 f.).

Dein Nacken ist weiß, Deine Wang' ist roth – Die Strophe enthält Anklänge an die »vielgesungene Ballade aus der Zeit der Königin Elisabeth, vom alten Norton und seinen sechs Söhnen«, die Fontane in »Ein Sommer in London«, Kap. »Der Tower«, zitiert: »Sie fielen nicht auf blutigem Feld / Und litten doch alle blutigen Tod: / Vergebens war seine Locke so weiß, / Vergebens war ihre Wange so roth –«. Diese Strophe entspricht wiederum weitgehend Strophe 32 von »Percy und die Nortons«, dem ersten Teil der Doppelballade »Der Aufstand in Northumberland« (1851; »Gedichte«, Bd. 1, S. 293). Vorlage hierfür waren Thomas Percys (1729–1811) »Reliques of Ancient English Poetry« (1765).

108 *normännische Küste* – Die Küste der Normandie.

109 *daß unser Elend zu hohen Jahren kommen soll* – Anleihe bei Shakespeares »Hamlet« (1601; III,1, V. 68 f.). In der Übersetzung von Schlegel / Tieck heißt es dort im großen Monolog »Sein oder Nicht-sein«: »Das ist die Rücksicht, / Die Elend läßt zu hohen Jahren kommen.« Diese Übersetzung ist Fontane offenbar gegenwärtiger als die eigene »Hamlet«-Übertragung, in der er formuliert hatte: »Doch jene Furcht vor etwas nach dem Tode / [...] schwächt unsren Willen / Und läßt uns lieber unser Elend tragen, / Als dorthin fliehn, wovon uns nichts bekannt« (»Gedichte«, Bd. 3, S. 330).

111 *Marstonmoor-Dragoner* – Auf der Moorfläche von Marston Moor westlich von York siegte die Armee des Parlaments durch den Einsatz der von Cromwell neu geschaffenen Reitertruppe am 2. Juli 1644 über die Königstreuen.

5.

112 *Vier Tage später* – Fontane weicht hier wiederum deutlich vom historischen Verlauf der Ereignisse ab. Monmouth, der erst am 8. Juli 1685 nach mehrtägiger Flucht gefaßt worden war, wurde am 13. Juli in den Tower gebracht und zwei Tage später, am 15. Juli, hingerichtet.

Graf Dartmouth – George Legge, Earl of Dartmouth (1647 bis 1691), unter James II. Befehlshaber des Londoner Towers.

113 *Billingsgate* – Zwischen der London Bridge und dem Tower am Themseufer gelegen; bis 1982 Ort des Londoner Fischmarkts.

Traitorsgate – Das fünfte Kapitel weist, vor allem bei der Beschreibung von Monmouths Weg in den Tower, deutliche Verbindungen zum Kap. »Der Tower« in »Ein Sommer in London« auf: »Wenige Schritte weiter bemerkt man in dem Steinwall zur Rechten eine schwere, eisenbeschlagene Thür; das ist ›Traitors Gate‹, das ›Hochverräther-Thor‹. Von einer zur Seite gelegenen Schreinerwerkstatt aus läßt sich ein Ueberblick über diesen Ort gewinnen. Es ist ein Wasserbassin, von der Größe und dem Ansehn einer geräumigen Badezelle; von oben blickt der Himmel herein. Einander gegenüber liegend gewahren wir zwei Thore: das eine führt auf den Strom, das andere zum Tower-Hof. Geräuschlos, meist in dunkler Nacht, glitt das wohlbesetzte Boot die Themse hinunter. Fernab von Volk, Freunden und jeder Möglichkeit der Rettung, starrte der Angeklagte vor sich hin und ahnte: ich fahre in den Tod. Wenn das Außenthor sich öffnete und wieder schloß, war er schon wie im Kerker: vier hohe Wände ringsum und nur ein Streifen Himmel über sich. Zu *ihm* mocht' er aufblicken, *ihn* mocht' er anrufen: das Ohr und die Gnade der Menschen lagen weit hinter ihm. Schweigend legte sich das Boot an die steinernen Stufen, die noch jetzt zu dem innern Thore hinaufführen, und der Verklagte bestieg sie wie seine *erste* Leiter zum Schaffot.« Vgl. auch »Der Stechlin«, Kap. 22, sowie »Von Zwanzig bis Dreißig«, Abschnitt »Bei Kaiser Franz«, Kap. 2.

114 *Blutthurm* – Vgl. »Ein Sommer in London«, Kap. »Der Tower«: »Fast gegenüber von Traitors Gate bemerken wir einen zweiten Thurm. Er heißt Bloody-Tower, Blut-Thurm. Hier wurden die Söhne Eduards erwürgt. Im zweiten Stock gewahren wir ein Fenster mit trüben, in Blei gefaßten Scheiben; dahinter liegt der Ort der That. Das Fenster steht halb offen und schaut drein, als bät' es den sonnigen Tag um Luft und Licht. Umsonst! Der Blutgeruch haftet hier, wie an den weißen Händen der Lady Macbeth.« Die Söhne Edwards IV., Edward und Richard, sollen 1483 im Auftrag des Herzogs von Gloucester (1452–1485) in ihren Betten im Tower ermordet worden sein. Gloucester, Bruder Edwards IV., war wenige Tage zuvor als Richard III. zum König gekrönt worden. Vgl. auch die Ballade »Der Tower-Brand« (1844; »Gedichte«, Bd. 1, S. 149 f.).

Towerhill – Die traditionelle Hinrichtungsstätte für Hochverräter an der Westseite des Towers, die bis 1747 in Gebrauch war.

White-Tower ... Beauchamp-Thurme – Vgl. »Ein Sommer in London«, Kap. »Der Tower«: »Das gewölbte Thor des Blutthurms führt uns auf einen geräumigen Platz, von Wällen, Thürmen, alterthümlichen Häusern und modernen Kasernen ringsum eingefaßt. In der Mitte des Platzes erhebt sich der White-Tower. [...] Interessanter aber für den Besucher ist der Beauchamp-Thurm, das ehemalige Staatsgefängniß, worin die Mehrzahl derer saß, die unter der Anklage des Hochverraths standen. Wir treten ein. Was wir zuerst erblicken, ist, aus der Kellertiefe emporragend, der Obertheil eines backofenartigen Kerkers. Aber dieses Wort ist Beschönigung: es ist ein Kerker*loch*. [...] Eine Steintreppe führt uns ins erste Stock und wir befinden uns jetzt in einem achteckigen Zimmer, dem ziemlich geräumigen Speisesaal der Tower-Garnisons-Offiziere. Vor drei Jahrhunderten saß hier minder heitere Gesellschaft am Tisch; zahllose Inschriften an den Wänden geben Kunde davon.«

blackigen – rußenden.

115 *Collettes* – Reitjacke.

115 *Ich bin Katholik wie Du* – Der historische Monmouth erklärte sich während seiner Haft zwar bereit, zum Katholizismus zu konvertieren, allerdings nur, um auf diese Weise doch noch sein Leben zu retten. Als er mit dieser Taktik keinen Erfolg hatte, bekannte er sich erneut ausdrücklich zum protestantischen Glauben.

einen wunderbaren Traum – Vermutlich angeregt durch die Schlußszene von Goethes »Egmont« (1788). In der Nacht vor seiner Hinrichtung erscheint dort dem eingekerkerten Egmont in einem visionären Traum die Freiheit in Gestalt seiner Geliebten.

116 *als Du Lord Russel trafst* – Von Zwischenfällen bei der Hinrichtung Lord Russells (vgl. Anm. zu S. 95 *Lord William Russel*) ist nichts überliefert; dagegen sind die bei der Hinrichtung Monmouths geschilderten Umstände belegt.

117 *Unter den Altar der Towerkapelle* – Vgl. »Ein Sommer in London«, Kap. »Der Tower«: »Wir treten in die Kapelle. Es ist eine schlichte Kirche, aber ein vornehmer Kirchhof. Du siehst nicht Kreuz, nicht Stein; saubere Teppiche bedecken den Boden, helles Sonnenlicht fällt durch die Scheiben, freundlich blicken die Kapitäler auf dich nieder und doch – ein Kirchhof. [...] Wo sich der Altar erhebt in echt englischer Einfachheit, könnten Grabmonumente stehen, tiefer noch und poetischer gedacht, als der belebte Marmor in St. Paul und Westminster. Hier ruhen, den Kopf vom Rumpf getrennt, Anna Bulen und Kate Howard, Thomas Cromwell und Graf Essex, Jane Grey und Guilford Dudley, und zuletzt auch Herzog Monmouth, der unterm Beile sterben mußte, weil seines Vaters Blut in seinen Adern war; denn wer ein Stuart war, stand dem Schaffote näher, als dem Glück.«

Goldene Hochzeit

118 *»scharwerken«* – Gelegenheitsarbeiten ausführen.

119 *'t geiht jo, ick hev min Pip Toback* – Es geht schon, ich habe ja meine Pfeife voll Tabak.

119 *Maienblätter* – Junge Bäume, vor allem Birken, deren erste Blätter im Mai aufgebrochen sind, wurden in Deutschland, Skandinavien und den slawischen Ländern am 1. Mai, zu Pfingsten oder am Johannistag (24. Juni) vor die Tür gepflanzt.

121 *Töf 'n beten* – Warte ein bißchen.

Morgendau ... – In dieser Zusammenstellung nicht als Bauernregel oder Sprichwort nachweisbar.

Laten wol fien ... den Dod – Sehen wohl schön aus und bringen den Tod.

apen – offen.

as wull he seggen – Als wolle er sagen.

Luftzug – Vgl. Apostelgeschichte 2,2 (Pfingsten).

122 *Du bist ein frommer und getreuer Knecht gewesen ...* – Nach Matthäus 25,21. Das Gleichnis von den anvertrauten Talenten (Matthäus 25,14–30) vergleicht das Gericht Gottes mit einem reichen Herrn, der diejenigen seiner Knechte, die mit dem ihnen anvertrauten Gut erfolgreich gewirtschaftet haben, lobt und auszeichnet, während der untätig gebliebene Knecht verstoßen wird.

Zu diesem Band

Geschwisterliebe

Unser Text gibt buchstaben- und zeichengetreu den Text des Erstdrucks wieder: Geschwisterliebe. In: Berliner Figaro. 9. Jg. (1839), No. 291 (14. December) bis No. 297 (21. December). Zugrunde gelegt wurde das Exemplar der Staatsbibliothek zu Berlin – Preußischer Kulturbesitz (Ztg 715 MR). An folgenden Stellen (Seite, Zeile) wurde in den Text des Erstdrucks eingegriffen:

6,5 eifrig und] eifrig nnd
6,27 ein blinder] einen blinden
7,8 hatten] hattn
7,32 mildthätigen] mildthäthigen
7,33 Auge] Ange
7,34 leiser und immer leiser] leiser und immer
9,9 Kummer und] Kummer nnd
10,6 Aufschluß] Ausschluß
14,17 Starr und] Starr nnd
14,27 Locken] Lok-ten
16,11 hatte] hatten
17,3 bitterster] bittererster
20,4 wohl] wahl
24,13 mehrmaligem] mehrmaligen
24,28 Ihrer] ihrer
24,29 unheilbaren] unheilba-baren
25,4 Ihnen nicht] ihnen nicht
25,27 Gottesgelehrter] Gottesgelehrte
27,7 Bruder sein] Bruder seiu
27,24 meine] meiner
28,18 Mutter] Muter
29,22 ihres] ihrds
32,21 und wünsche] nnd wünsche
32,26 Stimme] Siimme

33,34 sie] Sie
34,12 Ihren] ihren
34,16 Ihrer] ihrer
34,32 Rudolph] Rudoph
36,29 und gedenkt] uud gedenkt
38,4 Schmerzzerrißenen] Schmerzzerißenen
38,12 hatten] hattten
39,7 Freunde] Frennde

Zwei Post-Stationen

Unser Text gibt buchstaben- und zeichengetreu den Text der Handschrift wieder; Sofortkorrekturen bleiben unberücksichtigt. Handschrift: Schiller-Nationalmuseum/Deutsches Literaturarchiv, Cotta-Archiv (Stiftung der Stuttgarter Zeitung), Marbach am Neckar. Signatur: Cotta Ms. An folgenden Stellen (Seite, Zeile) wurde in den Text der Handschrift eingegriffen:

41,8 hören] stören
42,30 der] der der
44,21 Krähe erhob] Krähe kreischend erhob
44,23 der] d
45,15 dem Abgang] der Abgang
47,8 Beschwerdebuch, und Absetzung] Beschwerdebuch, [*über der Zeile eingefügt* und] Absetzung
47,14 Krieger's, und bei der] Krieger's, [*über der Zeile eingefügt* und] bei der
47,15 nicht nur] nicht nur nicht
52,10 »die] die
53,5 Liebe«.] Liebe.
53,24 der mir praesentirt wurde] der mir ~~vorgesetzt~~ *darüber* praesentirt] wurde
53,27 und werden wir ihn] [~~und obschon~~ *darüber* und werden wir ihn]
53,28 gegen mich opfern] gegen mich werden opfern
54,12 Tausch] Tausch~~handel~~
54,13 ganz unverkennbar] ganz ~~deutlich~~ unverkennbar
56,26 das] daß

57,10 der Regen] der ~~Augenb~~ Regen
57,28 eine] ein
58,24 nächste] nächsten
58,31 anders –« «] anders –

Tuch und Locke

Unser Text gibt buchstaben- und zeichengetreu den Text des Erstdrucks wieder: Tuch und Locke. Von Theodor Fontane. In: Argo. Belletristisches Jahrbuch für 1854. Herausgegeben von Theodor Fontane und Franz Kugler. Dessau, Druck und Verlag von Gebrüder Katz. 1854, S. 82–102. Zugrunde gelegt wurde das Exemplar des Theodor-Fontane-Archivs (58/7077 q). An folgenden Stellen (Seite, Zeile) wurde in den Text des Erstdrucks eingegriffen:

62,3 Vandembosch] Vandenbosch
63,31 sein.«] sein.
65,4 Ihr] ihr
65,30 Lecco] Lacco
69,25 ›Es galt mir,‹] »Es galt mir,«
69,29 ›gesinnungsvolle‹] »gesinnungsvolle«
71,28 ›da! trag' es! zur Erinnerung!‹] »da! trag' es! zur Erinnerung!«
72,6 ist's!«] ist's!
72,18 Tauenzien] Taunzien
74,26 ›Bedienten‹] »Bedienten«
75,4 ›mach's] mach's
75,4 wieder.‹] wieder.«
75,18 ›das Kind‹] »das Kind«
76,14 ›Jane hat es gewollt‹] »Jane hat es gewollt«
76,16 ›warum‹] »warum«
80,33 ›komm, Lissy, laß uns fliegen,‹] »komm, Lissy, laß uns fliegen,«
81,8 ›geh, Lissy, geh‹] »geh, Lissy, geh«
81,15 ›sein] »sein
81,16 sein.‹] sein.«
81,17 ›erinnern] »erinnern
81,18 zwei.‹] zwei.«
82,17 Tochter.«] Tochter.

James Monmouth

Unser Text gibt buchstaben- und zeichengetreu den Text des Erstdrucks wieder: James Monmouth. Von Theodor Fontane. In: Argo. Belletristisches Jahrbuch für 1854. Herausgegeben von Theodor Fontane und Franz Kugler. Dessau, Druck und Verlag von Gebrüder Katz. 1854, S. 313–344. Zugrunde gelegt wurde das Exemplar des Theodor-Fontane-Archivs (58/7 077 q). An folgenden Stellen (Seite, Zeile) wurde in den Text des Erstdrucks eingegriffen:

94,27 Der derzeitige] Der zeitige
97,9 Wand] Waud
105,2 Auf dem rechten Flügel ... vor Augen hätten. [–] Auf dem linken Flügel ... Gott selbst verheißen.] Auf dem linken Flügel ... Gott selbst verheißen. [–] Auf dem rechten Flügel ... vor Augen hätten.

Goldene Hochzeit

Unser Text gibt buchstaben- und zeichengetreu den Text des Erstdrucks wieder: Goldene Hochzeit. Von Theodor Fontane. In: Argo. Belletristisches Jahrbuch für 1854. Herausgegeben von Theodor Fontane und Franz Kugler. Dessau, Druck und Verlag bei Gebrüder Katz. 1854, S. 237–240. Zugrunde gelegt wurde das Exemplar des Theodor-Fontane-Archivs (58/7 077 q). An der folgenden Stelle wurde in den Text des Erstdrucks eingegriffen:

121,23 geendet] beendet

Literaturhinweise
(vgl. auch »Zu dieser Ausgabe«)

Literarische Quellen

Ludwig Börne, Monographie der deutschen Postschnecke. Beitrag zur Naturgeschichte der Mollusken und Testaceen (1821). In: L. B., Sämtliche Schriften. Neu bearbeitet und hrsg. von Inge und Peter Rippmann. Bd. 1. Düsseldorf 1964, S. 639–667.

Gottfried August Bürger, Sämtliche Werke. Hrsg. von Günter und Hiltrud Häntzschel. München, Wien 1987.
Johann Wolfgang Goethe, Werke in vierzehn Bänden. Hrsg. von Erich Trunz. München 1974–1978.
Heinrich Heine, Buch der Lieder. Hrsg. von Bernd Kortländer. Stuttgart 1990.
Friedrich Schiller, Sämtliche Werke. Hrsg. von Gerhard Fricke und Herbert G. Göpfert. 5 Bde. München ^{6}1980.
William Shakespeare, Hamlet. Prinz von Dänemark. Englisch und Deutsch. In der Übersetzung von Schlegel und Tieck hrsg. von L. L. Schücking. Hamburg 1957.
Ludwig Tieck, Schriften. Erster Band. Kaiser Octavianus. Berlin 1828.
Christoph August Tiedge, Werke. Hrsg. von A. G. Eberhard. Neue Auflage. Viertes Bändchen. Halle 1827.
Ludwig Uhland, Ausgewählte Werke. Hrsg. von Hermann Bausinger. München 1987.

Briefausgaben

Roland Berbig, Ascania oder Argo? Zur Geschichte des Rütli 1852–1854 und der Zusammenarbeit von Theodor Fontane und Franz Kugler. In: Theodor Fontane im literarischen Leben seiner Zeit. Beiträge zur Fontane-Konferenz vom 17. bis 20. Juni 1986 in Potsdam. Mit einem Vorwort von Otfried Keiler. Berlin 1987 (Beiträge aus der Deutschen Staatsbibliothek; 6), S. 107 bis 133.
Roland Berbig (Hrsg.), Franz Kugler und Theodor Fontane. I. Briefe Kuglers an Fontane aus den Jahren 1850 bis 1858. In: Fontane Blätter 47 (1989), S. 3–19.
Die Fontanes und die Merckels. Ein Familienbriefwechsel 1850–1870. Hrsg. von Gotthard Erler. Bd. 1. Berlin 1987.
Rainer Hillebrand (Hrsg.), Briefe Kuglers an Emanuel Geibel. Frankfurt a. M. 2001.
Franz Kugler: Briefe an Theodor Fontane. Eine Auswahl aus den Jahren 1853 und 1854. Eingeleitet, hrsg. und kommentiert von Roland Berbig. In: Fontane Blätter 41 (1986), S. 255–286.

Sonstige Quellen und Nachschlagewerke

Friedrich Magnus Böhme, Volkstümliche Lieder der Deutschen. Leipzig 1895.

Manfred Botzenhart, 1848/49: Europa im Umbruch. Paderborn, München, Wien, Zürich 1998.

Deutsche Postgeschichte. Essays und Bilder. Hrsg. von Wolfgang Lotz. Berlin 1989.

Fontane und die bildende Kunst. Katalog der Ausstellung der Staatlichen Museen zu Berlin, Nationalgalerie, 4. September bis 29. November 1998. Hrsg. von Claude Keisch/Peter-Klaus Schuster/Moritz Wullen. Berlin 1998.

Geschichte der preußischen Post. Nach amtlichen Quellen bis 1858 bearbeitet von H. v. Stephan. Neubearbeitet und fortgeführt bis 1868 von K. Sautter. Berlin 1928.

Handbuch literarisch-kultureller Vereine, Gruppen und Bünde 1825–1933. Hrsg. von Wulf Wülfing, Karin Bruns und Rolf Parr. Stuttgart, Weimar 1998.

Ronald Hutton, Charles the Second. King of England, Scotland, and Ireland. Oxford 1989.

Kurt Kluxen, Geschichte Englands. Von den Anfängen bis zur Gegenwart. Stuttgart [4]1991.

Johannes Schultze, Geschichte der Stadt Neuruppin. Berlin 1963.

Forschungsliteratur

Paul Irving Anderson, Der Ibykuskomplex. Fontanes Verhältnis zum Vater. In: Fontane Blätter 50 (1990), S. 120–136 (zu »Geschwisterliebe«).

Pierre Bange, Ironie et dialogisme dans les romans de Theodor Fontane. Grenoble 1974 (zu »Geschwisterliebe«).

Renate Böschenstein, Idyllischer Todesraum und agrarische Utopie: zwei Gestaltungsformen des Idyllischen in der erzählenden Literatur des 19. Jahrhunderts. In: Idylle und Modernisierung in der europäischen Literatur des 19. Jahrhunderts. Hrsg. von Hans Ulrich Seeber und Paul Gerhard Klussmann. Bonn 1986, S. 25–40 (zu »Geschwisterliebe«).

Regina Dieterle, Vater und Tochter. Erkundung einer erotisierten Beziehung in Leben und Werk Theodor Fontanes. Bern 1996 (zu »Geschwisterliebe«).

Walter Erhart, Familienmänner. Über den literarischen Ursprung moderner Männlichkeit. München 2001 (zu »Geschwisterliebe«).

Eugène Faucher, Umwege der Selbstzerstörung bei Fontane. In: Formen realistischer Erzählkunst. Festschrift for Charlotte Jolles. Ed. by Jörg Thunecke. Nottingham 1979, S. 395–403 (zu »Tuch und Locke«).

Walter Keitel, Nachwort. In: Theodor Fontane, Tuch und Locke. Erzählungen aus dem Nachlaß. Stuttgart 1960, S. 86–88.

Martin Lowsky, Erinnerung an Wriezen. Zur Lokalisierung von Theodor Fontanes Erzählung »Zwei Post-Stationen«. In: Fontane Blätter 60 (1995), S. 189–191.

Wolfgang Lukas, Novellistik. In: Zwischen Restauration und Revolution. 1815–1848. Hrsg. von Gerd Sautermeister und Ulrich Schmid. München 1998, S. 251–280 (zu »Geschwisterliebe«).

Michael Masanetz, »Awer de Floth, de is dull!« Fontanes »Unwiederbringlich« – das Weltuntergangsspiel eines postmodernen Realisten (Teil 1). In: Fontane Blätter 52 (1991), S. 68–90 (zu »Geschwisterliebe«).

Michael Masanetz, »In Splitter fällt der Erdenball/Einst gleich dem Glück von Edenhall«. Fontanes »Unwiederbringlich« – das Weltuntergangsspiel eines postmodernen Realisten (Teil 2). In: Fontane Blätter 56 (1993), S. 80–101 (zu »Geschwisterliebe«).

Jochen Meyer, Nachwort. In: Theodor Fontane, Zwei Post-Stationen. Faksimile der Handschrift. Hrsg. von Jochen Meyer. Marbach a. N. 1991, S. 55–64.

Helmuth Nürnberger, Der frühe Fontane. Politik, Poesie, Geschichte. 1840 bis 1860. Hamburg 1967.

Bettina Plett, Frühe Erzählungen. In: Fontane-Handbuch. Hrsg. von Christian Grawe und Helmuth Nürnberger. Stuttgart 2000, S. 690–692.

Bettina Plett, Aufbruch ins Eisenbahnzeitalter. Fontanes frühe Erzählung »Zwei Post-Stationen«. In: Monika Hahn (Hrsg.),

»Spielende Vertiefung ins Menschliche«. Festschrift für Ingrid Mittenzwei. Heidelberg 2002, S. 167–177.

H.-C. Sasse, The Unknown Fontane: Sketches, Fragments, Plans. In: German Life and Letters 20 (1966/67), S. 25–33 (zu »Tuch und Locke«).

Horst Thomé, Autonomes Ich und ›Inneres Ausland‹. Studien über Realismus, Tiefenpsychologie und Psychiatrie in deutschen Erzähltexten (1848–1914). Tübingen 1993 (zu »Geschwisterliebe«).

Wulf Wülfing, »Dilettantismus fürs Haus«: Zu Gutzkows Kritik in den »Unterhaltungen am häuslichen Herd« an Fontanes und Kuglers »Argo«. In: Martina Lauster (Hrsg.), Deutschland und der europäische Zeitgeist. Kosmopolitische Dimensionen in der Literatur des Vormärz. Bielefeld 1994, S. 115–149.

Für freundliche Unterstützung danke ich dem Theodor-Fontane-Archiv Potsdam, dem Cotta-Archiv im Schiller-Nationalmuseum Marbach und der Staatsbibliothek zu Berlin – Preußischer Kulturbesitz. Die Kommentierung der Erzählung »Zwei Post-Stationen« fußt auf der von Jochen Meyer herausgegebenen Erstausgabe des Textes: Deutsche Schillergesellschaft Marbach am Neckar 1991. Für Hinweise und Anregungen danke ich Christine Hehle vom Theodor-Fontane-Archiv und Magdalena Frank vom Aufbau-Verlag.

T. W.

Zu dieser Ausgabe

Die Abteilung »Das erzählerische Werk« innerhalb der Großen Brandenburger Ausgabe enthält alle Romane, Romanfragmente und Erzählungen Fontanes. Sie stützt sich auf die Bestände des Theodor-Fontane-Archivs Potsdam sowie auf alle verfügbaren Materialien in anderen Archiven und Sammlungen.

Die Edition folgt in buchstaben- und zeichengetreuer Wiedergabe dem jeweils zuverlässigsten Text, d. h. in den meisten Fällen der ersten Buchausgabe. Dabei sind Inkonsequenzen in Orthographie und Interpunktion, die sich aus dem Fehlen verbindlicher Normen erklären, im allgemeinen beibehalten. Eine Ausnahme bildet die sehr unterschiedlich gehandhabte Kennzeichnung von wörtlicher Rede, Zitaten und Zitaten innerhalb wörtlicher Rede: Fehlende An- und Abführungszeichen werden ergänzt, bei mehrfacher Anführung ist die Abfolge der Zeichen folgende: »›„‚‘“‹«. Offensichtliche und eindeutig zu korrigierende Druckfehler und Setzerversehen werden im Text berichtigt. Alle Eingriffe in den Text sind in dem Abschnitt »Zu diesem Band« nachgewiesen; problematische Fälle werden gegebenenfalls durch eine Anmerkung erläutert. Nicht übernommen werden typographische und drucktechnische Verfahren wie andere bzw. kleinere Schrift für fremdsprachige Textstellen und Verse, Doppelstrich für Wortkoppelung und Silbentrennung, Sternchen für die Kennzeichnung größerer Zwischenräume, Einzug bei den Kapitelanfängen.

Im Rahmen dieser Ausgabe werden generell spitze Anführungszeichen verwendet. Hervorgehobene Worte und Satzteile erscheinen in kursiver Schrift. Es werden stets drei Auslassungspunkte gesetzt, auch wenn in der ersten Buchausgabe teils weniger, teils mehr stehen. Anstelle des im damaligen Buchdruck geläufigen Zeichens für »etc.« erscheint im edierten Text die heute gebräuchliche Abkürzung.

Der Kommentar gliedert sich in folgende Abschnitte: Stoff,

Interpretation, Entstehung, Wirkung, Überlieferung, Anmerkungen. In der Beschreibung der handschriftlichen Überlieferung werden folgende Begriffe verwendet:

Notizen – Materialsammlungen, Namenslisten, Skizzen, aufgeklebte Zeitungsausschnitte
Entwürfe – Aufzeichnungen, die erkennen lassen, daß mit dem gesammelten Material bereits produktiv umgegangen wird
Brouillon – Zusammenhängendes Textkonvolut; überwiegend fortlaufender, meist mehrfach überarbeiteter Text
Abschrift – Meist von Emilie Fontane angefertigt, z. T. noch mit Korrekturen und Überarbeitungen des Autors, als Vorlage für den Setzer bestimmt.

Die verschiedenen Überlieferungsstufen werden durch ausgewählte Beispiele charakterisiert. Handschriftlich überlieferte Texte sind buchstaben- und zeichengetreu wiedergegeben, wobei die Kennzeichnung der Doppelkonsonanten durch einen Strich (z. B. n̄) aufgelöst wurde. Zusätze der Herausgeber erscheinen kursiv.

Im interpretatorischen Kapitel äußert sich der jeweilige Herausgeber zu inhaltlichen oder gestalterischen Aspekten. Die Anmerkungen erklären Personen und Sachverhalte, erläutern veraltete und regionale Worte und Wendungen, übersetzen fremdsprachige Textstellen, erschließen Motivzusammenhänge und verweisen auf andere Werke Fontanes. Innerhalb von Zitaten erfolgt die Kennzeichnung von Absätzen durch [–]. Die Band- und Seitenzahlen bei den Gedichten, den Tagebüchern und den »Wanderungen« beziehen sich auf die Große Brandenburger Ausgabe. Für die zitierten Briefe vgl.: Die Briefe Theodor Fontanes. Verzeichnis und Register. Hrsg. von Charlotte Jolles und Walter Müller-Seidel. München 1988.

Für die Neuausgabe und Neukommentierung des erzählerischen Werks werden folgende Fontane-Editionen und ihre Kommentare dankbar genutzt:

Sämtliche Werke. Hrsg. von Edgar Groß, Kurt Schreinert, Rainer Bachmann, Charlotte Jolles, Jutta Neuendorff-Fürstenau und Peter Bramböck. München 1959 ff., Abt. I–III (Nymphenburger Ausgabe).

Werke, Schriften und Briefe. Hrsg. von Walter Keitel und Helmuth Nürnberger. München 1962 ff., Abt. I–IV (Hanser-Ausgabe).

Romane und Erzählungen in acht Bänden. Hrsg. von Peter Goldammer, Gotthard Erler, Anita Golz und Jürgen Jahn. 4. Aufl. Berlin und Weimar 1993 (Aufbau-Ausgabe).

Autobiographische Schriften. Hrsg. von Gotthard Erler, Peter Goldammer und Joachim Krueger. Bd. I–III. Berlin und Weimar 1982.

Gedichte. Hrsg. von Joachim Krueger und Anita Golz. 2., durchgesehene und erweiterte Aufl. Berlin 1995 (Große Brandenburger Ausgabe).

Tagebücher. Hrsg. von Charlotte Jolles und Gotthard Erler unter Mitarbeit von Rudolf Muhs und Therese Erler. Berlin 1994 (Große Brandenburger Ausgabe).

Wanderungen durch die Mark Brandenburg. Hrsg. von Gotthard Erler und Rudolf Mingau. Bd. 1–8. Berlin 1997 (Große Brandenburger Ausgabe).

Emilie und Theodor Fontane, Der Ehebriefwechsel. Hrsg. von Gotthard Erler unter Mitarbeit von Therese Erler. Bd. 1–3. Berlin 1998 (Große Brandenburger Ausgabe).

Die wesentliche Forschungsliteratur zu Fontanes Leben, Werk und Wirkung, die von den Herausgebern herangezogen wurde, ist verzeichnet in:

Charlotte Jolles, Theodor Fontane. 4., überarbeitete und erweiterte Aufl. Stuttgart – Weimar 1993 (Sammlung Metzler, Realien zur Literatur).

Darüber hinaus benutzte Arbeiten sind in dem Abschnitt »Zu diesem Band« genannt.

Inhaltsverzeichnis

Frühe Erzählungen

Anhang

Fontane, Das erzählerische Werk
ISBN 3-351-03113-0
Bd. 18
ISBN 3-351-03130-0

1. Auflage 2002

Lektorat Magdalena Frank
Gesamtgestaltung Heinz Hellmis
Satz LVD GmbH, Berlin
Druck und Binden Kösel, Kempten
Printed in Germany

www.aufbau-verlag.de